Les Absents

Du même auteur

Le Goût de l'Orient, Mercure de France, 2014.

Les écouter écrire, François Bon éditeur/www.publie.net, 2010.

Le Liban et la Mer, Aleph Éditions, 2008.

Les Hommes debout : dialogue avec les Phéniciens, Al Manar/Alain Gorius, 2007, prix Phénix.

Éclats de mémoire : Beyrouth, fragments d'enfance, Al Manar/Alain Gorius, 2006, prix France/Liban.

Les Grandes Religions, Casterman, 1985, Collection Histoire des hommes.

Georgia Makhlouf

Les Absents

Roman

Rivages/L'Orient des Livres

Retrouvez l'ensemble des parutions
des Éditions Payot & Rivages sur

www. payot-rivages.fr

Collection dirigée par Émilie Colombani

106, boulevard Saint-Germain – 75006 Paris

« Je n'aime pas le mot "racines", et l'image encore moins. Les racines s'enfouissent dans le sol, se contorsionnent dans la boue, s'épanouissent dans les ténèbres ; elles retiennent l'arbre captif dès la naissance, et le nourrissent au prix d'un chantage : "Tu te libères, tu meurs."

Les arbres doivent se résigner, ils ont besoin de leurs racines ; les hommes pas. Nous respirons la lumière, nous convoitons le ciel, et quand nous nous enfonçons dans la terre, c'est pour pourrir. La sève du sol natal ne remonte pas par nos pieds vers la tête, nos pieds ne servent qu'à marcher. Pour nous, seuls importent les routes. »

Amin Maalouf, *Origines.*

Prologue

J'ai plusieurs carnets d'adresses. Chacun correspond à une tranche de vie. Chaque fois que j'ai eu le sentiment d'avoir tourné une page importante, j'ai commencé un nouveau carnet. Mais ils ont en commun d'être semblablement organisés. Dans mes carnets d'adresses, il y a des tas de noms, rangés en rangs serrés, suivis par des adresses et des numéros de téléphone. Ils sont inscrits au crayon, pour que je puisse les modifier facilement, sans faire de ratures. Bien que l'informatique ait transformé nos vies depuis longtemps, je continue d'avoir des carnets d'adresses matériels et non virtuels, et j'aime écrire à la main, lisiblement et sans ratures. Je déteste les ratures. J'aime que mes carnets d'adresses soient propres, bien ordonnés. Quand je n'ai plus de place, je parcours les pages trop encombrées, où des Post-it compensent parfois l'absence de lignes disponibles, et je décide d'en effacer certaines. J'hésite toujours. Effacer peut être une opération douloureuse, le résultat d'une rupture, d'une déception, d'une erreur d'évaluation, d'un espoir naïf et déplacé. On efface les noms des personnes qu'on ne voit plus, qu'on n'appelle plus depuis trop longtemps. Au bout de combien de temps cela devient-il trop longtemps ? Parfois j'efface vite, trop vite. J'efface par colère, par dépit, sous le coup d'une émotion, d'une blessure vive. Parfois j'efface non pas parce que le numéro ne me sert plus depuis longtemps mais pour les raisons inverses. Parce que je ne peux m'empêcher de m'en servir, parce que le numéro m'obsède. J'efface avec l'espoir que je n'ai pas mémorisé le numéro, bien que je l'aie si souvent composé.

J'efface aussi les numéros qui n'ont pas servi. Les rencontres de passage qui n'ont pas abouti sont restées à l'état de germe, parce que chacun a été trop occupé par sa routine, et n'a pas eu l'audace d'en sortir. Il y a aussi les numéros que j'ai notés sans trop y croire, par politesse, pour faire bonne figure, pour faire plaisir, ou parce que je n'ai pas voulu admettre qu'une soirée était ratée, un voyage sans intérêt. Parce que j'ai cédé à la faiblesse de penser que ces rencontres de hasard deviendraient de vraies relations. Il y a aussi des noms qui ne m'évoquent plus rien ou presque, ceux de personnes que j'ai côtoyées et oubliées. Quand je relis ces noms, je tente parfois de faire émerger les visages du brouillard où ils se sont fondus, de retrouver des bribes de passé, les circonstances de la rencontre. Avec un succès variable. Car la mémoire est ainsi faite, de creux et de bosses, de reliefs et d'ombres.

Et puis il y a les absents. Leurs noms et leurs adresses ne servent plus à rien mais je ne les efface pas. Ce sont ceux de personnes qui ont compté, mais qui sont sorties de ma vie, par désamour, par égoïsme, par lâcheté, et parfois sans raison, parce que le temps nous a filé entre les doigts, parce que nous n'avons rien tenté pour le retenir, parce que nos vies ont emprunté des chemins qui ne se sont plus croisés. Ce sont aussi ceux de personnes qui ne sont plus mais qui continuent de vivre dans les failles de ma mémoire, dans certains de mes gestes, dans des émotions inattendues qui parfois me submergent, dans des chagrins qui me rattrapent, dans de minuscules fidélités à des moments partagés. Car nous sommes habités par nos disparus et hantés par eux et ceux-ci nous révèlent plus sûrement que ce qui fait le présent de nos vies. Car nos vies sont en fragments sinon en lambeaux, elles ont été mille fois brisées et continuent de l'être, par la guerre et ses avatars, par des tremblements de terre et par d'autres tempêtes encore.

Certains noms et adresses sont tout ce qui reste de pans entiers de ma vie, de ses replis inquiets, de ses méandres incertains. Derrière, il n'y a plus que des trous. Mes carnets sont ainsi troués de toutes parts, comme des passoires à travers lesquelles se seraient écoulés des épisodes de ma vie dont il ne reste rien, des morceaux de relations en miettes, des dizaines d'heures, de journées, de semaines dont rien n'a survécu. Mes carnets listent banalement, certes, des noms, des adresses, des numéros de téléphone, mais ils sont aussi les répertoires de mes échecs, des divorces petits et grands qui m'ont meurtrie, des trahisons et des malentendus qui ont jalonné ma vie. Et des morts dont je ne veux pas être consolée.

I

Le carnet de Beyrouth

1

Alice

Je savais son numéro de téléphone par cœur. Nul besoin de le noter. Il était une promesse de bonheur. Je l'avais quand même inscrit, par cœur.

« Je peux aller jouer chez Alice ? »

Le plus souvent, la réponse était oui, car Alice était ma cousine. Mais surtout parce qu'elle avait une vie chahutée, et qu'il était admis dans la famille qu'elle avait besoin d'être entourée. Dans un pays où tous les mariages sont religieux et où le divorce n'existe pas, le statut d'enfant de divorcés est un dur métier. Le divorce n'existe pas, certes, mais on peut néanmoins, grâce au précieux soutien de son compte en banque, s'acheter une virginité, une « annulation de mariage » auprès des autorités religieuses compétentes. Ensuite, on peut faire comme si : comme si le mariage n'avait jamais eu lieu. Effacés, donc, la cérémonie en robe blanche, les centaines d'invités, les cadeaux qui affluent de toutes parts, les bonbonnières en porcelaine remplies de dragées, les petits-fours et l'orchestre jusqu'au petit jour. Effacés la mésentente, les scènes de ménage, les cris, les tentatives de réconciliation pour lesquelles les membres des deux familles, soudain dressées l'une contre l'autre, s'improvisent en médiateurs. Effacées les signatures au bas d'un registre, et les colonnes correspondantes dans les livres d'archives. La mariée redevient une vraie jeune fille, sa valeur sur le marché du mariage est à peine affectée par la mésaventure, Rome peut l'attester, et des dignitaires de haut rang sont prêts à en apporter l'éclatant témoignage, certificats, tampons et traductions certifiées conformes à l'appui. Reste que, parfois, des enfants sont quand même nés de ces mariages qui n'auraient pas dû être, de ces mariages annulés. Et que ces enfants, plus difficiles à effacer que les signatures sur les registres, sont bien embarrassants.

Alice était de ceux-là. Je n'en savais rien. Je l'aimais avec ardeur, avec application, avec admiration même. Je la trouvais si jolie avec les délicieuses fossettes qui démultipliaient son sourire, les cheveux lisses qui encadraient harmonieusement son visage quand les miens se dressaient, hirsutes, autour de ma tête, et même ses lunettes que je lui enviais. Elle était ma compagne de jeux, de ces jeux interminables et sans queue ni tête qui peuvent captiver les très jeunes enfants pendant des heures. Je me souviens de l'un d'eux qui s'appelait « L'oie Eugénie et Snif lapin », sans doute inspiré par l'un de ces livres qu'on nous donnait à lire durant les heures creuses des siestes de l'été. Il consistait je crois en peu de chose, mais nous tournions sans relâche au milieu du salon, répétant à haute voix une comptine très simple, inventée par nous, et je devais être l'oie, et elle, le lapin.

Elle m'accompagnait dans tout, les courses sous les arbres, les cueillettes de fleurs ou de thym sauvage, les parties de cache-cache dont on ne se lassait jamais, les virées chez l'épicier pour des razzias de bonbons auxquelles elle avait plus facilement accès que moi, son statut de fille d'un mariage inexistant comportant quelques compensations, comme de l'argent de poche en abondance, dont, le plus souvent, elle ne savait que faire. Les pièces de monnaie avaient pour elle le même statut que les billes que nous collectionnions ou les babioles qui traînaient au fond de nos tiroirs. J'étais son aînée d'un an ou deux et je me sentais très responsable d'elle, de son bien-être, de ses tristesses soudaines. Rien ne me faisait plus plaisir que de voir son beau visage s'éclairer et son rire fuser en une cascade joyeuse et cristalline. Rien ne me chagrinait plus que l'annonce qu'elle allait nous quitter, son été se partageant selon une logique qui m'échappait entre la famille de son père et celle de sa mère, donc entre ses cousins.

Je me souviens qu'un jour ma mère interrompit une partie de cache-cache haletante pour lui demander de remonter à la maison. Elle avait à lui parler. Il était rare que les adultes aient à parler aux enfants ; l'heure semblait donc grave. Alice est remontée, les cheveux en bataille, la blouse sale et les joues rouges et je l'ai attendue, silencieuse et inquiète, dans le jardin des voisins que nous envahissions à toute heure. Elle est redescendue, pressée et rieuse, à peine dix minutes plus tard pour m'annoncer de sa voix claire : « Je vais avoir une deuxième maman ! » Pendant quelques secondes, et même un peu plus, j'ai été jalouse. Je trouvais qu'il lui arrivait sans cesse des choses extraordinaires, inhabituelles. Je lui enviais ce père qui débarquait sans prévenir dans une Aston Martin rutilante dont il nous donnait les clés et où nous avions le droit de jouer longuement et de toucher à tous les boutons. Nous écoutions de la musique habituellement réservée aux adultes, sur la fréquence où la radio était réglée par avance, et je me souviens de ces chansons que fredonnaient parfois les jeunes femmes modernes de l'époque où il était question de Capri qui était fini, on ne savait pas vraiment pourquoi, de ne jamais avouer qu'on aimait, jamais, jamais, jamais, ou de se quitter sans un adieu, ce que je trouvais vraiment très triste et franchement cruel. Alice et moi hurlions les refrains à tue-tête en riant aux larmes. Mais l'Aston Martin recelait également d'autres trésors, comme ces rouleaux de bonbons multicolores en forme de bouées de sauvetage de la marque américaine « Life savers » que mon oncle gardait en quantité dans la boîte à gants, que nous glissions dans nos poches et que nous faisions durer le plus longtemps possible dans la bouche avant qu'ils ne se brisent. J'enviais aussi à Alice ses déplacements perpétuels d'une maison à l'autre, d'un cousin à l'autre, et les cadeaux qui ne manquaient pas d'accompagner ces changements de domicile. Et là, elle qui avait déjà plus de bonbons, plus d'habits, plus de jouets, plus de familles, elle allait aussi avoir plus de mamans ! L'inattendu de cette annonce semblait la ravir alors qu'elle me blessait, et me faisait craindre de la perdre encore davantage. Mais très vite nous avons été reprises par nos jeux. Et ce n'est que bien plus tard qu'elle a compris, et moi avec elle, que deux mamans, c'était beaucoup moins bien qu'une seule.

Alice a finalement été effacée elle aussi. Comme les signatures sur les registres. Ce que les autorités religieuses n'avaient pas tout à fait réussi à faire, la guerre s'en est chargée. Alice a été tuée par un obus. Elle s'était réfugiée à la montagne chez l'une de ses amies proches, se croyant plus en sécurité dans ce petit village qu'à Beyrouth, dans l'appartement où elle s'était retrouvée seule après le départ de son père, sa belle-mère et ses demi-sœurs qui avaient décidé de s'installer provisoirement – et peut-être de façon définitive – au Canada. Alice n'avait pas voulu partir.

Je n'ai jamais pu effacer son numéro de téléphone. Et je n'ai compris que plus tard le sens des mots « Life savers ». Les bouées de sauvetage colorées avaient fondu sous nos langues mais n'avaient sauvé personne du naufrage.

2

Blandine

Elle s'appelait Blandine de Boisseson. Elle était arrivée au collège en cours d'année. Son père était diplomate, sa famille voyageait beaucoup, L'Égypte, l'Iran, La Turquie, puis le Liban. J'avais été désignée par le professeur principal pour l'aider à rattraper les semaines de cours déjà écoulées et ce privilège qui m'était accordé avait immédiatement suscité des tensions et des jalousies. Car Blandine était blonde, belle, française et fille de diplomate, et côtoyer de très près autant de vertus était évidemment une chance exceptionnelle qui me valut quelques solides inimitiés. Mais je n'en avais cure. Car j'allais être invitée chez elle, et cela suffisait à mon bonheur. Au collège, c'était la reine, la plus belle sans contestation possible. Alors que nous disparaissions derrière nos uniformes qui servaient d'ailleurs à cela, effacer nos corps et faire de nous des silhouettes informes, elle continuait d'avoir des bras gracieux, une taille fine, des jambes interminables et un port de tête qui la désignait d'emblée comme appartenant à un ailleurs infiniment plus magique et désirable que le présent que nous vivions. Et puis il y avait sa blondeur, sa chevelure soyeuse et pleine de soleil. Nous en étions raides d'admiration. Il m'arrivait même en ces temps-là de me rêver blonde et lisse mais, au réveil, le miroir me renvoyait implacablement le reflet d'une tignasse sombre et de boucles emmêlées. J'ai gardé avec une incroyable précision le souvenir de mon premier après-midi chez elle. Je ne savais pas comment m'habiller et je détestais les vêtements que ma mère m'avait forcée à mettre. La robe en lainage à carreaux roses et beiges me râpait le cou et les bras. Je me sentais laide, gauche et empruntée. Mais dans le même temps, la perspective de cette visite allumait dans mon cœur des émotions inconnues, comme à la veille d'un grand voyage plein de promesses. Je me répétais son nom comme on reprend un refrain et ses consonances suscitaient en moi des images de forêts touffues et de jardins à la française, de fruits de saison et de tables en bois rares, recouvertes de nappes blanches et de plats raffinés. Tout un exotisme inaccessible, un rêve d'Occident. Blandine m'avait ouvert la porte et sa mère était venue m'accueillir et me remercier d'aider sa fille. L'élégance de sa tenue, la mélodie de son phrasé, la légèreté de ses « r » grasseyés, tout me charmait et me blessait à la fois, car je comprenais immédiatement que tous mes efforts de bonne élève resteraient vains, que jamais je ne deviendrais une vraie Française, que je devrais me contenter d'un éternel simulacre. L'après-midi s'était écoulé comme dans un songe. J'expliquais, j'illustrais, je démontrais, j'analysais, je récitais, et Blandine m'écoutait distraitement. Aucune marque particulière d'intérêt n'animait son regard, aucune question ne lui venait à l'esprit, elle ne manifestait ni impatience ni étonnement. À l'évidence, elle envisageait sa vie comme ponctuée d'autres échéances que celle des examens de fin de trimestre et des bulletins scolaires. Son passage en classe supérieure tenait de la certitude et non de l'épreuve, elle appartenait à la classe supérieure de toute éternité, son nom, sa beauté et les pays qu'elle avait traversés étaient autant de sauf-conduits pour la vie merveilleuse qui l'attendait.

Blandine n'était pas restée longtemps à Beyrouth. Son père avait été muté ailleurs et elle était repartie comme elle était venue, avec élégance et désinvolture. Elle avait néanmoins tenu à rester jusqu'à la fin de l'année et à participer au spectacle qui clôturait traditionnellement les cours de théâtre. Car elle y jouait tout naturellement le rôle d'une reine, et alors que nous nous étions disputé tous les personnages, elle avait endossé le sien avec une autorité aussi évidente qu'incontestable devant laquelle chacun, professeur ou élève, s'était incliné. Longtemps après son départ, on évoquait encore le spectacle auquel elle avait participé, son costume de tulle blanc et de dentelles, son diadème d'argent et sa chevelure blonde, sorte de fée Morgane tenant sous son charme les chevaliers de la Table ronde, le roi Arthur et tous les guerriers sarrasins. Blandine finit ainsi par faire partie de la mythologie du collège et par y occuper une place sans commune mesure avec la brièveté de son passage parmi nous.

Je la revis à Paris des années plus tard. Fuyant la guerre et ses nombreux dégâts collatéraux, j'avais débarqué avec une valise pleine de toutes les incohérences de ma vie en miettes, vêtements inadaptés, livres inutiles, lettres en vrac, journaux intimes interrompus, photos non datées et gris-gris de toutes provenances, censés me protéger de tous les mauvais sorts. L'automne parisien s'était brutalement interrompu par des froidures inattendues, je grelottais sous les couches de coton qui ne parvenaient plus à me réchauffer, et je perdais un temps fou à accomplir toutes les formalités administratives qui me donneraient enfin le droit de séjourner en règle au pays de la culture et des droits de l'homme : inscriptions universitaires, visites médicales, obtention de mes cartes de séjour, de sortie du territoire, de sécurité sociale, de mutuelle, de Crous, d'accès à la bibliothèque des sciences de l'homme, à la piscine municipale, et même à la papeterie du coin où je pouvais tranquillement faire mes photocopies. Je l'aperçus un après-midi près des grilles du jardin du Luxembourg. Le même port de tête, les mêmes jambes nerveuses et effilées, la même blondeur flamboyante. Je pensais qu'elle ne me reconnaîtrait pas et j'en étais presque soulagée. Face à elle, je me sentais exactement comme des années auparavant : laide, gauche et empruntée. Le temps n'y pouvait rien.

Ce fut elle qui m'appela et vint vers moi avec un grand sourire. Elle m'invita à boire un thé au « Rostand » et me raconta avec nonchalance quelques fragments de son parcours. Elle était divorcée et n'avait pas eu d'enfant de ce premier mari, un diplomate lui aussi avec lequel elle avait poursuivi une vie de voyages, de réceptions et de rencontres éphémères. Elle vivait à présent à Paris, seule, et fréquentait un milieu d'artistes, de musiciens et de créateurs de mode pour lesquels elle effectuait de temps en temps des missions, me dit-elle, dont je ne compris pas le contenu avec précision mais qui consistaient, je crois, en opérations de relations publiques. Nous nous étions attardées au café, moi tout émue de voir resurgir des bribes de notre passé non encore ébranlé par la guerre, elle vaguement mélancolique, je crois, de ce Beyrouth où elle avait été si choyée, si admirée. Une certaine tristesse affleurait par moments dans les intonations de sa voix qu'elle chassait très vite dans un rire perlé. Puis elle se leva brusquement en disant qu'elle avait pris du retard, griffonna sur une serviette en papier ses coordonnées téléphoniques et sortit très vite de son pas élégant et sûr, faisant mine de ne pas remarquer tous les regards qui s'étaient portés sur elle. La serviette en papier resta longtemps au fond de mon sac, et, lorsque je me décidai un jour à lui téléphoner, j'eus le plus grand mal à déchiffrer le numéro, en composai successivement plusieurs versions qui me menèrent toutes à de faux numéros ou à des sonneries prolongées dans le vide mais, ne me résolvant pas à perdre tout à fait sa trace, je recopiai quand même le numéro le plus rapproché des signes qu'elle avait tracés, sur une page de mon carnet d'adresses, me surprenant à ressentir, lorsque j'écrivis son nom, la même émotion que des années-lumière auparavant.

Je devais la croiser à nouveau, plusieurs années après cette première rencontre impromptue. J'étais dans un autobus qui me ramenait chez moi lorsque, à la station Châtelet, une femme monta péniblement les marches, aidée par un adolescent boutonneux et poli. Elle s'avança avec peine jusqu'au siège réservé aux handicapés qu'on lui libéra prestement. Puis elle posa ses béquilles et releva la tête. C'est alors que je la reconnus. Toujours cette blondeur. Toujours ce port de tête. Je restai là silencieuse, tétanisée, incapable d'aller vers elle, meurtrie par la vision de ses jambes qui ne la portaient plus, de son corps disloqué. Et pourtant c'était bien elle, notre princesse, notre fée Morgane. Je l'observais à la dérobée depuis un moment lorsque, vers Port-Royal, l'autobus se vida d'une partie de ses voyageurs. Je m'approchai, je dis son nom, je me penchai vers elle. Elle leva alors vers moi son regard bleu. Son visage était marqué par la fatigue, mais l'élégance de ses expressions était toujours bien là. Elle me raconta à mi-voix ce qui lui arrivait, sclérose en plaques, évolution qui s'accélérait, protocole thérapeutique expérimental, placébo, groupe témoin, pronostic réservé, une vie en lambeaux. Je lui pris la main, incapable de formuler des paroles intelligibles. Je n'osai pas lui demander si elle était entourée, si elle avait besoin de présence. Peut-être était-ce la peur de la blesser par trop de sollicitude. Peut-être était-ce tout simplement la lâcheté. L'autobus arriva place Denfert Rochereau et elle devait descendre. L'adolescent boutonneux qui s'était tenu en retrait s'avança vers elle pour l'aider. Elle se leva en me disant qu'elle avait eu plaisir à me revoir et me sourit sans amertume. Je la suivis du regard aussi longtemps que possible, soit quelques secondes à peine, et je fus surprise de sentir mes larmes couler en flots silencieux, moi qui ne savais plus pleurer. Longtemps, je restai habitée par la vision de sa silhouette s'enfonçant péniblement dans la nuit aux bras d'un adolescent, et je me répétais que je l'avais abandonnée à Denfert, à l'enfer.

Quelques semaines plus tard, ce fut dans les pages du *Monde* que j'eus à nouveau de ses nouvelles. À la rubrique nécrologie que, par un effet de l'habitude, je continuais à lire comme à Beyrouth alors que je ne connaissais personne dans cette ville. Cette fois-ci je ne parvins pas à pleurer. Mais j'eus le sentiment aigu que son histoire était encore plus intimement liée à la mienne que ce que j'avais imaginé, et que sa vie brisée était à l'image de Beyrouth, paillettes et larmes, insouciance et fracas.

3

Dina

Lorsque je pense à elle me reviennent avant tout les images de son salon à Washington où elle nous avait servi le thé par un après-midi froid et pluvieux de décembre. Sur les murs que je regardais à la dérobée, un mélange d'objets douloureusement familiers et d'autres parfaitement inconnus. Des bibelots qui avaient longtemps orné une table basse du salon, rue Khalil-Gibran, des tableaux qu'elle avait peints à vingt ans avec une aisance insolente. Mais aussi des masques, des colliers, des tapis qu'elle avait dû ramener de voyages dont je n'avais jamais eu la moindre idée, dont nulle carte postale ne m'avait ni signalé l'existence ni raconté le cours.

Ces images me hantent parce que ce sont celles de notre dernière rencontre. Une rencontre qui n'a servi à rien, qui n'a pas permis de renouer les fils, ni de retrouver un peu de la tendresse et de la complicité qui avaient été les nôtres pendant de nombreuses années avant de se déliter. Lorsque j'avais pris l'initiative de ce rendez-vous, profitant d'un séjour à New York avec Paul et heureuse que, par chance, elle soit chez elle et non pas, comme souvent, en voyage, j'étais pleine d'espoir et nostalgique de tout ce que nous avions partagé. Pendant tout le temps qu'avait duré le trajet en train entre New York et Washington, j'avais tenté de rembobiner, de faire défiler le film avec lenteur ou en accéléré, de me concentrer sur les images puis de remettre le son, mais je n'étais pas parvenue à comprendre les vraies raisons de notre éloignement alors que nous avions été si proches. Que s'était-il donc passé depuis notre adolescence pour que se creuse une telle distance entre nous ? Depuis des années nous ne nous voyions presque plus. Nous nous parlions à peine. Je peinais à comprendre les causes de cette absence prolongée, à démêler les fils noués de ce qui nous tenait lieu de relation. Chacune de nos rares rencontres était un mélange à parts égales d'espoir, d'appréhension, de tendresse et de colère, pour ce qui me concerne du moins ; pour elle, je ne savais pas, car elle était devenue à mes yeux aussi indéchiffrable qu'un sphinx.

On nous surnommait « Les quatre filles du Dr March ». Je ne me souviens plus de ce que racontait ce livre de la « Bibliothèque verte » que les jeunes filles lisaient lorsqu'elles quittaient la « Bibliothèque rose » pour passer à l'étape supérieure. Je n'ai gardé que le vague souvenir d'un ton plus sérieux et d'une morale plus rigide, puisque le livre s'adressait à des adolescentes qui avaient abandonné leurs jeux d'enfant. Mais nous étions bien quatre filles, Dina était notre aînée, moi la plus jeune, entre nous il y avait les jumelles, le tout étalé sur cinq années à peine, notre mère n'avait pas chômé. Je crois même qu'elle était épuisée par ces grossesses rapprochées que mon père et elle avaient souhaitées pour assurer le passage de témoin, mais ils n'avaient pas eu l'héritier mâle tant désiré et avaient fini par abandonner sur ce dernier échec, ma naissance. La faculté avait d'ailleurs fortement recommandé d'en rester là tant ma mère avait été fatiguée par sa dernière grossesse et tant son dernier accouchement s'était difficilement passé. Nous étions donc quatre filles, en très bonne santé somme toute, et ma mère nous avait confiées aux bons soins de Jamilé, la cuisinière, et de Saydé, une très jeune Libanaise descendue de son village vers la grande ville afin de gagner un peu d'argent et d'apporter un soutien à sa trop nombreuse famille. Et ça ne marchait pas trop mal, ce gynécée joyeux et désordonné, et nous poussions aussi vite que des mauvaises herbes. Sans doute Dina avait-elle eu à souffrir de sa position d'aînée trop vite grandie et encouragée, comme souvent les aînés, à être sérieuse et appliquée et à se sentir responsable des plus jeunes, que mes parents lui « confiaient » à maintes occasions, et en particulier quand ils sortaient le soir. Mais il n'y avait pas que des désavantages à ce statut d'aînée. Quand mes parents s'absentaient pour de longs voyages, c'est elle que Jamilé consultait pour décider des menus et elles en discutaient avec un grand sérieux. Elle nous contraignait parfois à des lectures à voix haute, de contes et de récits de différents pays qu'elle choisissait dans un livre épais à la couverture blanche, doré sur la tranche ; elle nous les lisait le soir avant que nous nous endormions, et cela sans nous demander notre avis. Les jumelles s'accommodaient relativement bien de ces séances, leur tempérament rêveur autant que leur relative paresse trouvant là un arrangement avantageux. Mais je piaffais de retrouver mes bandes dessinées et les récits d'aventures que j'empruntais à mes amies ou à la bibliothèque, et je lui en voulais d'abuser ainsi de son statut. Il lui arrivait même de nous donner des cours de chant. Elle s'installait au piano et, avec cette facilité qu'elle avait en toute chose, elle retrouvait des mélodies qu'elle avait entendues à la radio ou ailleurs, les jouait une ou deux fois, et nous apprenait à les chanter en rythme. Mes parents la couvraient d'éloges, exprimaient à tout propos leur immense fierté et ne manquaient pas de raconter tout cela à leurs amis ou au cours des réunions de famille. Les jumelles avaient elles aussi droit à la lumière des projecteurs, toutes deux ravissantes, gaies et affectueuses. Elles étaient irrésistibles et personne au demeurant ne leur résistait. Il me restait à occuper la place de la forte tête, de la rebelle butée, rétive et toujours prête à faire une bêtise pour exister. Tout cela dans une ambiance le plus souvent plutôt sereine malgré tout, parce que mes parents s'aimaient, que rien de fondamental ne manquait à notre bien-être, et que la vie dans le Beyrouth de ces années-là avait oublié pendant un temps la violence et l'effroi. La pharmacie de mon père marchait bien, il songeait à s'agrandir et à se développer en ouvrant une deuxième officine dans un autre quartier, son professionnalisme et son sérieux faisaient merveille auprès de sa clientèle à qui il prodiguait des conseils judicieux, refusant parfois de leur vendre un médicament qu'il jugeait inutile, leur proposant souvent un remède moins coûteux et plus efficace que celui qu'ils réclamaient. Sa réputation d'excellence s'élargissait par cercles concentriques, on lui donnait du « *hakim* » (docteur) de plus en plus souvent, ce qui suscitait ses protestations mais provoquait dans le même temps, nous en étions certaines, une réelle satisfaction et le sentiment du devoir accompli.

Si Dina et moi avions ainsi occupé des positions sensiblement différentes dans la subtile géométrie des relations familiales, nous n'en étions pas moins proches, et même souvent complices par un effet quasi mécanique de la communion dans laquelle baignaient Elsa et Lydia, les jumelles. Si leur entente profonde, quasi magique, et qui a perduré au fil des ans, était fondée sur une connaissance intuitive que chacune avait des sentiments et des pensées de l'autre, et sur une similarité de goûts et de dégoûts, l'accord entre Dina et moi était le fruit de négociations âpres, de confrontations et de compromis, et il fallait le consolider sans cesse. Nous discutions donc beaucoup, nous disputions tout autant, mais notre relation, si conflictuelle par moments, était néanmoins vivante et solide. Dina avait une conscience aiguë de la solidarité familiale et ses décisions étaient souvent prises en fonction de ce qui, à son sens, conviendrait le mieux au bien-être de la famille. Je me montrais beaucoup plus individualiste, jalouse de ma liberté et volontiers provocatrice. Mais, au final, l'avis de chacune comptait énormément pour l'autre et, avec le recul, il me semble que nous étions parvenues à rester de vraies sœurs jusqu'à ma rencontre avec John.

Quelque chose s'est détraqué dans la mécanique complexe de notre relation lorsque je suis tombée vraiment amoureuse pour la première fois. John était un jeune homme aventureux, à l'intelligence vive, américain et néanmoins cultivé. Il était venu au Liban pour des raisons qui me seront restées obscures, mais il citait, en vrac, de lointaines origines libanaises de la famille de sa mère, son désir d'entreprendre une thèse sur les différences et ressemblances entre les maronites et les druzes du Mont-Liban, et une opportunité de poste d'attaché de recherche qui ne se refusait pas alors qu'il était si jeune. Je l'avais rencontré tandis que j'étais en classe de première, un jour où j'étais allée à l'université américaine de Beyrouth pour m'informer des différentes filières en sciences humaines ; il m'avait renseignée de façon assez peu objective, m'avouerait-il plus tard, insistant vivement pour que je m'inscrive en anthropologie, filière au sein de laquelle il assurait des travaux dirigés. Il s'était assez rapidement lancé dans une cour assidue dont je tirais fierté avant même de me demander s'il me plaisait vraiment puisque, avant tout, il me plaisait de lui plaire. Je n'avais jusque-là eu que très peu de succès auprès des garçons, d'une part en raison d'une liberté de mouvement extrêmement limitée qui avait pour conséquence que je rencontrais assez peu de représentants du sexe masculin qui ne faisaient pas partie de ma famille ou du clergé, d'autre part en raison de ma gaucherie et de mon manque flagrant de féminité. Attirer ainsi l'attention d'un jeune homme physiquement séduisant et américain de surcroît était donc une source de félicité que je ne me privais pas d'étaler devant mes sœurs, suscitant l'indifférence relative des jumelles qui en avaient vu d'autres en matière de jeunes gens éperdus, mais suscitant la jalousie de Dina qui n'avait eu jusque-là aucune relation durable avec un garçon. Il faut dire qu'elle était si brillante, si auréolée de succès de toutes sortes – au lycée, au conservatoire, dans des compétitions sportives, et même dans des concours destinés à encourager les talents artistiques – que cela devait décourager les pâles et insipides jeunes gens qu'elle croisait dans les surprises-parties et qui ne se sentaient sans doute pas à la hauteur. Elle souffrit certainement de cette forme de solitude à laquelle la condamnait son intelligence hors du commun, dans une société où toute forme de supériorité féminine est regardée avec peur et suspicion. Mais elle ne se l'avoua pas à elle-même et encore moins à moi qui, inconsciemment, remuait le couteau dans la plaie. Il est vrai que Dina affichait une telle assurance, suscitait tant d'admiration, manifestait une telle excellence en toutes choses que je savourais avec malice l'entrée de John dans ma vie qui me donnait enfin sur elle un avantage significatif. Mais elle batailla ferme avec ses armes habituelles et, maniant avec précision sa lucidité ironique, elle fit l'inventaire cruel de ses moindres défauts. Il était trop maigre, trop blond, pas assez musclé ; il profitait du prestige de sa nationalité pour séduire ; il parlait l'anglais avec un accent nasillard et son vocabulaire manquait singulièrement de finesse ; il mâchait trop souvent des chewing-gums ; le sujet de sa thèse était fumeux ; bref, il ne trouvait aucune grâce à ses yeux et elle fit de lui un portrait très peu flatteur à mes parents qui commencèrent à s'inquiéter de son insistance à me téléphoner et à me voir dès que j'avais un moment de liberté. Tout cela ne me troubla que très peu jusqu'au jour où, à peine avais-je tourné la clé dans la porte, que je me vis convoquée par mon père dans son bureau pour y parler de choses graves. Il m'annonça alors qu'«on» l'avait renseigné sur John, que le jeune homme avait un passé trouble, qu'il était hors de question que la fille d'un pharmacien respectable noircisse sa réputation en s'affichant avec « un monsieur louche, un espion peut-être », ou pire en laissant se développer une relation qui ne pouvait être que « sans lendemain ». Il répéta en tapant du poing sur la table qu'il m'interdisait de continuer à fréquenter John. Rien de plus précis ne fut formulé quant au « passé trouble » de ce jeune homme « louche », ni quant à la fiabilité des généreux informateurs, et mon insistance à en savoir plus ne fit que déchaîner les foudres paternelles. Sa décision était sans appel : je ne devais plus ni le voir ni lui parler.

Bien évidemment, je me dépêchai de désobéir et je crois même que je me mis à m'attacher à John à partir de ce moment-là, alors que sa cour assidue m'avait jusque-là surtout amusée. C'est à partir de ce moment-là aussi que mes rapports avec Dina devinrent tendus, souvent orageux. Elle pressentait, et je ne faisais rien pour la détromper, que j'avais l'intention de continuer à voir John et même à le « voir » plus que jamais, elle ne supportait pas que je mette en danger le subtil équilibre des relations familiales, elle me reprochait de me comporter de façon irresponsable compte tenu des quelques alertes que nous avait causées la santé de mon père ; je lui en voulais terriblement de se désolidariser de moi et de s'ériger en gardienne d'une morale que nous avions rejetée de concert ; chacune se referma dans sa coquille et sa rancœur. Notre chambre devint comme un terrain miné sur lequel il fallait avancer avec précaution et de plus en plus silencieuses.

La guerre, ses conséquences inattendues sur nos vies, l'éclatement du cocon familial à la faveur des départs et des retours des unes et des autres en rangs dispersés et la fulgurante carrière de Dina qui l'amena à parcourir le monde firent le reste : nous éloigner durablement, mettre entre nous des mers, des continents, des contraintes familiales et professionnelles, et nous amener à dériver de plus en plus loin l'une de l'autre, et à nous voir de façon de plus en plus épisodique.

Au fil des ans, je m'apercevais que je savais de moins en moins de choses de la vie de Dina, hormis ce que me racontaient mes parents ou mes sœurs ou ce que je pouvais lire sur elle dans la presse. Elle avait enchaîné les postes prestigieux, elle travaillait à la Banque mondiale depuis un certain nombre d'années, elle publiait des études pointues sur la faim dans le monde et les moyens d'y remédier qui donnaient lieu à une ample couverture médiatique. Elle ne s'était jamais mariée. Bien qu'ayant pendant des années vécu aux quatre coins du monde, elle avait continué à entourer nos parents d'une immense sollicitude, faisant souvent des heures d'avion supplémentaires pour passer quelques jours, voire quelques heures avec eux, suivant avec une attention méticuleuse leur bilans de santé et les traitements qu'on leur prescrivait, gardant un contact permanent avec les médecins qui les soignaient. Elle avait également maintenu un lien très affectueux avec Elsa et Lydia et ses bagages étaient souvent remplis de cadeaux pour leurs enfants. Cela, je le savais par mes sœurs. Mais, pour des raisons qui me restaient obscures, elle m'avait quasiment effacée de son paysage mental et affectif.

Il y eut donc cet après-midi de décembre dans son salon de Washington qui ne servit à rien sauf à me faire éprouver la distance, la froideur et l'ironie dont elle était capable et face auxquelles je réagissais avec susceptibilité, maladresse et pusillanimité, comme si j'avais encore cinq ans et elle dix, le temps n'y changeait rien. Elle ne me dit rien d'important la concernant, encore moins qu'elle avait pris la décision de quitter la Banque mondiale et de s'installer au Cambodge pour y diriger une ONG qu'elle y avait montée avec l'un de ses collègues qu'elle appréciait beaucoup et qui était devenu son compagnon. Tout cela, je l'appris par Elsa et Lydia, ainsi que le fait que lorsque j'étais passée la voir, elle avait déjà pris son billet pour Phnom Penh et faisait ses cartons. Je crois que c'est cela qui me blessa le plus : être passée la voir alors qu'elle préparait ce départ radical et lointain et qu'elle ne m'en ait rien dit. Quant à son compagnon, il n'était pas présent lors de notre entrevue, elle ne m'en avait pas soufflé mot, et si mes sœurs n'avaient pas mentionné son nom à maintes reprises dans la conversation téléphonique qui avait suivi cette rencontre, je n'aurais même pas soupçonné son existence.

4

Elias

Quand Elias a pris les armes, notre famille a été précipitée en enfer.

Elias était un cousin germain, de quelques années mon aîné, et nous avions partagé des étés en montagne, de grandes parties de cache-cache et de ballon chasseur, nos premières balades à vélo, nos premières chutes et nos premiers écarts de conduite significatifs. Nous avions en commun une curiosité précoce pour tout ce qui était explicitement interdit, et une commune envie de vérifier jusqu'où allaient les limites de ces interdits. Ce qui nous avait conduit à dégonfler les pneus du voisin qui avait garé sa voiture au milieu du terrain vague où nous aimions jouer au ballon – acte dont les conséquences dépassèrent très largement tout ce que nous avions pu imaginer puisque l'affaire remonta jusqu'au conseil municipal et que nous fûmes privés de feux d'artifice à la fête-Dieu –, à voler quelques grappes de raisin chez les Osseirane et des figues sur tous les figuiers qui étaient à portée de main lors de nos promenades, et à nous faufiler dans un cinéma où était projeté un film dont l'affiche promettait quelques baisers enflammés et des corps partiellement dénudés sur fond d'espionnage et de guerre froide, le tout en cachette de nos parents à qui nous avions raconté que nous allions jouer au ping-pong chez des amis. Elias est aussi le premier garçon qui m'ait montré son zizi.

Quand il a pris les armes, il venait d'avoir dix-huit ans. Nous ne l'avons pas su tout de suite. Il s'absentait longuement, disparaissait des après-midi entiers, puis des soirées, rentrait à l'aube, et ma tante passait ses nuits à l'attendre, allongée dans le noir, ou affairée dans la cuisine quand son agitation l'empêchait de rester couchée et qu'elle cherchait à tromper l'inquiétude en entreprenant des tâches minuscules et inutiles telles que compter les couverts de sa ménagère en argent, frotter les cuivres, repriser des torchons ou des chaussettes. Quand Elias réapparaissait enfin, il ne disait rien, ne répondait pas à ses questions, et comme il cachait son arme et se changeait avant de rentrer chez lui, elle était à mille lieues de suspecter qu'il venait de passer quelques heures à tenir une position, à envoyer des roquettes de l'autre côté de la ligne de démarcation ou assurer une permanence au siège de la milice. Elle incriminait ses « mauvaises fréquentations » car elle l'avait vu traîner avec des jeunes gens qui se laissaient pousser la barbe et jouaient les petits caïds, mais elle craignait surtout une addiction au poker, des pertes d'argent, ou une maladie vénérienne qu'il aurait attrapée chez une professionnelle des bordels de la Place des Canons. Mais un jour, il reçut un éclat d'obus dans le bras et fut transporté par ses camarades à l'hôpital sur une jeep conduite à un train d'enfer et qui enfila tous les sens interdits en klaxonnant rageusement. Une fois pris en charge par un médecin de garde, ses frères d'armes, pressés de retourner sur les barricades où les leurs étaient en difficulté, téléphonèrent chez lui pour prévenir qu'il était aux urgences. Il était trois heures du matin et ma tante, prise de convulsions, se mit à hurler dans sa cuisine au milieu des couteaux qu'elle était en train de trier. Son mari et sa fille, réveillés en sursaut, s'habillèrent à la hâte pour se rendre sur place malgré l'intensité des bombardements. Ils mirent un certain temps à retrouver Elias, ne soupçonnant pas que c'était lui que l'infirmière de garde leur décrivait sous les traits d'un milicien, arrivé aux urgences sur un brancard porté par des barbus en tenue de combat et armés jusqu'aux dents.

La nouvelle se répandit dans la famille à la vitesse d'un obus de gros calibre. Ma tante était inconsolable, mais on ne parvenait pas à saisir si ce qui la chagrinait le plus était la blessure de son fils adoré – blessure qui, au final, se révélerait être sans grande gravité mais lui laisserait une belle cicatrice le long de l'avant-bras –, la découverte qu'il avait rejoint les rangs des « Phalangistes » et risquait à présent sa vie tous les soirs ou presque, ou l'addition de ces deux choses qui égratignaient dangereusement la réputation de la famille, car, disait-elle, ce sont des jeunes gens sans éducation et sans emploi qui s'engagent ainsi dans les milices. Dans la famille, on ne se parlait plus que sur le mode de l'invective. Certains affirmaient comprendre Elias et saluaient son courage, sa jeunesse, la générosité de son engagement, car oui, les chrétiens étaient menacés, oui, les musulmans n'avaient jamais toléré ces *dhimmis*[1] chez eux, et heureusement que des âmes fières et vaillantes avaient la lucidité de se mobiliser avant qu'il ne soit trop tard. À quoi les autres rétorquaient que les chrétiens n'avaient jamais été aussi menacés que depuis qu'ils avaient pris les armes, que la lecture exclusivement confessionnelle des conflits était un crime contre le Liban dont ils étaient les premiers à s'être rendus coupables, et que ce n'était pas du courage mais de l'aveuglement que de transformer la religion en système d'appartenance politique dans un environnement où l'on était en minorité depuis des siècles.

Les repas de famille, qui s'étaient raréfiés en raison de l'insécurité, se déroulaient à présent dans une ambiance de gaieté factice parce que ma grand-mère était très affaiblie, que chacun avait à cœur de la ménager et qu'elle ne comprenait pas un traître mot aux discussions politiques ni aux vociférations des hommes de la famille, également répartis en deux camps âprement dressés les uns contre les autres. Mais, avec sa disparition, ce fut comme si rien ne nous rattachait plus vraiment les uns aux autres. L'amertume, le mépris et

1. Le terme dhimmis s'applique aux chrétiens et aux Juifs en pays d'Islam. Selon les termes d'un pacte, ils se voient accorder une liberté de culte restreinte, une dispense de certaines obligations (comme l'aumône obligatoire ou le service militaire) ainsi que la garantie de sécurité pour leur personne et pour leurs biens en échange de la soumission à un certain nombre de contraintes.

la colère éclataient à tout propos, comme un feu qui couve sous la cendre encore chaude des dernières flambées. Les camps palestiniens transformés en zones de non-droit, les accords du Caire qui furent le premier coup de poignard dans le dos porté à l'État libanais, la faiblesse des présidents de la République chrétiens qui n'avaient jamais su être que des chefs de clans ou des porteurs de costumes trois pièces, l'Occident qui se couchait à plat ventre devant les émirs et leurs pétrodollars, le lobby juif qui faisait la pluie et le beau temps à Washington et qui avait soufflé à Henry Kissinger son fameux plan de dépeçage des pays de la région en menus morceaux qui ne seraient plus en mesure de représenter une menace pour Israël, chacun avait son thème favori, indéfiniment ressassé, et les obus s'abattaient dru dans les salons comme sur la ville.

Elias ne prenait plus part à ces repas. D'une part sa présence aurait encore plus envenimé les discussions qui se terminaient le plus souvent dans des hurlements et des claquements de porte. D'autre part il était bien trop occupé avec ses nouveaux amis en tenue de combat et, maintenant qu'il n'avait plus à se cacher et qu'il tirait même une certaine fierté de sa blessure au bras, il faisait le beau dans le quartier, paradait en tenue militaire, et quand il n'était pas requis par ses responsabilités au sein de la milice, il se rendait au café pour parler très fort, rire de façon ostensible et donner de grandes tapes dans le dos aux « chabebs », ses frères d'armes. Tout cela composait par ailleurs un rôle dont il était assez fier et qui lui permettait de draguer avec facilité les plus jolies filles des quartiers situés à l'est de la ligne de démarcation. J'avais tenté à plusieurs reprises de reprendre contact avec lui, mais il ne semblait désireux ni de me voir ni de me parler. Je le croisai enfin, un jour que je venais rendre visite à ma tante dont la santé mentale se détériorait depuis la sinistre découverte. Elle était devenue dépressive, était entrée dans la ronde infernale des médicaments psychotropes, avait désespéré des anxiolytiques qu'elle avait lâchés pour les neuroleptiques, le tout entrecoupé à intervalles réguliers par des antidépresseurs de toutes sortes. Dans la famille, on avait provisoirement mis en sourdine les débats politiques pour faire une plus large place à la psychiatrie et on ne parlait plus que Xanax, Valium, Zoloft et Laroxyl. On en comparait les effets secondaires, mon père recevait sans arrêt des coups de fil des autres membres de la famille qui lui demandaient son avis dont ils s'empressaient de prendre le contrepied, au motif qu'il était « de la vieille école » et que la pharmacopée s'était enrichie, depuis qu'il avait quitté les bancs de la faculté, de nouvelles variétés dont il ne savait rien. Si ces discussions sans fin ne manquaient pas de relief, ma tante, elle, n'en avait plus du tout. Elle était devenue l'ombre d'elle-même. Elle n'avait jamais eu beaucoup d'appétit mais elle le perdit tout à fait et seule la menace de la faire hospitaliser et mettre sous perfusion, que son époux brandissait de temps en temps, lui faisait accepter de s'alimenter un peu. J'aimais beaucoup ma tante dont l'originalité, critiquée en coulisses par la bonne société beyrouthine, m'attendrissait tout particulièrement. Ses chapeaux extravagants, ses fume-cigarettes, les couleurs flamboyantes de ses tenues, sa façon de vivre mentalement dans le Paris de ses vingt ans, qu'elle avait connu pendant les deux ans où son tout jeune mari se spécialisait en droit de la propriété intellectuelle – spécialité qui lui avait finalement peu servi au Liban où le plagiat ne choquait personne –, tout cela me la rendait infiniment sympathique. Aussi étais-je désespérée de la voir dépérir et je lui rendais visite aussi souvent que possible. Ce fut donc un jour de décembre qu'en me rendant chez elle je croisai Elias dans les escaliers. Je m'étais arrêtée pour reprendre mon souffle sur le palier du quatrième étage, car l'ascenseur une fois de plus ne marchait pas, en raison des coupures d'électricité qui étaient devenues de plus en plus fréquentes. Elias dévalait les marches quatre à quatre et faillit me renverser lorsqu'il arriva à ma hauteur. Je mis quelques secondes à le reconnaître. Il s'était laissé pousser la barbe, ses yeux étaient cernés, et son visage avait pris une expression dure et indéchiffrable. Il parut surpris de me voir, il savait pourtant que j'étais proche de sa mère et continuais à partager avec elle quelques-uns de ces après-midi qu'elle trouvait trop longs, mais c'était comme si ma présence faisait revenir à la surface tout un pan de sa vie qu'il avait enfoui loin derrière et avec lequel il n'avait plus envie de renouer. Il me sourit et s'approcha de moi pour m'embrasser. Il sentait fort l'« Eau sauvage », et je me dis qu'il devait être de sortie, bien qu'il ne quittât plus que rarement son treillis et ses bottes. Je ne sais pas pourquoi mes yeux se remplirent de larmes au moment où ses lèvres touchèrent ma joue et où sa barbe me piqua. Il me semblait que, debout sur ce palier sombre, humide et venteux, croisant le compagnon de jeu de mes années d'enfance sous les traits d'un milicien en tenue de combat, je prenais la mesure de tout le temps perdu et de l'abîme dans lequel nous étions tous tombés, les yeux fermés, en nous tenant par la main. « Ce n'est rien, je suis enrhumée », m'empressai-je de dire, « Elias, il faut qu'on parle. » « Parler, toujours parler. Vous n'aimez rien autant que parler dans cette famille ! Mais tu ne sais pas que le temps des paroles est fini ! C'est au tour des armes de parler maintenant ! » « Arrête, Elias ! Ne me sers pas ton petit numéro ! Tu vas mourir comme un con pour une cause qui est moribonde. Et tu vas tuer beaucoup de monde avec toi. Ta mère, bien sûr, mais une partie de notre famille aussi. » « Ma mère, elle irait tout de suite mieux si elle arrêtait tous ces somnifères ! Mais elle se donne beaucoup de mal pour être le centre de l'attention, même si cela doit passer par s'intoxiquer avec des médicaments. Tu me fais perdre mon temps, cousine ! On a passé l'âge de se disputer. J'ai un rendez-vous urgent, là ! Yalla ! Yalla ! À un de ces jours ! » « Où ? À un de ces jours, mais où ? Sur un barrage où tu vas m'arrêter avec mes copains musulmans ? À la morgue où je devrai aller reconnaître ton corps ? Où, dis-moi où ? » « Tu es mignonne, cousine, tu sais ! Je te retrouve, là, quand tu te mets en colère ! Si tu n'avais pas été ma cousine, qui sait, on se serait mariés peut-être. » « Mariés ? Moi ? Avec un fasciste ? Jamais ! Tu y penses, des fois, quand tu tires tes obus sur les enfants des banlieues que vous vous appliquez à nettoyer, que j'en connais un certain nombre, moi, de ces enfants ? Que j'ai passé des étés avec eux, en colonies de vacances, et que je les ai tenus dans mes bras ? Et l'Ouest que vous bombardez, tu ne sais pas que j'y vis, moi ? Que tes obus s'écrasent sur ma tête et celle de mes amis ? » « Je t'ai envoyé des tas de messages pour te dire de quitter ton trou à rats ! » « Elias ! Ouvre les yeux, bon sang ! Tu parles comme les abrutis qu'on endoctrine ! Comme les drogués qui ne savent plus distinguer le soir du matin ! »

Le mot « drogué » le fit sursauter. C'était comme si je l'avais giflé. Il me lança un regard qui me hanterait longtemps, un regard dans lequel il y avait un curieux mélange de mépris et de tristesse, de honte et de rage. Je me rendis compte que j'avais visé juste sans le savoir, que bien entendu il se droguait, comme tous ces jeunes qui se battaient et n'y étaient pas préparés, et qui n'avaient pas trouvé d'autre moyen de supporter la violence des batailles, la fatigue des nuits sur le front, la peur de la mort frôlée sans cesse et la tristesse de voir mourir les leurs dans leurs bras. Il y eut un long silence, son regard sur moi qui me déchira le cœur, et nous deux figés dans l'immobilité glacée du palier. J'avais envie de le prendre dans mes bras, de le consoler, de m'excuser de l'avoir blessé, mais je n'en fis rien. Puis il me tourna le dos et continua de descendre les marches. Je ne devais plus le revoir.

Peu de temps après, il fut tué au combat, dans le souk des étoffes. Ses camarades racontèrent à ma tante que la douleur avait rendue sourde et à mon oncle qui semblait sourire, figé dans sa posture comme les morts de Pompéi, qu'il s'était montré d'un courage de lion. Mais comme cela faisait partie de la phraséologie habituelle, personne ne sut ce qui s'était vraiment passé. La famille eut juste suffisamment d'énergie pour interdire que des photos de lui en tenue de combat soient placardées sur les murs aux côtés de celles des autres « martyrs », avant d'être recouvertes par les photos plus fraîches des nouveaux morts. Nous avions déjà payé un lourd tribut à la guerre : Alice nous avait été enlevée dès les premiers mois, Elias la suivait deux années plus tard, quelques mois seulement après que Mamie nous eut quittés.

Ma tante devint tout à fait folle et fit quelques séjours en hôpital psychiatrique dont elle ressortait chaque fois un peu plus mal en point. Je continuais à aller la voir lorsque l'état des routes me le permettait, et plus tard, après mon départ pour Paris, je lui rendais visite à chacun de mes séjours au Liban. La seule chose qui la faisait, par moments, sortir de sa léthargie était de porter l'un de ses chapeaux extravagants et d'évoquer ses vingt ans à Paris, c'est-à-dire les quelques mois de sa vie où elle avait eu le même âge qu'Elias au moment de sa mort.

Mais le pire, pour le pays comme pour notre famille, était encore à venir.

5

Émile

Sa peau mate, ses cheveux très noirs, son nez droit, son nom « Hélou » qui signifie beau, tout en lui me séduisait. Je rêvais de lui dans le secret de ma chambre. J'écoutais sans relâche *My Sweet Lord* de George Harrison en fredonnant à voix basse : « *Really want to see you, really want to be with you* », ou les grands succès des Beatles, car il m'avait appris à esquisser mes premiers pas de danse sur leurs musiques endiablées. Je lui écrivais mentalement des lettres enflammées que jamais je n'oserais lui envoyer, je rêvais de tout ce que nous ferions ensemble et qui tournait le plus souvent autour de se prendre la main, regarder le soleil se coucher sur une plage, courir l'un vers l'autre dans un ralenti retenu mais plein d'intensité, dormir à la belle étoile, bref, je l'aimais, j'aimais l'aimer, j'aimais avoir enfin un premier amour, brun et si hélou. C'était sa cousine – Nadia, la « meilleure amie » de mes dix ans – qui m'avait donné son numéro de téléphone, et je l'avais inscrit sur mon carnet avec des battements de cœur. C'était chez elle aussi que je l'avais rencontré, il se joignait parfois à certains de nos jeux et, grand fan de musique, c'était lui qui nous avait pour la première fois parlé de ces quatre jeunes Anglais de Liverpool qui allaient changer la bande-son du monde en chantant *Please Please Me* et surtout *She Loves You*, suivi des fameux « *yeah yeah yeah* ». J'imaginais que je lui téléphonais, je me répétais mentalement ce que je lui dirais, j'envisageais parfois de lui faire juste écouter *She Loves You* mais la platine était bien trop éloignée du téléphone et par ailleurs, je redoutais quand même qu'il ne comprenne pas. Il m'arrivait parfois de soulever le combiné en bakélite noir et de composer les chiffres de son numéro sur le cadran circulaire qui roulait lentement pour reprendre sa place. Jamais je ne suis allée jusqu'à lui parler. Tout au plus ai-je dû, un soir, murmurer un « allô » inaudible avant de raccrocher, rouge et affolée. Il a tout ignoré de ma folle passion pour sa peau mate et son nez droit, et des rêveries dont il était le héros et qui m'ont occupée le temps d'une année scolaire et peut-être un peu plus. Puis nous avons grandi, Nadia n'était plus ma « meilleure amie » et nous nous sommes perdus de vue.

Il faut dire que ces années-là correspondaient à un état de disette sentimentale, et en l'absence d'occasions plus consistantes de contact avec des garçons, c'est de rêves que j'étais habitée, de chimères que je peuplais les failles et les vides de ma vie amoureuse. Avant Émile, j'avais passé un automne entier à bâtir un scénario romanesque sans cesse remanié, dans lequel un étudiant de l'université qui se trouvait à une rue de notre domicile jouait un rôle de premier plan. Je l'avais remarqué alors que je marchais sur le trottoir jouxtant l'université, adossé au grillage et discutant avec une bande de copains. Il m'avait semblé qu'il avait tourné la tête et m'avait suivie des yeux. Il n'en avait pas fallu plus pour que mon imagination s'emballe et j'avais arpenté ce même trottoir des dizaines de fois dans les semaines qui avaient suivi, dans le seul espoir de l'apercevoir à nouveau et de lui sourire. J'avais peuplé mes rêveries de son visage et de sa silhouette et mes rêveries avaient pris un peu de relief et s'étaient enrichies de quelques nuances. Avec Émile, j'avais franchi une étape. En plus d'un visage et d'une silhouette, j'avais à ma disposition un nom, un timbre de voix, des intonations, des façons de parler ou de rire et même quelques moments partagés dont je pouvais me repasser le film à loisir. Il avait dû aussi me prendre la main à une ou deux reprises au cours de ses leçons de danse, suscitant en moi toute une palette d'émotions imperceptibles mais néanmoins indélébiles. Le matériau était donc considérable et mon imagination s'en est nourrie. Je garde pour lui une immense tendresse dont il n'est en rien coupable. Mais je sais si peu de chose de lui. Il a occupé une ligne de mon carnet d'adresses et des heures entières de rêveries. Il a été le visage de mon premier amour.

Plus tard, beaucoup plus tard en réalité, c'est-à-dire avec le retour de la paix, Émile est devenu ministre. Des Transports et des Télécommunications, ce qui m'avait fait sourire[1]. Je scrutais ses photos dans les journaux, les comparais, multipliais les angles, les contextes, les expressions, essayant de retrouver en moi quelque chose de l'émotion ancienne qu'aurait soulevée un sourire asymétrique, un pli au coin de l'œil, une mèche plus rebelle que les autres. Mais il ne restait rien du très jeune homme dans l'inconnu qui souriait aux caméras et qui avait pris un peu de ventre. Rien à part l'adresse. Il a gardé l'ancienne demeure familiale, celle où j'avais appris à danser sur l'air de *Paperback Writer*, celle où étaient nés mes premiers émois. Il y donne à présent de grandes réceptions où se pressent beaucoup de costumes-cravate et de robes moulantes et pailletées qui remontent l'allée de peupliers dans des voitures aux vitres fumées. Quant au numéro de téléphone, je ne sais pas si c'est le même, je n'ai pas osé essayer.

---

1. Ministre des transports amoureux, m'avait soufflé mon inconscient, si poreux à tout ce qui faisait remonter les émotions enfouies sous des tonnes de gravats. J'avais fait un drôle de rêve, peu de temps après avoir appris sa nomination, où le téléphone noir en bakélite jouait un rôle de premier plan.

6

Fairuz

Elle n'avait pas de numéro de téléphone. Parce qu'il n'y avait pas de téléphone chez elle. Ni non plus de chez-elle d'ailleurs. En tout cas, pas vraiment. Ils devaient s'entasser à dix dans une pièce unique, dans un quartier pauvre qui faisait partie de ce qu'on appelait la ceinture de misère de Beyrouth : des zones entières de non-droit, où l'électricité était un luxe, l'eau courante une rareté et les égouts inexistants. On envisageait différentes solutions pour « faire face » à ce problème : construire des murs autour de ces quartiers pour qu'ils cessent de défigurer les entrées de la ville ; les raser, mais comme on ne savait pas quoi faire des gens qui y vivaient et que des voix s'élevaient quand même ici ou là pour protester contre le fait de raser les habitants en même temps que les maisons, cette solution n'était envisagée que par quelques cyniques extrémistes ; les « déplacer » ailleurs pour que Beyrouth reste attractive pour les touristes et les riches émirs du pétrole – que l'on critiquait beaucoup certes, car ils étaient une cible facile, mais dont on se disputait néanmoins les faveurs – mais là aussi, on ne savait pas trop comment s'y prendre pour opérer ces déplacements, jusqu'à ce que la guerre arrive et que les milices armées s'en chargent sans scrupules ni états d'âme. Les « déplacés » avaient continué encore quelque temps à alimenter les colonnes des journaux, parce qu'ils avaient parfois occupé des appartements vides ou des terrains vagues, puis tout le monde les avait oubliés.

Mais avant ces temps de stupeur et d'effroi, il y avait des familles entières qui vivaient tant bien que mal dans ces quartiers pauvres, et plutôt assez mal le plus souvent, car comment peut-on vivre bien quand on a juste un matelas pour s'allonger sur le sol à côté de neuf autres paires de bras et de jambes, quand le seul moyen que tout cela tienne dans un espace réduit est de se mettre tête bêche comme dans les boîtes de sardines, et quand, en dehors des temps de sommeil, les matelas sont rangés pour que la pièce se transforme en cuisine, salle à manger, séjour, etc., et que les enfants sont donc renvoyés dehors pour « jouer » ?

Certains hommes de bonne volonté se préoccupaient pourtant sérieusement des conditions de vie des enfants qui grandissaient dans ces quartiers, et parmi eux un dignitaire religieux qui occupait un rang assez élevé dans la hiérarchie et qui avait décidé que, ce rang, il en ferait usage surtout pour faire entendre sa voix. Il avait ainsi réussi à réunir autour de lui d'autres hommes et femmes de bonne volonté et à collecter assez d'argent pour mettre en place des actions sociales qui compensaient un peu les carences, voire les béances des services sociaux de l'État. Peu d'argent lui suffisait en réalité puisqu'il comptait surtout sur la mise en place de réseaux de bénévoles de tous âges et de tous milieux et aussi parce que son action était à la fois discrète et efficace. Il mettait en relation des personnes clés : des importateurs de médicaments avec de jeunes médecins qui montaient des campagnes de vaccination, des directeurs d'école avec des lycéens qui organisaient des études surveillées pour les collégiens, des confréries de moines qui ouvraient leurs monastères à des associations pour des colonies de vacances, etc.

Je devais avoir quatorze ans quand j'avais rejoint ces réseaux de bénévoles parce que j'étais dans la phase première de ma rébellion : phase de prise de conscience, de détestation de mon milieu familial, de critique généralisée de toutes les manières de faire et de penser qui dominaient dans ce milieu, et j'en passe. Le discours de ce dignitaire religieux traçait un chemin à prendre qui me séduisait et proposait des horizons à ceux qui se sentaient à l'étroit dans le carcan du conservatisme ambiant. Il avait d'ailleurs lancé une revue de réflexion qui s'intitulait *Afaq*, ce qui veut dire « horizons ». L'ennui était que ce chemin-là, mes parents me trouvaient un peu jeune pour l'emprunter, surtout s'il devait m'amener à « traîner » dans des quartiers de la ville où les rues n'avaient pas de nom, les magasins, pas d'enseigne, et les habitants, pas de manières. Mais l'interdit n'était plus pour moi un obstacle infranchissable et je me hâtai de le franchir en pratiquant l'art du flou quant à mon emploi du temps scolaire qui s'alourdit soudain de nouveaux cours, d'interrogations surprises et de multiples contraintes en lien avec des célébrations religieuses de toutes sortes, car oui, bien sûr, je fréquentais un établissement religieux. Cours de maths de rattrapage, exposés impromptus et confessions des péchés se mirent donc à fleurir à partir de cette année-là, et pendant ce temps j'assurais des études surveillées dans des écoles publiques, courais à des réunions de bénévoles où l'on réfléchissait sur les prochaines actions à mettre en place ou passais mes dimanches dans des orphelinats où l'on organisait des jeux et des activités manuelles pour des enfants désœuvrés. Pour les colonies de vacances estivales, en revanche, impossible de prétendre à un allongement de l'année scolaire et à un déménagement des salles de cours vers un village de montagne ; j'étais donc forcée de négocier pied à pied ces semaines d'absence où je devenais « monitrice » comme on disait à l'époque, et les payais en contreparties diverses et essentiellement en obligations familiales et domestiques auxquelles je ne pouvais plus me soustraire : déjeuners chez tous les cousins proches et surtout éloignés, visites à la tante Martha qui dépérissait seule dans sa grande maison et nous gavait de sucreries périmées, travaux de couture d'envergure variable pour repriser des pulls et chaussettes troués, reprendre des ourlets ou remettre en place des boutons perdus, etc.

C'est à l'occasion de l'une de ces colonies que je me pris d'affection pour Fairuz, et elle pour moi. Elle devait avoir six ou sept ans, de beaux cheveux châtains qui prenaient au soleil des reflets dorés, de magnifiques yeux noirs remplis d'une mélancolie tenace mais qui cédait du terrain à mesure que la colonie avançait, et laissait par moments entrevoir un esprit malicieux et plein de ressources, et des mains aux longs doigts malhabiles qui cherchaient ma main durant les promenades de l'après-midi et semblaient s'apaiser à ce contact silencieux et tranquille. Son attachement à moi m'émouvait, j'aimais observer l'évolution lente de son visage fermé et triste qui devenait de plus en plus mobile et expressif au fil des jours. C'était comme si elle sortait d'une carapace qui la protégeait des agressions du monde et qu'elle apprenait à faire confiance aux belles choses de la vie qui soudain devenaient possibles : manger à sa faim, se laver tous les jours, passer du temps dehors pour d'autres raisons que l'exiguïté du dedans, chanter, apprendre à fabriquer de petits objets rigolos qui lui appartiendraient et qu'elle pourrait ramener chez elle, dormir dans un lit pour elle seule, prendre la main de quelqu'un qui ne la bousculerait pas et la traiterait comme une enfant de six ou sept ans et pas comme une bouche de plus à nourrir, un corps de plus à caser dans l'unique pièce de la maison.

Mais ce temps de répit était de courte durée, trois semaines tout au plus, et après, c'était le retour à la case départ. Ce retour était-il plus supportable parce qu'autre chose avait été possible pour elle ? Ou, au contraire, apparaissait-il comme une dégringolade douloureuse, à l'instar de ce jeu de société où, presque parvenu à la fin du parcours, il arrive qu'on retombe tout en bas si on s'arrête sur une case où un serpent montre sa tête ? J'étais incapable de répondre à ces questions qui recommençaient à me tourmenter dès que la colonie était terminée et qu'elle reprenait sa place dans le car qui redescendait vers Beyrouth et, tel un serpent, renvoyait les enfants vers leur ceinture de misère. Et puis, un jour, je n'ai plus voulu l'abandonner ainsi à sa vie de rien, et j'ai demandé à une responsable du mouvement de me donner son adresse ; je voulais me rendre chez elle, rencontrer ses parents et envisager avec eux de la sortir de temps en temps les après-midis. La responsable me donna son adresse (ou plutôt m'expliqua, dessin à l'appui, comment faire pour reconnaître sa « maison » dans le labyrinthe des rues sans nom et des échoppes sans enseignes du quartier de « Karm el-Zeitoun », ce qui veut dire « La vigne aux oliviers », dessin qui resta longtemps collé à la page des « F » de mon carnet d'adresses) après avoir pris la précaution de prévenir la famille de ma visite. Je me rendis chez elle un jour d'hiver où il s'était mis à pleuvoir à verse. Je mis un temps fou à me repérer et, quand je frappai à la porte, elle était recroquevillée sur elle-même dans un coin de la pièce, persuadée que je ne viendrais plus. Ils étaient nombreux dans cet espace minuscule puisqu'on ne pouvait envoyer les enfants dehors par ce temps de chien. Elle glissa sa main dans la mienne sans dire un mot, comme elle faisait toujours, et nous sortîmes très vite. Une fois à l'extérieur de ce quartier de tôles et de boue, d'impasses lépreuses et de passages encombrés de poubelles, de pick-up et de Vespa, je me rendis vite compte que je ne savais pas où l'emmener, et je fus submergée d'impuissance. Toute à l'enthousiasme naïf de mes quinze ans et à mes rêves pitoyables de lendemains meilleurs, je n'avais pas préparé cette sortie et je me retrouvai sous une pluie battante, avec une enfant fragile qui grelottait, et à peine quelques livres[1] en poche. Je décidai rapidement de l'emmener chez moi où il y aurait au moins de quoi lui offrir un goûter et un espace pour jouer.

Je ne sais pas quel souvenir elle a gardé de cette échappée dans un autre monde, un monde où les chambres, les cuisines et les salles à manger occupent des espaces séparés, où l'on ouvre la porte d'un réfrigérateur quand on a faim avec la certitude d'y trouver de quoi se nourrir, où les armoires sont pleines de vêtements, de chaussures et d'autres trésors encore, où toutes sortes de choses inutiles décorent les murs et les tables. Pour ma part, j'en ai gardé le souvenir d'une amertume tenace. Tout me faisait honte et me pesait : la chambre bien rangée que je partageais avec Dina et ses deux lits recouverts de couvre-lits empesés, l'immense cuisine qui aurait pu contenir la pièce où ils logeaient à dix, le piano à queue laqué noir qui l'intrigua beaucoup parce qu'elle n'avait jamais rien vu de semblable. J'étais soulagée de la ramener chez elle et j'avais eu beau lui donner les poupées auxquelles je ne jouais plus ou les bracelets colorés achetés pour quelques livres dans le magasin de « Nouveautés » du coin de la rue, rien ne m'avait distraite de mon malaise qui se prolongea et même s'amplifia dans les jours et les semaines qui suivirent.

L'été suivant, il n'y eut pas de colonies car la guerre avait fait son entrée sur la scène de nos vies. Le quartier

1. La monnaie libanaise se décompose en livres et en piastres.

où elle habitait fut comme tant d'autres, mais plus encore que les autres puisqu'il fallait le vider, bombardé. J'ai cherché à avoir des nouvelles, mais dans le chaos ambiant elles étaient hésitantes, parcellaires et empruntaient davantage à la rumeur qu'à l'information véritable. J'avais essayé d'alerter Elias, lui avais décrit sa maison, sa rue, sa famille, mais il ne m'avait été d'aucun secours. À l'instar de beaucoup d'habitants des banlieues, Fairuz et les siens avaient sans doute repris le chemin du Sud qui semblait soudain plus paisible et plus vivable que la périphérie de ce Beyrouth en proie aux flammes et à l'horreur. De quels cauchemars, quels drames, quelles privations sa vie a été jalonnée, je ne le sais pas. Je n'ai rien su faire pour elle, hormis lui faire entrevoir pendant un temps très court que la vie pouvait être plus douce et plus heureuse, mais je ne sais pas si elle en a gardé de l'espoir ou seulement de la rancœur. L'année qui a suivi, j'ai écrit un conte dont elle était l'héroïne, que je lui ai dédié, et qui a été publié dans le journal du lycée. Mais elle n'en a évidemment rien su et, de toute façon, elle n'aurait pu ni le lire ni le comprendre. Le conte avait pour titre « La vigne aux oliviers ».

7

Fawaz

Il arrivait que la guerre nous forçât à séjourner de façon prolongée dans des lieux que nous n'affectionnions guère comme à fréquenter de façon beaucoup plus assidue que nous ne l'aurions souhaité des voisins ou de vagues connaissances, voire à nous lier à des personnes qu'en temps normal nous n'aurions jamais croisées, encore moins trouvées à notre goût. Mais si ceux-ci nous fournissaient en essence au moment des ruptures de stocks, nous renseignaient efficacement sur les points de passage possibles entre une zone et l'autre, nous faisaient aimablement bénéficier d'un approvisionnement en viande de mouton, huile d'olive ou œufs frais dans des périodes de pénurie, alors nous devenions leurs obligés et nous ne pouvions plus nous soustraire à leurs invitations appuyées à boire le café, à deviser tristement autour des plus sinistres informations concernant la suite des événements, ou à s'affoler avec éclat des rumeurs les plus extravagantes quant aux dangers qui nous menaçaient. Il y avait aussi ceux que nous avions côtoyés dans les abris, ceux avec qui nous avions passé des nuits entières sur le palier ou dans la cage d'escalier, à la lumière des bougies ou des lampes à pétrole, ceux avec qui nous nous étions trouvés coincés des heures durant à un barrage improvisé ou avec qui nous avions formé des convois pour traverser un no man's land ou des routes de montagne désertes et de nous inconnues. La subtile géométrie de la vie sociale connut ainsi aux heures les plus sombres de la guerre des aménagements inattendus et des glissements imposés par le cours des choses qui, naturellement, bousculait celui auquel chacun s'était peu ou prou accoutumé. Ces bouleversements imprévisibles de la cartographie relationnelle étaient source de bonnes ou de mauvaises surprises, selon que nos nouveaux partenaires s'avéraient drôles, serviables, sympathiques et nous amenaient à penser que, malgré tout, à quelque chose malheur était bon puisque nous aurions pu jamais nous connaître si cette satanée guerre ne nous y avait forcés ; ou selon que nos relations imposées devenaient terriblement contraignantes et nos nouveaux amis, envahissants, indiscrets, vulgaires ou sans-gêne.

Fawaz est l'un de ces « amis » que je me suis faits durant les premières années de la guerre, à la faveur d'une immobilisation prolongée dans un village de la montagne libanaise, chrétienne et fière de l'être, où des amis qui se trouvaient à l'étranger avaient une maison qu'ils nous avaient prêtée. C'était le fils aîné d'un voisin, que l'on appelait donc Abou Fawaz ; serviable mais très envahissant, Abou Fawaz poussait la grille du jardin à toute heure pour nous demander si tout allait bien, nous prévenir qu'il fallait constituer des stocks de beurre ou d'allumettes qui allaient venir à manquer – informations au demeurant tout à fait fantaisistes qu'il allait chercher on ne sut jamais où et qu'il nous distillait en prenant des airs de conspirateur et en regardant autour de lui histoire de vérifier que le KGB n'était pas à ses trousses –, nous proposer des lots de denrées alimentaires à bon prix, de l'essence de bonne qualité ou même... des armes. Je me souviens précisément du jour où j'entendis mon père, habituellement calme et avenant, monter singulièrement le ton et sa voix si posée se charger d'une sombre colère. Je sortis de ma chambre pour tenter de comprendre ce qui se passait, juste à temps pour voir le voisin s'éloigner en marmonnant, l'air mauvais. Il avait proposé à mon père de choisir une arme parmi toute une collection de pistolets et de fusils qu'il tenait à sa disposition et qu'il lui vendrait à un prix défiant toute concurrence, et, grand seigneur, il se proposait même de lui apprendre gratuitement à s'en servir en faisant quelques séances d'essai sur un terrain isolé à proximité. Mon père l'indisposa fortement en affirmant haut et fort que, lui vivant, aucune arme ne franchirait le seuil de chez lui, à quoi le voisin avait répondu en ricanant : « Et que feras-tu quand des hommes en armes viendront te menacer, toi et les tiens, jusque dans ton salon ? » Mon père n'en avait pas dormi de la nuit, et cet échange orageux avec Abou Fawaz avait durablement altéré son humeur et lui avait transmis une inquiétude sourde et persistante.

Quant à Fawaz, je me sentais obligée de passer du temps avec lui, de l'accompagner « au village » pour des promenades terriblement ennuyeuses où il me parlait de boxe, de Kung Fu et d'arts martiaux, ou de films d'action américains, et me communiquait les dernières nouvelles en provenance de la municipalité ou de la paroisse : différends entre voisins, nouveaux permis de construire, mariages et naissances à venir, etc. Fawaz était l'intarissable gazette de la vie d'une région que visiblement il adorait, et je n'osais lui dire à quel point je la détestais, et ce d'autant plus que j'y étais retenue contre mon gré, que les communications téléphoniques s'étaient durablement détériorées et que j'avais un mal de chien à garder le contact avec John qui était à Beyrouth. Et puis, un jour, il prit les mêmes airs de conspirateur que l'on pouvait observer sur le visage de son père – je découvrirai plus tard qu'Abou Fawaz avait pendant quelques mois servi de chauffeur à un authentique espion anglais, Kim Philby, qui avait séjourné un temps dans la région – pour m'annoncer qu'il allait s'entraîner dans un camp militaire qui venait de s'installer à proximité. Je le bombardais de questions sur les raisons de cet entraînement, la provenance des armes, les idées politiques des organisateurs, à quoi Fawaz, qui avait quand même une intelligence pour le moins réfractaire à la conceptualisation et qui était surtout heureux de pouvoir conduire une jeep et manier des armes sophistiquées, me répondit de façon très vague et très incohérente, me faisant surtout sentir que mes questions étaient sans importance et que l'essentiel était de « savoir se défendre contre toutes sortes d'ennemis ». Atterrée, je pris la ferme décision de mettre fin à mes promenades avec lui tant qu'il fréquenterait ce camp d'entraînement. Il ricana quand je lui fis part de ma détermination, et se contenta de monter le volume de la radio qui diffusait des variétés françaises des années 1960 et d'appuyer sur l'accélérateur de la voiture qu'il empruntait régulièrement à l'un de ses copains pour m'emmener faire un tour. Je gardai un silence rageur et obstiné tout le temps de la promenade, qui s'allongeait considérablement me sembla-t-il et qui durait beaucoup plus longtemps qu'à l'accoutumée. Il s'arrêta sur une route isolée d'où la vue était ample et embrassait un enchevêtrement de vallées et de montagnes à perte de vue, et me proposa de descendre : il avait quelque chose à me montrer. Je le suivis à contrecœur, et là, il me désigna un point éloigné « là-bas, sur la droite du bosquet » où se situait le camp. Rouge de colère, je tournai le dos pour revenir à la voiture, insistant pour qu'il me ramène chez moi illico, mais il interrompit mon mouvement de son bras et me tira vers lui pour m'embrasser en disant : « Tu sais que tu es jolie quand tu es en colère », réplique qu'il avait dû entendre dans l'un de ces films américains qu'il affectionnait tant et mémoriser, on ne savait jamais, ça pouvait servir. J'eus juste le temps de tourner la tête et reçus son baiser maladroit et râpeux sur la joue. Sans réfléchir, je m'élançai sur la route, priant pour qu'une voiture passe et que son conducteur me prenne en stop, mais il y avait très peu de monde sur cette route et, quelques minutes plus tard, ce fut Fawaz lui-même qui s'arrêta à ma hauteur et, narquois, me dit de monter sans faire d'histoires. Dans les semaines qui suivirent, je déclinai systématiquement toutes ses propositions, qui se firent d'ailleurs plus molles et plus rares.

Quelque temps après, Ziad, l'un de mes amis militants et qui avait été à l'origine d'un mouvement de mobilisation pour dénoncer l'infâme confessionnalisation du conflit, la multiplication des enlèvements qui s'opéraient sur la base des confessions telles qu'inscrites sur les cartes d'identité et la dangereuse radicalisation des deux camps, vint me rendre visite à la montagne où j'étais toujours coincée, et me proposa de l'accompagner chez un autre de ses camarades du mouvement qui habitait dans un village situé à une demi-heure de chez nous, évaluait-il. Nous prîmes la route, bavardant à bâtons rompus, heureux de nous retrouver dans une chaleureuse proximité, quand notre voiture fut sommée de s'arrêter à un barrage improvisé par des jeunes gens en tenue de combat, kalachnikov au poing. Ziad éteignit le moteur et se rangea sur le côté comme on lui en intimait l'ordre. L'un des jeunes demanda à voir sa carte d'identité, et Ziad la sortit de son portefeuille et la lui tendit. Dès qu'il l'eut entre les mains, le milicien changea de couleur et, sur un ton d'une violence extrême, se mit à hurler que Ziad était un « *khayen* », un traître de la pire espèce, que le dernier des musulmans valait mieux que lui, que rien n'était pire que les chrétiens qui non seulement reniaient leur foi mais manquaient à l'indispensable solidarité avec leur communauté menacée, qu'avoir honte de sa confession était un indicateur indiscutable de bassesse morale, qu'il était donc un « *kalb* », un chien et même un fils de chien, etc., puis il s'interrompit, arma sa kalachnikov d'un geste brutal et lui ordonna de descendre de la voiture et de mettre les mains derrière la tête[1]. J'étais foudroyée, mais sans hésiter une seconde je sortis de la voiture en même temps que Ziad et allai au-devant du jeune milicien, essayant de trouver les mots pour le ramener à la raison : je l'appelai « mon frère », lui demandai de quel village il venait, où étaient ses chefs, que l'on puisse discuter avec eux, je lui enjoignis d'écarter son fusil mitrailleur et de revenir à la raison… je ne me souviens pas avec précision de ce que je lui dis, je me souviens juste que je tentai désespérément d'établir un lien avec ce jeune homme en furie, qui avait quand même une arme de combat à la main, me disant que si je parvenais à le toucher de quelque manière que ce fût, le danger imminent serait partiellement écarté. Mais il ne voulut rien entendre, m'intima l'ordre de me taire immédiatement, affirma que mon flot de paroles lui avait donné mal à la tête et que si je continuais, il tirerait sur moi aussi. Désespérant d'aboutir à quoi que ce soit avec lui, je me dirigeai en courant vers un groupe d'autres miliciens qui se tenaient à l'écart et poursuivaient leurs plaisanteries animées, et je leur criai de

1. Ce qui avait provoqué l'ire du milicien était que Ziad avait barré sa confession sur sa carte d'identité, comme l'avaient fait quelques milliers de personnes à l'appel du mouvement dont il était l'un des animateurs, et ce en signe de protestation contre la confessionnalisation et les risques qu'elle faisait peser sur le pays et ses citoyens. J'en avais fait de même d'ailleurs, mais je n'avais pas ma carte d'identité sur moi et, de toute façon, tenant les femmes pour quantité négligeable, ce qui pour une fois avait quelques avantages, on me la demandait rarement aux barrages.

s'approcher, de retenir leur camarade qui allait commettre l'irréparable mais ils ne bronchèrent pas. Mes jambes commencèrent à trembler, la sueur à couler le long de mes cuisses et mes yeux à se mouiller de larmes, mais je continuai à gesticuler et, avisant l'un de ceux qui semblaient rigoler moins que les autres, je le tirai par le bras en lui disant : « Allah y'khallik, que Dieu te garde, mon frère, viens voir, ton ami là-bas s'apprête à tirer sur mon cousin ! » Il se retourna et c'est alors que je reconnus Fawaz. Jamais je n'avais ressenti une telle joie à le voir. « Fawaz, au nom de Dieu, fais quelque chose, vite, Fawaz, au nom de Dieu ! ». Fawaz se leva d'un bond et se dirigea vers son camarade en furie dont il arrêta le geste : « Laisse, mon frère, je la connais ! » Ils parlementèrent un instant tous les deux, puis Fawaz s'approcha de moi et m'ordonna de remonter dans la voiture avec mon « cousin » et de rebrousser immédiatement chemin. Ce que je fis, tirant Ziad, pâle comme un linge, par le bras. Il mit quelques secondes à maîtriser les tremblements de ses membres et redémarra aussi vite qu'il put pour faire demi-tour. C'est à ce moment-là que Fawaz se pencha à la fenêtre et me lança avec le même air narquois qu'il avait eu la dernière fois que nous nous étions vus : « Chou, quand est-ce qu'on se voit ? Tu m'appelles ? Quoi ? Tu as perdu mon numéro de téléphone ? »

8

Gebran

Gebran était un jeune homme brillant, cultivé et séduisant. Son beau visage aux traits fins et ses magnifiques yeux bleus s'animaient d'une lumière particulière lorsqu'il se mettait à parler, surtout quand les sujets dont il traitait étaient politiques. Car il avait la passion de la politique, le sens de l'engagement, et il avait pris la tête d'une cellule de réflexion à l'université libanaise, où se réunissaient quelques autres esprits libres, épris de justice sociale et fondamentalement critiques à l'égard du système confessionnel qui régissait la vie politique et même la vie tout court dans le Liban de l'immédiat avant-guerre. Pour ne rien gâcher, Gebran avait de l'humour et le sens de la repartie, disons même qu'il avait un charisme certain, et son aura grandissait parmi les étudiants de l'école de droit où il poursuivait ses études avec un mélange de sérieux et de désinvolture assez particulier. Parmi les étudiantes aussi d'ailleurs, même si, sur ce chapitre, les choses semblaient moins aller de soi. Car Gebran était affecté par un handicap, relativement peu invalidant, mais qu'il vivait très mal. Il boitait et l'une de ses mains avait perdu de sa souplesse et de sa motricité. Cela aurait pu être peu de chose, puisque sa claudication ne l'empêchait absolument pas de se déplacer de façon autonome, ni sa main malhabile de conduire. Mais à l'évidence, il assumait mal ces séquelles d'une poliomyélite de l'enfance et il en avait gardé un sentiment d'infériorité vis-à-vis de ses compagnons masculins, non pas sur le plan intellectuel bien sûr où il dominait largement la scène et s'était imposé comme le plus brillant esprit de son école, mais sur le plan de la virilité et de la séduction. Il n'en parlait avec personne, du moins pour ce que j'en savais, et avait développé une ironie défensive qui pouvait se faire assez acerbe, sur tout ce qui touchait aux filles, aux stratégies de séduction, à l'amour et à toutes les manifestations qui l'accompagnaient. Tout cela pouvait faire illusion et le plus souvent faisait illusion. Ses plus proches amis le croyaient tout à fait au clair avec lui-même sur ces questions et ne pouvaient même pas imaginer qu'il souffrait de ces infirmités secondaires et sans conséquences. Parmi les filles, il y avait comme un interdit tacite, un tabou que tout le monde respectait : lorsqu'on évoquait Gebran c'était pour parler du charme de ses yeux bleus, de la pétulance de son esprit, de son sens de l'humour, mais même entre elles ses amies ne parlaient jamais de sa jambe qui traînait derrière l'autre, ni de sa main qui peinait à faire certains gestes relativement plus complexes comme nouer des lacets, éplucher un fruit ou rouler une cigarette. Néanmoins, on ne lui connaissait pas de relation féminine privilégiée, et s'il était toujours entouré d'une flopée de camarades, et sollicité en permanence pour participer à des événements académiques, politiques ou festifs, personne ne l'avait jamais vu s'afficher au bras d'une fille – quelquefois, au bras de deux à la fois, habile manière de noyer le poisson – ni entreprendre une cour autrement que sur le mode de l'ironie ou au quinzième degré.

Je l'avais rencontré dans un bus, lors d'une campagne de vaccination organisée par celui que l'on commençait à appeler l'« archevêque rouge ». Il était assis près d'une fenêtre, le siège à côté de lui était vacant, je m'y étais installée après lui avoir demandé si la place était libre, à quoi il avait répondu : « Ça dépend de ce que vous voulez en faire. » J'avais juste ri, et je m'étais assise à côté de lui. Pendant tout le long trajet qui nous avait menés jusqu'aux villages reculés du Sud-Liban, nous avions mené une conversation tambour battant, traversée de rires et ponctuée de coïncidences étonnantes qui nous avaient enchantés : nous avions aimé les mêmes livres, été émus par les mêmes personnages et mémorisé les mêmes scènes. Tout cela alors que nous ne nous connaissions que depuis une heure ou deux, que j'étais encore une gamine en fin de collège et qu'il était, lui, un intellectuel dont on commençait à parler dans certains cercles et qui signait dans *Afaq* des articles qui faisaient grand bruit. Ce n'est qu'au moment où nous sommes descendus du bus, alors qu'une complicité rieuse avait commencé à naître entre nous, que je me suis aperçue de sa claudication et de la maladresse de sa main gauche. Légèrement troublée, je n'en avais rien laissé paraître, du moins l'avais-je pensé, alors que je sentais son regard braqué sur moi malgré les lunettes noires qu'il avait mises entre-temps. Nous nous étions ensuite dispersés en petits groupes pour aller dans les dispensaires et les écoles où nous étions affectés et je n'avais plus revu Gebran de la journée. Vers le soir, alors que nous revenions vers les bus, exténués mais heureux, j'avais secrètement espéré le retrouver, qu'il m'avait attendue ou réservé une place, mais je ne le vis pas, me laissai choir près d'une amie et m'endormis sur le trajet du retour, triste malgré tout de l'avoir perdu aussi vite, et sans que nous ayons échangé nos numéros de téléphone.

Quelle ne fut pas ma surprise de l'entendre au bout du fil une semaine plus tard. Il avait retrouvé mes coordonnées par le listing de la campagne de vaccination et il avait, disait-il, envie d'entendre ma voix. Un échange animé s'ensuivit, qui dura près d'une heure et auquel je dus mettre fin parce que mes sœurs se mirent à tourner autour de moi en râlant qu'elles avaient elles aussi besoin de téléphoner. À aucun moment, pourtant, il ne me proposa de le retrouver quelque part ni ne m'invita à une sortie en fin de semaine. J'en étais à la fois surprise et soulagée, surprise qu'il ne cherche pas à me revoir alors que cela aurait été le prolongement naturel de ce qui commençait à se tisser entre nous, et soulagée parce que mon père me laissait une marge de liberté extrêmement limitée et n'aurait pas vu d'un bon œil qu'une gamine comme moi fréquente un homme qui devait avoir près d'une dizaine d'années de plus qu'elle, et dont les idées politiques étaient tout sauf traditionnelles.

Pendant les semaines qui suivirent, il me téléphona souvent et longuement. Nous avions toujours mille choses à nous dire ; il me racontait ses réunions politiques, les discussions qui l'avaient opposé à des représentants des partis conservateurs, les projets qu'il menait avec l'archevêque rouge qu'il appelait par son prénom, Georges, et même par un affectueux équivalent arabe, Gergi, et parfois, des choses plus personnelles qui avaient trait à sa famille, à des querelles avec certains de ses amis, et à ses rêves de voyage lointain, « pour se laver la tête et l'âme ». Je ne lui parlais pas trop de ma vie au collège, de peur de creuser un fossé entre nous, plutôt de mes lectures et des films que j'avais vus ; il m'arrivait de lui lire des extraits des livres que je dévorais avec avidité, soucieuse de compenser un peu mon inexpérience de la vie par une exploration audacieuse et même rageuse de la littérature. Je me hasardais parfois à en faire le premier lecteur des poèmes que j'osais, griffant d'une plume pleine de désirs désordonnés quelques pages de mes cahiers, que j'avais baptisés à l'époque mes cahiers-bateaux. Il se départait rarement de son ton habituel fait d'un mélange de distance ironique et de passion intellectuelle, mais au fil des jours il se laissa aller de plus en plus souvent à une tendresse appuyée, face à laquelle ses défenses semblaient faiblir, et il murmurait tout bas « ma douce, ma douce ». Il m'émouvait infiniment. J'avais pris le parti de la patience, je ne le dérangeais pas dans ses façons de faire, ne lui demandais jamais pourquoi il ne me proposait pas de nous voir, ni pourquoi il ne m'avait même pas donné son numéro de téléphone, prenant toujours lui-même l'initiative de ces coups de fil de plus en plus longs, et tardivement nocturnes parfois, quand il s'était assuré que mes parents étaient sortis. J'attendais qu'il se rapproche de moi, et j'avais deviné que cela prendrait du temps et que l'assurance qu'il affichait en toute chose cachait mal son angoisse vis-à-vis des femmes, de l'amour, et de tout ce qui va avec, angoisse sans doute plus répandue que ce que les mâles, orientaux surtout, veulent bien admettre, mais exacerbée chez lui par son handicap mal assumé.

De cette drôle de relation avec Gebran, je parlais peu. Je m'en ouvrais pourtant parfois à l'une de mes amies, plus âgée que moi – ce qui était rare en ces temps où une différence d'âge et donc de classe était un obstacle quasi infranchissable – et qui le connaissait parce qu'elle militait elle aussi dans des groupuscules politiques et écrivait de temps en temps pour *Afaq*, mais sous un pseudonyme, car les religieuses du collège n'auraient pas supporté. Soraya m'écoutait avec attention, commentait assez peu et m'encourageait dans la patience à laquelle je tentais de me tenir, mais avec de plus en plus de difficultés à mesure que le temps passait et que des doutes commençaient à germer dans mon esprit et m'amenaient à formuler les hypothèses les plus folles pour expliquer ce comportement finalement très tortueux.

Et puis, un jour, je reçus un coup de fil inhabituel. Gebran paraissait très agité, il parlait vite et articulait mal, je comprenais à peine ce qu'il me disait, il s'énervait, s'excusait, s'énervait à nouveau, et j'étais décontenancée. C'est alors qu'il me demanda de venir le retrouver d'urgence « à côté de chez lui », un chez-lui dont il me donna l'adresse et qui, à mon immense surprise, se situait aussi à côté de chez Soraya. J'étais extrêmement troublée de ce que ni lui ni elle n'aient jamais mentionné cette proximité géographique de leurs domiciles respectifs, mais je ne dis rien, réservant mes interrogations pour plus tard, et tentant juste de comprendre ce qui justifiait cette agitation et l'impérieuse nécessité pour moi de me rendre chez lui, ou plutôt, non pas chez lui mais à côté de chez lui, puisqu'il me donnait rendez-vous quasiment sur le trottoir, devant la « Librairie-Papeterie Samir ». Il ne m'expliqua rien du tout, insista juste avec fermeté et un brin d'agressivité pour que j'accepte ce drôle de rendez-vous, l'après-midi même. Nous étions samedi, je venais de rentrer du collège, j'avais du temps libre et coutume de le passer avec mes amies, chez l'une d'entre elles ou dans l'un des cinémas de la rue Hamra, aussi finis-je par céder à son injonction et acceptai de me rendre à 15 heures au lieu-dit.

Je me souviens avec une relative précision de ces moments que j'aurais voulu effacer et qui me laissèrent un goût de cendres. Il était sur le trottoir devant chez Samir et curieusement, il insista pour que nous y restions, sur ce trottoir, pendant un certain temps, sous des prétextes idiots qui ne faisaient guère illusion. Ce séjour prolongé sur le trottoir me permit de me rendre compte que nous étions exactement dans la ligne de mire de Soraya, laquelle habitait l'immeuble en face, et que sa chambre avait une vue si imprenable sur la devanture de la librairie-papeterie qu'elle aurait pu lire les grands titres des journaux depuis son troisième étage. Au bout d'un moment, un quart d'heure sans doute, alors que je menaçais de m'en aller, trouvant particulièrement idiot, inconfortable et inconvenant de passer tout ce temps debout au milieu des cris et des klaxons pendant qu'il continuait à me tenir des propos incohérents, il me proposa enfin d'aller chez lui prendre un café. Je découvris son espace avec un relatif déplaisir, l'ayant imaginé autrement plus romanesque que ce qui s'offrait à mes yeux. En lieu et place d'un appartement tout entier dévolu à la vie intellectuelle, meublé de livres et de dessins, et principalement occupé par une table de travail encombrée de documents et de papiers où l'encre aurait à peine séché, je me trouvai dans un salon traditionnel, avec un canapé et des fauteuils recouverts d'un tissu à grosses fleurs brunes, une table basse portant des bibelots et des cendriers en porcelaine, et encadrées sur les murs, des « tapisseries » faites main, représentant des paysages de la campagne hollandaise et des bouquets de roses. Une femme de ménage habituée des lieux nous apporta un café turc et s'éclipsa, nous laissant dans un tête-à-tête gêné. Je ne lui demandai même plus d'explication quant à son comportement, car le brouillard dans lequel il m'avait maintenue se dissipait progressivement : il était amoureux de Soraya, je ne savais rien de ce qui se tramait entre eux puisque ni l'un ni l'autre ne m'en avait jamais dit mot pour des raisons qui me seront restées mystérieuses, mais il avait imaginé de piquer sa jalousie, et le rendez-vous sous ses fenêtres était destiné tout à la fois à la troubler et à lui faire douter de mon amitié. Peut-être espérait-il ainsi se donner plus d'emprise sur elle, peut-être souhaitait-il introduire plus de passion retorse dans l'alchimie de leurs rapports, je n'en savais rien, j'en étais réduite aux hypothèses. Je gardai face à lui un silence vengeur et l'observai se démener pour me dérider, raconter des blagues idiotes dont il n'avait pas l'habitude, s'embrouiller dans des explications que je ne lui demandais pas et qui étaient pitoyables, et, au final, me regarder avec des yeux mouillés en tentant encore une fois du « ma douce ». Je ne bus pas mon café, maintins un sourire obstiné et railleur alors qu'en mon for intérieur j'étais profondément blessée, puis me levai au bout d'un moment relativement court et m'en allai.

En repassant devant la librairie-papeterie Samir, je me dis que j'avais perdu, sur ce trottoir encombré de présentoirs à journaux, de paniers pleins de trousses et de cartables, et noyé dans les bruits et les klaxons, tout à la fois une amie et un « amoureux », pour qui je n'avais sans doute été qu'un pion sur l'échiquier d'un jeu dont je n'avais pas deviné les règles et qui m'avait laissée échec et mat.

9

Jamilé

Le fichu qu'elle nouait sur sa tête, le sourire doux qui éclairait son visage en permanence, même quand ses jambes ne la portaient plus, son corps lourd qui rendait sa démarche lente, presque difficile parfois. Elle ressemblait si exactement au personnage de la nounou dans les romans pour la jeunesse que j'en ai presque honte de me la remémorer sous ces traits-là, mais pourtant c'est bien ainsi qu'elle était. Je n'invente rien. Aussi loin que remontent mes souvenirs d'enfant, si pauvres qu'ils soient quand je tente de repousser les limites de ma mémoire et des scènes convenues qui l'encombrent, elle est là, avec son fichu, son sourire et ses jambes lourdes. Elle est là, toujours, fidèle gardienne du foyer, le plus souvent dans la cuisine, affairée à ses fourneaux, ou bien assise, les jambes écartées autour du « jorn[1] », en train

1. Mortier en pierre dans lequel la viande est « battue » pour devenir aussi molle qu'une pâte.

de battre la viande avec un pilon en bois pour préparer un kebbé, ou encore, plus paisiblement, à moudre le café dans un moulin en cuivre. Elle est là quand les parents s'absentent, ce qui est souvent, pour leurs obligations professionnelles ou mondaines. Elle est là quand on rentre de l'école le ventre creux. Elle est là quand on remonte du jardin les joues en feu et les genoux écorchés. Elle est là quand on a faim, ou mal, ou peur, et toujours elle donne quelque chose qui fait du bien et qui console : une tartine de pain beurré sur laquelle elle a saupoudré du sucre qui crisse sous les dents et qui redonne des forces, une olive bien verte et croquante, une mandarine qui désaltère, une soupe qui réchauffe, un câlin qui éloigne les fantômes qui sont sous les lits ou derrière les rideaux. On ne sait rien d'elle, nous, les enfants. On ne se demande pas pourquoi elle est là, toujours, où est sa famille à elle, pourquoi elle n'a pas de vie en dehors de nous. On croit que c'est normal que des personnes soient là juste pour consoler les autres, et leur faire du bien et les prendre dans les bras. C'est tout juste si on perçoit parfois une fatigue plus persistante, ou une mélancolie plus appuyée dans sa voix, qu'elle balaie vite d'un geste de la main comme on chasse une mouche. Elle dit qu'elle nous aime, qu'elle a aussi aimé notre papa avant de nous aimer, que c'est comme ça, la vie.

Et ça nous suffit, ça nous rassure, on ne cherche pas à en savoir plus, on en aurait presque peur, et puis on est si pressés de retourner à nos jeux et à nos courses et à nos disputes. On repart avec dans le cœur son sourire, dont on a gommé toutes les rides et toutes les ombres.

Et puis un matin, elle n'est pas dans la cuisine. Ni sur le balcon. Ni dans la salle de bains. Ni nulle part. On est affolés. La maison est devenue trop grande, trop froide et pourtant on est en plein mois d'août. On tentera de comprendre l'incompréhensible, sans vraiment y parvenir. Les parents nous diront qu'elle est partie, dans la nuit, ou au petit matin. Qu'une de ses jambes, de ses jambes si lourdes, lui aura fait défaut. Qu'une veine trop faible, distendue, avait lâché et s'était mise à saigner. Qu'elle avait bien essayé d'arrêter ce saignement en entourant la veine d'un torchon serré, mais que ses pauvres moyens de cuisinière n'avaient pas suffi à interrompre le saignement, et qu'elle avait continué à perdre son sang toute la nuit, seule dans sa chambre, craignant de déranger, de nous réveiller[1].

À côté de son nom dans mon premier carnet d'adresses, il n'y avait qu'un seul numéro de téléphone, le nôtre.

1. Cela se déroulait dans l'appartement que nous louions à Aley, petite ville du Chouf où nous passions les deux mois d'été, et Saydé en avait profité pour aller rendre visite à sa famille qui vivait dans un village à proximité. Saydé en concevra elle aussi une profonde tristesse, se reprochant longtemps de n'avoir pas été là ce soir-là.

10

Kamal Takieddine

Il m'avait donné son numéro de téléphone en me recommandant de ne l'utiliser qu'en cas d'urgence. C'était, m'avait-il dit, celui du QG des forces palestino-progressistes du secteur Manara dont dépendait l'université américaine de Beyrouth. On saurait où le trouver si j'avais besoin de lui, mais il ne fallait clairement pas en abuser.

Cela se passait durant la troisième année de cette guerre qui changeait sans cesse de visage et de contours, et dont les enjeux se complexifiaient à mesure que de nouveaux protagonistes entraient en jeu. Il pouvait s'agir de pays étrangers qui finançaient leurs protégés, de scissions au sein des coalitions existantes qui avaient pour conséquence l'apparition de nouveaux groupuscules et de nouvelles dénominations, de caïds locaux qui décidaient qu'eux aussi voulaient avoir leur milice et leur petit bout de territoire à défendre, sans compter les mafias des trafiquants d'armes, de drogues, ou d'autres biens dont la consommation était devenue courante. Dans ce paysage continuellement recomposé, nous étions des novices, nous devions sans cesse réapprendre le mode d'emploi d'une guerre qui changeait de langage et de terrain et nous commettions encore beaucoup d'erreurs qui coûtaient parfois la vie à certains. Nous ne reconnaissions pas toujours les différents calibres des armes au bruit qu'elles font, surtout quand cela se passait dans les premiers mois de leur prise de fonction ; nous ne savions pas clairement la différence entre les trêves de longue durée et les accalmies provisoires qui permettaient simplement aux miliciens de se reposer, de satisfaire leurs pulsions, exacerbées par les dangers qu'ils côtoyaient, auprès de femmes de passage, et de se faire livrer suffisamment de munitions et de haschisch pour tenir leurs positions le plus longtemps possible. Surtout, nous ne savions pas nous déplacer sans risque dans la topographie mouvante des combats, identifier les rues par les groupuscules qui les contrôlaient, repérer les francs-tireurs et mesurer l'étendue de leurs rayons d'activité, comprendre le nouveau découpage de l'espace en quartiers selon une géographie confessionnelle que nous avions jusque-là ignorée ou selon des accords entre barbouzes qui avaient pour effet que des armes performantes se retrouvaient entre les mains de gamins analphabètes et dangereux. Ainsi la rue où habitait un ami était à présent coupée par un barrage, le quartier où l'on se rendait pour nos leçons de musique ou nos achats de vêtements s'était transformé en place forte d'un parti dont nous ne savions même pas reconnaître l'emblème sur les drapeaux, et la belle maison à arcades dont nous admirions tant l'élégance était, mais nous l'ignorions, habitée par un chef de clan dont les sbires contrôlaient désormais la circulation dans le quartier en inspectant les cartes d'identité à la ligne « confession ». Dans les premiers mois de la guerre, des intellectuels et des représentants de la société civile avaient bien tenté de faire barrage à cette confessionnalisation si dangereuse et avaient initié un mouvement, dont mon ami Ziad faisait partie, prônant la laïcité et appelant à barrer la mention de la confession sur les cartes d'identité, mais ce mouvement n'avait eu qu'un impact très limité et était depuis belle lurette balayé par des enjeux face auxquels il ne pesait rien.

Dans ce maelström qui nous submergeait et nous laissait sans repères et sans voix, l'annonce de la réouverture de l'université après de longs mois d'arrêt nous avait fait le même effet que l'apparition d'un canot de sauvetage à des noyés. Nous nous étions précipités sur le campus pour y reprendre un semblant de vie normale. Mais c'était sans compter avec les changements qui avaient affecté le quartier. Il était donc à présent sous le contrôle des palestino-progressistes, et, si progressistes qu'ils fussent, ces derniers se livraient quand même à toutes sortes d'exactions et procédaient également à des enlèvements qui leur permettraient de disposer de monnaies d'échange pour récupérer les leurs en mauvaise posture. Ces enlèvements se pratiquaient « sur carte d'identité ». Autant dire que les chrétiens maronites étaient une marchandise de premier choix dans ce secteur, et ceux d'entre nous qui avaient eu le malheur de naître au sein de cette confession étaient donc particulièrement vulnérables. Aussi, quand je pris conscience de mon statut de proie, une angoisse tenace vint-elle rapidement tempérer mon bonheur de reprendre mes cours. Ce fut une camarade d'université qui me présenta Kamal. Elle avait vite décodé ce qui se cachait derrière mes refus répétés de sortir du campus avec la petite bande des étudiants en sciences politiques pour se balader, aller au cinéma ou prendre un pot dans un café, et elle m'avait promis de me faire connaître LA personne qui mettrait fin à mes tourments en me prenant sous sa protection. Dès le lendemain, alors que nous sortions d'un cours sur la sociologie du pouvoir, elle aperçut Kamal en « tournée d'inspection » sur le campus. Il n'y avait pas besoin d'être particulièrement futé pour comprendre que Kamal inspectait surtout les jeunes filles à son goût, et cherchait à profiter de son statut de responsable de la sécurité sur le campus pour séduire des proies faciles. Dunia, ma camarade, lui fit des grands signes de la main, et il vint vers nous de son pas nonchalant, un pistolet bien en évidence accroché à sa ceinture. Les présentations faites – « Kamal, mon cousin » –, Dunia proposa une pause à la cafétéria. Il faisait beau, nous prîmes une table dehors sous un arbre et Kamal fit le geste de héler un serveur avant de comprendre que c'était un self-service. Dans un éclat de rire, Dunia se leva pour aller chercher les cafés et je me retrouvai seule avec lui. Il me posa les questions qui étaient devenues habituelles en ces temps sinistres de décomposition nationale : de quel village je venais – village où je n'avais jamais mis les pieds mais d'où « je venais » quand même –, où nous habitions, où se trouvait le reste de ma famille à l'heure actuelle, et il fit ainsi le tour du problème en quelques secondes. C'est à ce moment-là qu'il me communiqua son numéro de téléphone avec les recommandations y afférentes.

Les jours qui suivirent, je le croisai souvent sur le campus où j'avais fini par prendre une chambre pour limiter au maximum mes déplacements à l'extérieur. Il m'invitait chaque fois à déjeuner, à dîner, à faire un tour dans sa jeep, mais je déclinai le plus poliment possible, non sans me sentir néanmoins obligée de bavarder un moment avec lui pour ne pas le vexer par mes refus répétés. Il se fit, au fil des jours, de plus en plus insistant et je commençai à m'inquiéter sérieusement, craignant de devenir encore plus vulnérable que lorsque je ne bénéficiais pas de son encombrante protection. Je finis par jouer mon va-tout et lui avouai au bout de plusieurs semaines que j'étais prise ailleurs, que mon amoureux était anglais – il m'avait semblé qu'anglais, c'était moins grave qu'américain dans la perception des palestino-progressistes –, qu'il avait quitté le pays avec la prolongation du conflit, et qu'il se trouvait actuellement à Manchester où il poursuivait son doctorat d'anthropologie, non sans m'envoyer par voyageurs interposés, et parfois par la poste qui fonctionnait épisodiquement, des lettres enflammées et inquiètes. À ma grande surprise, le visage de Kamal s'éclaira à cette annonce. Il avait enfin une explication valide à mes refus, explication qui préservait son orgueil de mâle oriental et, je ne le comprendrais que plus tard, lui fournissait le prétexte rêvé pour me poursuivre de ses assiduités. Car, avec un à-propos qui me sidéra, il me demanda alors si je ne voulais pas téléphoner à mon amoureux pour le rassurer. Et moi, faisant preuve de la même extrême naïveté que j'ai souvent manifestée dans ma vie et qui m'a coûté cher, très cher, je l'ai chaleureusement remercié et lui ai confirmé que rien ne me rendrait plus heureuse que de pouvoir en effet parler avec John, entendre sa voix et le rassurer. Rendez-vous fut pris pour l'après-midi même : il viendrait me chercher à 16 heures, et nous irions dans sa jeep jusqu'à son QG où nous obtiendrions sans problème la communication pour l'étranger.

Il faut se rappeler que, dans ces années-là, le réseau téléphonique était dans un état de délabrement avancé. Obtenir une communication téléphonique représentait une victoire significative contre l'adversité et suffisait à sauver du désastre une journée entière. Un « Qu'as tu fait aujourd'hui ? » suivi d'un « J'ai téléphoné à mes parents » était un dialogue sinon courant vu l'état des lignes, du moins tout à fait vraisemblable. On passait des heures le combiné à la main, écoutant les borborygmes du réseau et espérant une tonalité qui tardait à venir. Lorsqu'on l'entendait, il fallait rapidement, mais sans trop de précipitation non plus, composer le numéro souhaité sur le cadran et, ensuite, prier. Il arrivait que la prière soit exaucée, mais il arrivait plus fréquemment encore qu'elle ne soit pas entendue, et que seuls des bruits de cliquetis suivent la longue attente. Dans ce contexte, espérer une communication avec l'étranger était un rêve fou dont il valait mieux se garder et, de toutes les manières, ne pas formuler à voix haute sous peine de passer pour un malade ou pour un dépressif. La promesse de Kamal n'en avait que plus de prix.

Il vint donc me chercher à l'heure dite et je grimpai dans sa jeep, l'air aussi dégagé que possible, mais extrêmement mal à l'aise tout de même. Car les jeeps étaient utilisées par les combattants de tous bords et, à ce titre, elles sillonnaient la ville comme s'il s'agissait d'un désert, c'est-à-dire à une vitesse peu compatible avec le fonctionnement normal de la vie urbaine, et sans même un regard pour les feux de signalisation ou les panneaux de sens interdits. Les conducteurs forçaient même ceux qui venaient dans la direction opposée, et qui respectaient, eux, le sens de circulation autorisé, à faire marche arrière. Ils se garaient n'importe où et s'arrêtaient en pleine rue pour discuter d'urgence avec tel collègue à qui ils n'avaient rien à dire – « Quelles nouvelles ? » « Tout va bien » « Tu as croisé Mazen ? » « Et le vieux, comment il va ? » –, provoquant par là même des embouteillages, mais ça faisait du bien à leur égo de faire usage de leur petit pouvoir et d'afficher l'étendue de leur popularité, mesurée par le nombre de connaissances qu'ils croisaient bruyamment sur leur itinéraire. Inutile de préciser que, fier de se montrer avec une jeune fille de bonne famille, chrétienne maronite et plutôt mignonne, Kamal emprunta le chemin le plus long pour arriver au QG. Il me sembla qu'il avançait comme sur un circuit de jeu de société, avec de fréquents retours à la case départ ou presque. Il klaxonnait beaucoup et fort, forçant les passants à se retourner et saluant avec de grands sourires toutes sortes de personnes qui ne manquaient pas de poser sur moi un regard interrogatif.

Quand il s'arrêta enfin devant le QG dans un crissement de pneus, il me fit signe de rester dans la voiture et sauta par-dessus la portière d'un mouvement alerte. Il revint quelques longues minutes plus tard, alors que j'avais plongé le nez dans un bouquin afin d'éviter de voir qui que ce soit et surtout… d'être vue, et il m'annonça que nous irions « attendre la communication chez Dbaïbo ». Je me raidis instantanément. « Dbaïbo » était un café populaire de Raouché, situé sur la corniche à proximité de la grotte aux pigeons. Je n'y avais jamais mis les pieds et la seule perspective de m'y rendre en compagnie d'un homme en tenue de combattant, arborant une moustache et un pistolet au flanc me couvrait d'une honte infinie. Il faut ajouter que les palestino-progressistes bombardaient sans relâche les quartiers chrétiens, marquaient des points sur le terrain, et même si ceux d'en face se montraient tout à fait capables de rivaliser en cruauté et en aveuglement, je ne pouvais sembler me ranger ainsi aux côtés des uns et contre les autres. Non pas que les clients que j'aurais croisés chez « Dbaïbo » fassent partie du cercle de connaissances de ma famille, mais tout de même, « Dbaïbo », c'était une ligne rouge que je ne pouvais pas franchir. Je déclinai poliment l'invitation, mais Kamal fit mine de ne pas m'entendre et se mit en route. Arrivé devant le café, il se gara comme un pilote de course faisant voltiger une gerbe de cailloux et m'invita à descendre. J'étais, je crois, au bord des larmes. Il aurait pu se mettre en colère, mais ma vulnérabilité extrême l'attendrit et il accepta de me ramener sur le campus.

La scène se reproduisit trois ou quatre fois. Le temps passait, je recommençais à déprimer de ne pouvoir joindre John, je recevais de lui une lettre rongée d'inquiétude, et Kamal me cueillait comme un fruit mûr. Mais en acceptant sa proposition, je ne pouvais plus refuser de me rendre chez « Dbaïbo » et c'est ainsi que je devins une habituée du lieu. Nous avions « notre » table, près de la baie vitrée, Kamal commandait un repas complet quelle que soit l'heure où nous arrivions, et même un narguilé. Moi, je me contentais habituellement d'un café, même si je crevais de faim. Partager un repas avec lui me paraissait relever de la plus haute trahison et je résistais stoïquement devant cet étalage de nourriture, prétextant je ne sais quel mal de ventre ou sandwich avalé une demi-heure plus tôt. Et l'attente de la communication commençait, se prolongeait selon les épisodes durant une heure ou plus, et s'achevait sans la moindre avancée. J'avais de plus en plus peur de m'être ainsi embarquée dans une « relation » où j'étais dans une position de vulnérabilité extrême, et je me disais parfois en frissonnant le soir au fond de mon lit que si j'étais violée, tuée, et mon corps jeté dans une quelconque décharge, personne n'en saurait rien et on me compterait seulement au nombre des disparus de cette sinistre guerre. Car il va sans dire que personne de mes amis ou de ma famille n'était tenu au courant de mes « sorties » avec Kamal : je savais que j'aurais été traitée de folle, d'irresponsable, de naïve, et même de traîtresse. Même à Saydé dont j'étais si proche, je n'avais rien dit.

Kamal dut percevoir que je ne lui faisais plus confiance et que le sentiment d'être manipulée se renforçait en moi.

En le quittant lors de la dernière tentative, je n'avais même pas répondu à son bonsoir. Aussi, dès le lendemain, il vint m'attendre à la sortie d'un cours et m'affirma que cinq minutes à peine après notre départ de chez « Dbaïbo », la communication avec Manchester avait été établie et que le serveur du café, mis au courant de nos tentatives, avait même échangé quelques mots avec John qui, fou d'inquiétude, avait demandé à me parler dès que possible. Il fallait donc que toutes affaires cessantes je l'accompagne chez lui où il serait plus facile d'avoir la communication qu'au café où, de toute façon, je ne voulais plus mettre les pieds. Longtemps, je m'interrogerai sur ce mélange d'intrépidité, de goût pour l'aventure, de naïveté et, je dois être honnête, de bêtise, qui m'ont fait croire à ces affirmations pourtant si peu crédibles. Toujours est-il que je suivis Kamal chez lui. Il habitait un meublé du quartier Hamra, un deux-pièces informe, assez sale, avec une moquette incolore couverte de taches, des vitres grises de poussière et un coin-cuisine qui ne servait jamais. Une table basse, posée devant le canapé habillé d'un tissu camouflage, était recouverte de bouteilles de bière vides, de cendriers pleins, et de journaux d'obédience révolutionnaire financés par quelque propriétaire riche et corrompu. Je n'avais pas plus tôt posé une seule fesse sur le canapé en tenue de combat que Kamal s'approcha de moi et m'entoura les épaules de son bras. Faisant fi de la prudence la plus élémentaire, compte tenu du fait que j'avais en face de moi un homme armé, membre d'un groupuscule qui contrôlait le quartier, et que j'étais chrétienne, maronite et non entraînée aux techniques de self-defense, je poussai Kamal interloqué de toute la force de mes bras, et me précipitai avec une vitesse dont je n'ai pas souvent été capable vers la porte, fort heureusement non fermée à clé, pour dévaler les escaliers des quatre étages, ne voulant pas prendre le risque d'attendre l'ascenseur sur le palier. Il ne s'élança pas à ma poursuite, du moins je ne crois pas. Parvenue au rez-de-chaussée, et sans répondre au concierge qui, alerté par ma course, était sorti de sa loge, je m'élançai dans la rue et ne cessai de courir que lorsque je fus dans ma chambre et le verrou tiré.

Dans les semaines qui suivirent, je croisai Kamal encore quelques fois sur le campus, tétanisée. Mais il se contentait d'un vague hochement de tête dans ma direction. Puis il disparut. Je ne sais pas ce qu'il est devenu, s'il est mort au combat ou s'il a continué à assurer la sécurité des bases arrière des palestino-progressistes. Je n'ai évidemment jamais remis les pieds chez « Dbaïbo ». Quant à John, je parvins enfin à lui téléphoner depuis un bureau des PTT, quelque temps après ma dernière « sortie » avec Kamal. Il s'affola quand je lui narrai mes mésaventures et me fis promettre de ne plus jamais prendre de tels risques. Dans les mois qui suivirent, je profitai des départs, nombreux, d'amis et de connaissances vers l'Europe pour lui envoyer du courrier. Mais notre relation ne devait pas résister aux coups de boutoir de l'absence et de la guerre. Tout volait en éclats, nos maisons, nos repères, nos valeurs, nos attachements.

11

Lamis

Les pauvres cheveux filasse qui lui encadrent à peine le visage, lequel disparaît derrière des lunettes qu'aujourd'hui on qualifierait de rétro, mais qu'à l'époque on trouvait franchement laides. Sa tête penchée sur le tissu qu'elle engage sous l'aiguille de la machine à coudre et qu'elle fait défiler avec précision le long des lignes qu'elle a auparavant tracées avec une sorte de savon-marqueur. Sa voix basse, discrète, chuchotante. Sa démarche élégante malgré tout, malgré la banalité de sa tenue, la modestie de ses façons d'être, son secret désir de disparaître, de se fondre dans le décor. Élégance qui tient, je crois, aux talons aiguilles qu'elle porte par tous les temps, et qui peuvent surprendre à la fois en raison du contraste qu'ils provoquent avec la simplicité de ses vêtements et de l'incongruité de telles chaussures avec son métier et les conditions difficiles dans lesquelles elle le pratique. D'elle, je ne savais pas grand-chose et j'aurais voulu ne rien savoir. Ses apparitions régulières mais brèves dans ma vie correspondaient à la sortie du *Burda*[1] automne-hiver, puis du *Burda* printemps-été. C'était avant l'arrivée du prêt-à-porter dans les magasins de la rue Hamra, autant dire dans une autre vie, sur une autre planète. Dans cette autre vie, on choisissait des patrons (ou plutôt les mères choisissaient pour leurs filles), on (les mères) en débattait des heures au téléphone avec les autres membres féminins de la famille élargie, histoire de ne pas se retrouver à plusieurs avec le même modèle, puis on allait au souk des étoffes choisir (ou plutôt se faire imposer par le vendeur, les exigences du porte-monnaie ou les goûts des membres féminins de la famille élargie) une gabardine de belle facture, une cotonnade nid d'abeille ou un jersey infroissable, lavé porté (« *ghassil* ou *lebs* »), vantaient les vendeurs, qui conviendrait au mieux aux nécessités du patron et de la saison. Puis on téléphonait à Lamis pour prendre date. Il fallait que ce soit un jour de congé, car il était entendu que je devais être là pour faire la petite main, surfiler, assembler, repasser, défaire les coutures, etc. Autant de tâches terrifiantes qui me plongeaient dans une forme de dépression enfantine, car rien ne me semblait plus triste, plus laid, plus enfermant, plus injuste même que ces journées de congé vouées à la fabrication de robes que jamais je ne mettrais, ou seulement une fois ou deux, sous la menace. Car Lamis était couturière à domicile. Elle se rendait chez

1. Magazine allemand de mode qui proposait essentiellement des patrons de vêtements à faire soi-même.

ses clientes aux aurores, y travaillait jusque vers 17 heures et on la payait à la journée. Autant dire que la présence d'une petite main était indispensable pour rentabiliser la dépense et permettre qu'en plus d'un patron à exécuter, elle puisse également raccourcir, élargir, diminuer, modifier, ou remettre au goût du jour un vêtement ancien ; lequel goût n'était jamais le mien.

Ma mère, mes tantes, leurs amies et les amies de leurs amies pas plus que moi ne savions rien d'elle. Pas même son adresse. Plus que discrète, elle était silencieuse, ne parlant que si on l'interrogeait, donnant rarement son avis de façon spontanée, y compris pour approuver nos choix de tissus et de coupes. À peine savions-nous qu'elle habitait avec ses vieux parents et d'autres membres de sa famille élargie. Elle n'avait d'opinion sur rien. Elle préférait prendre son repas seule, pour ne pas être forcée de parler. Je me demande aujourd'hui d'où venait ce silence, s'il n'était pas la seule manifestation de son refus d'une vie qu'elle n'avait pas choisie et d'un sort qui l'avait traitée sinon avec cruauté, du moins avec une relative indifférence. Si son silence n'était pas la seule manifestation de sa liberté, son seul choix, sa façon d'exister en dehors de tout le reste qui n'était que contraintes.

Son numéro de téléphone est longtemps resté noté à côté de son prénom dans nos carnets d'adresses, à la lettre « L » donc, à moins que ce ne fût à la lettre « C », C comme couturière. Puis, pendant les années de guerre, lorsqu'on tentait de l'appeler, il sonnait dans le vide. Il est vrai qu'entre-temps le prêt-à-porter avait fait son entrée dans les garde-robes, avec des marques telles que Cacharel, Daniel Hechter, Rodier, Luisa Spagnoli, etc., et que les services de Lamis devenaient de moins en moins nécessaires dans la plupart des familles. Lamis n'a jamais eu qu'un prénom.

12

Mamie

Pour vivre une enfance digne de ce nom, il est une condition qui me paraît essentielle, voire indispensable : avoir une vraie grand-mère. Une vraie grand-mère est une grand-mère aimante, qui fait des gâteaux que personne ne réussit comme elle, surtout quand leur fabrication est longue et compliquée, et qui a des tas d'histoires à raconter sur elle-même mais aussi sur ses enfants, dont l'un est notre père ou notre mère, et rien n'est plus troublant et délicieux pour des enfants que de prendre conscience que leurs propres parents ont été eux aussi, à une époque très reculée, des enfants. Il y a aussi d'autres qualités pour être une vraie grand-mère mais celles-ci sont mal hiérarchisées dans mon esprit ; je cite donc en vrac : qu'elle soit presque toujours disponible et absolument toujours contente de nous voir ; qu'elle aime jouer aux cartes et à toutes sortes de jeux de société, même les moins passionnants, comme celui des serpents et des échelles ; qu'elle ait toujours quelque chose de bon à manger, y compris quand on débarque chez elle à l'improviste ; qu'elle ait des boîtes avec toutes sortes d'objets hétéroclites à l'intérieur – boutons de nacre, morceaux de sucre candi, épingles à cheveux, rubans, médailles, chapelets entiers ou en pièces détachées, photos, timbres, clés, poignées de portes ou de tiroirs, etc. – et qu'elle nous autorise à y fouiller et à emporter des trésors pour étoffer nos collections personnelles d'objets hétéroclites dans des boîtes ; qu'elle utilise des mots et des expressions qu'on n'entend jamais nulle part ailleurs – comme « *locanda* » pour dire hôtel, « *drogman* » pour se référer à un traducteur-interprète, « *chaouch* » quand elle veut désigner un huissier, un portier ou un homme à tout faire, ou « neurasthénique » pour évoquer quelqu'un de mélancolique – et qu'on a, on ne sait pourquoi, un plaisir fou à les entendre dans sa bouche ; qu'elle ait des meubles et des tapis très sombres et très anciens dans lesquels on ne voudrait pas vivre mais qui nous impressionnent et nous font comprendre à notre insu l'importance de la chaîne familiale dans laquelle on est inscrit et de la transmission ; qu'elle raconte pour la centième fois les mêmes récits et qu'on lui dise chaque fois que non, on ne les a jamais encore entendus, tant ça nous amuse de repérer les phrases identiques à l'intonation près, ou au contraire les petits changements d'adjectifs et les inversions de mots ; qu'elle nous trouve « charmants » quoi qu'on fasse, et qu'elle trouve aussi tous nos amis « charmants » ; bref, qu'elle nous aime de façon inconditionnelle, et d'être ainsi aimé au moins une fois dans sa vie est non seulement un cadeau merveilleux mais aussi une assurance tous risques, un gage de solidité psychologique plus sûr que des années de cure sur un divan.

Moi, j'ai eu Mamie, et même si je l'ai partagée avec beaucoup de cousins germains, et même avec des cousins plus éloignés qui s'immisçaient dans notre cercle familial et se revendiquaient de je ne sais quelle branche généalogique pour affirmer leur droit de venir manger ses sablés et ses tartes, elle a été ma Mamie à moi plus qu'aux autres. J'en voulais pour preuve que nous partagions le même jour de naissance. Fêter mon anniversaire avec elle m'apparaissait comme la marque indiscutable de notre proximité et justifiait à mes yeux que je sois sa préférée, ce que je n'étais pas en réalité ; elle avait un cœur si grand et une générosité si spontanée qu'elle ne pouvait entendre que je lui réclamais d'être à moi un peu plus qu'aux autres. Partager des jouets et des chambres est déjà difficile, surtout quand un partage « équitable » de l'espace, mesuré en nombre de motifs complets de carrelage au sol, situe la porte d'entrée et de sortie de la chambre dans la partie adverse ; mais partager une grand-mère est autrement plus compliqué quand celle-ci trouve son bonheur dans l'affection qu'elle donne autour d'elle et reçoit en retour. Heureusement que mes parents avaient pris l'habitude de voyager chaque été, parce qu'à cette occasion mes grands-parents venaient s'installer chez nous pendant un long mois et, forcément, nous appartenaient un peu plus qu'aux autres cousins pendant ces intermèdes estivaux.

Parmi les meubles très anciens et très impressionnants qui se trouvaient dans l'appartement de mes grands-parents, il y avait un immense lustre d'époque napoléonienne. Ils l'avaient acheté lors d'une vente aux enchères à l'occasion de l'un de leurs voyages en France et l'avaient fait ramener à Beyrouth par bateau depuis Marseille. En réalité, ma grand-mère ne l'aimait pas et, du jour où mon grand-père en avait fait l'acquisition jusqu'à celui de sa mort, le lustre a constitué l'une des causes récurrentes de son inquiétude. Car ses proportions monumentales ne convenaient absolument pas à un appartement d'habitation normal et il aurait fallu un palais ou un musée pour que le lustre déploie son faste et sa beauté. Elle avait bien tenté de dissuader son époux de faire une telle folie, mais ce dernier, silencieux, taciturne, et qui haussait rarement la voix, s'était emporté en affirmant que c'était là une occasion inespérée d'acquérir une pièce d'une telle qualité. Elle avait eu beau s'inquiéter de l'inadaptation de la « pièce » à leur espace et mode de vie, il s'était entêté. Et l'entêtement, concédait-elle parfois non sans tendresse, était le seul défaut de son époux.

Le lustre avait été adapté au confort moderne par un électricien qui n'était pas tout à fait au point sur les questions d'esthétique ni de style napoléonien, et le résultat était que le lustre éclairait la pièce, mais peu et mal, et même très peu et très mal si l'on prend en compte ses proportions monumentales. Mais surtout, une fois pendu au plafond et même avec le secours d'une poutre supplémentaire dont ma grand-mère avait exigé l'installation de crainte que le lustre ne tombe et ne fasse s'écrouler le plafond avec lui, elle était restée torturée par l'inquiétude et avait fait placer une table sous le lustre, seule façon de garantir que, si un accident se produisait, personne ne se trouverait en dessous. Mais même cet arrangement ne lui apportait pas la consolation attendue ; d'une part, le lustre était si grand qu'il venait presque reposer sur la table, ce qu'elle trouvait laid et inutilement prétentieux, et d'autre part, elle continuait d'être rongée par l'inquiétude en raison de la présence chez elle de ce corps étranger, de cet objet originaire d'une autre aire géographique et d'un autre mode de vie, qui non seulement ne pouvait s'intégrer dans la sienne mais, qui plus est, en menaçait l'harmonie et la quiétude. Et puis, qui était ce Napoléon sinon un général belliqueux et colérique ? disait-elle parfois tout haut, confondant Bonaparte et ses descendants en une même détestation.

Mamie a été l'une des victimes collatérales de cette horrible guerre qui s'est abattue sur nos vies, les balayant avec la violence des tempêtes et nous laissant désemparés et perdus. Elle n'a jamais compris le nouveau mode d'emploi de la vie sous les bombes, refusant de descendre aux abris quand elle avait un gâteau dans le four ou une sauce sur le feu ; elle était incapable de faire des stocks de provisions, habituée qu'elle était à acheter ce qui lui était nécessaire en petites quantités et quasiment au jour le jour ; elle ne voulait jamais rater la messe de 17 heures dans la petite église qui était tout près de chez elle, certes, mais beaucoup plus exposée aux obus et aux francs-tireurs que son appartement ; il nous arrivait souvent de nous faire un sang d'encre quand nous trouvions sa ligne bizarrement occupée pendant de longues heures, et nous comprenions enfin, après avoir demandé à la voisine d'aller frapper chez elle, qu'elle avait décroché le combiné pour composer un numéro mais, lasse d'attendre la tonalité, elle était repartie dans sa cuisine pour finir une préparation et avait complètement oublié et le coup de fil à passer et le combiné décroché. Elle grondait les miliciens qui transportaient des sacs de sable pour barrer la rue d'une barricade et leur demandait leur âge et leur nom de famille pour tenter de comprendre pourquoi ils étaient si mal élevés. Elle ne tenait compte ni des cessez-le-feu, ni des informations à la radio concernant l'état des rues et des quartiers et sortait quand elle avait décidé de le faire sans aucune conscience du danger. Elle calculait très mal les précautions qu'elle croyait prendre pour se protéger un peu des obus qui tombaient, et elle ne savait pas très bien où était « l'ouest » qui menaçait la partie de la ville où elle habitait, ni « les grands hôtels » qui, loin d'accueillir des réceptions mondaines et des mariages huppés, étaient devenus des positions stratégiques chèrement défendues. Mais surtout Mamie ne s'est jamais remise de la disparition d'Alice. Personne n'avait voulu lui raconter ce qui s'était vraiment passé et on avait prétendu qu'elle était partie poursuivre sa scolarité à Paris. Mais Alice ne lui téléphonait jamais, ne rentrait plus passer Noël en famille, ne faisait même plus partie des sujets dont on parlait volontiers lorsqu'on était entre nous. Alors Mamie a cessé de poser des questions, mais je crois qu'elle avait compris. Son chagrin, qu'elle ne montrait jamais, a commencé à la submerger.

Pendant toutes ces années, en revanche, elle n'a cessé de se préoccuper du lustre. Lorsqu'il y avait des bombardements, elle craignait que les vibrations de l'immeuble ne se transmettent à la poutre qui supportait le mastodonte et que celui-ci ne s'écroule et n'arrache le plafond dans sa chute. Au moment des accalmies, elle suggérait de repérer rapidement un antiquaire intéressé à l'achat de l'objet, puisque, à présent que mon grand-père nous avait quittés – il était décédé quelques mois avant le déclenchement des « événements » et c'était la seule consolation de Mamie de se dire qu'il n'avait pas assisté à cet effondrement –, elle se sentait autorisée à se défaire de cette pièce historique. Elle pensait que la vie ayant repris son cours normal, il serait facile de trouver un acheteur. Mais, devant les refus répétés de ses enfants de s'engager dans le démarchage des antiquaires – ils lui expliquaient tour à tour que bien sûr la guerre était sans doute finie, mais qu'un lustre aussi encombrant était la dernière chose que les gens auraient envie de s'offrir en ces temps d'incertitude –, elle avait, au cours d'une insomnie agitée, trouvé la solution : ce lustre, c'était au président de la République qu'il fallait le proposer, car nulle part ailleurs qu'au palais présidentiel il ne serait davantage à sa place et mis en valeur. Elle pensait même que son pauvre Joseph serait honoré de savoir que son lustre napoléonien avait démarré une deuxième vie au service des fastes de la fonction présidentielle. Je crois que l'un de mes oncles trouva l'idée bonne et souhaitait par ailleurs mettre fin à ce qui était en train de devenir une obsession de Mamie. Il entra en relation avec le palais présidentiel à travers une chaîne compliquée de relations et d'amis d'amis ; un responsable de l'intendance lui répondit que la proposition n'était pas sans intérêt mais que le président de la République avait actuellement d'autres soucis. Il reprendrait contact avec lui dès que les choses iraient mieux (c'est-à-dire dix-sept ans plus tard, mais ça, personne ne pouvait le savoir à l'époque). Mamie parut rassérénée et ne parla plus du lustre pendant un certain temps, mais à mesure qu'elle sentait ses forces la quitter elle se remit à s'inquiéter de ce qu'on en ferait après sa mort.

Je ne sais pas ce que ce lustre est devenu mais j'y pense encore souvent en priant qu'il ait trouvé sa place dans un palais, un musée ou une demeure somptueuse et d'une belle hauteur sous plafond. J'espère aussi que son nouveau propriétaire a pris soin d'installer une poutre pour éviter toute chute et tout accident. Car c'est à cette seule condition que les tourments de Mamie auront pris fin et que son âme généreuse aura trouvé la paix.

De paix, pourtant, il était de moins en moins question pour nous autres, les survivants. La même année nous avait arraché Elias et Mamie, ce qui, après la mort d'Alice, commençait à faire beaucoup. Chacun accusait le coup avec les moyens du bord, et ces moyens étaient souvent inadaptés et peu efficaces. Ma tante nous avait elle aussi quittés. Son corps certes était toujours vivant, mais son esprit avait pris la tangente et rien ne semblait plus avoir suffisamment de sens pour susciter en elle l'envie de revenir, ne serait-ce qu'un moment, parmi nous. Les rangs de la famille se faisaient de plus en plus clairsemés et les tablées du dimanche, quand elles se tenaient, ne nécessitaient plus l'installation de rallonges ni le mélange de plusieurs « services » d'assiettes. La mort et l'exil sapaient les fondements de ce qui, jusque-là, avait paru immuable, éternel.

13

Nadia

Son écriture ronde et serrée. La pointe Bic avait laissé des reliefs au verso des feuilles effilochées, arrachées au cahier à spirale, sur lesquelles elle m'avait écrit. C'était une lettre de rupture et nous avions onze ans. Pendant des jours, pendant des semaines, pendant des mois, j'avais tenté de comprendre l'énigme de cette rupture. *Nous ne devons plus nous voir. Je sais à quel point je te déçois. Mon seul choix est de m'éloigner de toi. Tu ne peux pas comprendre.* Je n'ai jamais compris.

Nadia était ma plus que sœur, ma jumelle, l'amie dont j'avais rêvé. Elle était vive, drôle, pleine d'énergie, et d'une imagination débordante. Aventureuse avec ça, n'ayant peur de rien et se souciant relativement peu de l'opinion des autres, professeurs et religieuses du collège compris, ce en quoi elle était diamétralement différente de moi qui m'appliquais tant à me faire aimer et déjà si traversée d'inquiétudes, si vulnérable à l'angoisse. Je l'aimais avec détermination. Elle faisait souffler sur la vie de mes onze ans un vent de gaieté et de fantaisie, et notre incroyable proximité m'enchantait, et enchantait chacune de mes journées. Nous inventions mille jeux, nous lancions mutuellement mille défis, imaginions sans cesse des aventures dont nous étions les héroïnes malicieuses et effrontées. Il s'agissait par exemple de lire le plus rapidement possible des livres épais que nous choisissions dans les bibliothèques de nos parents et que nous nous prêtions une fois terminés : « Je l'ai lu en sept heures, à toi maintenant ! » Elle me battait souvent à ce jeu-là, ayant depuis toujours besoin de peu d'heures de sommeil et capable de rester longtemps éveillée avec sa lampe de poche sous ses couvertures. Il pouvait aussi être question de « missions impossibles » telles que remonter dans la classe pendant une récréation et cacher le cahier des professeurs, celui où nos noms étaient inscrits par ordre alphabétique, ainsi que nos notes et quelques observations essentielles. L'absence d'un tel outil pouvait suffire à empêcher un professeur de nous faire réciter une leçon ou à lui faire oublier une punition générale dont il nous avait accablées. Nous aimions particulièrement échapper à la surveillance des pionnes pendant les longues récréations de la mi-journée, pour nous élancer vers les immenses espaces en contrebas des bâtiments principaux du collège où se trouvaient des vergers, des champs, le cimetière des religieuses et un ou deux corps de bâtiments plus ou moins abandonnés et qui servaient de débarras. Leurs portes vermoulues cédaient facilement à nos coups de pied et nous pouvions explorer ces lieux magiques, remplis de meubles et de vieilleries, avec le sentiment de vivre des aventures extraordinaires et dangereuses. Il nous arrivait d'ailleurs d'allumer du feu dans l'une des cheminées pour y faire griller des guimauves en brochette, et de trembler d'être découvertes à cause de la fumée qui s'échapperait du toit, mais nos guimauves ne grillaient que sur quelques brindilles inoffensives et vites éteintes. Plus dangereuses encore étaient nos échappées vers le cimetière où nous nous promenions parmi les tombes, lisant à haute voix les noms des religieuses enterrées sous nos pieds, et cueillant de petites fleurs jaunes dont nous sucions les tiges acides tout en frissonnant, autant en raison de l'âpreté du suc qui coulait sur nos langues qu'en raison de la certitude que nous avions là de transgresser un interdit suprême.

Nous avions également inventé « Les douze travaux d'Hercule » qui consistait pour chacune à dresser pour l'autre une liste de douze tâches à accomplir dans un temps limité, une semaine en général. Nous rivalisions d'inventivité et d'humour, jamais de méchanceté, car ces tâches devaient être difficiles, certes, mais en aucun cas dangereuses, impossibles ni humiliantes. Il s'agissait de réussir une mousse au citron à base de yaourt, de trouver une brosse à dents avec des rayures jaunes et bleues, de passer une récréation entière avec telle camarade de classe que nous n'aimions pas et avec laquelle nous avions rompu les ponts, d'avancer les aiguilles de la grande horloge murale de la surveillante générale afin qu'elle sonne la fin des cours avec une avance d'au moins dix minutes, de simuler une extinction de voix pendant une journée entière, etc. Une fois écoulé le temps imparti, nous faisions un bilan complet des douze travaux accomplis par chacune, qui étaient notés zéro, un ou deux points, et nous décidions ensemble qui de nous deux avait gagné.

Tout cela était joyeux et vivant, nous occupait beaucoup, nous rapprochait encore plus et n'était pas du goût de tout le monde. C'était comme si nous avions construit autour de nous une bulle protectrice qui amortissait tous les bruits et les chagrins du monde. Une mauvaise note, une gronderie des parents, une dispute avec l'un de ses frères ou avec l'une de mes sœurs, rien de tout cela ne nous atteignait plus vraiment, ou seulement de façon assourdie, puisque nous pouvions en rire ensemble. Les professeurs nous obligeaient bien à nous asseoir aux extrémités de la classe pour nous séparer durablement ; nous forçaient même à participer aux jeux collectifs. Nos parents n'acceptaient plus aussi volontiers de nous autoriser à nous voir les dimanches ou pendant les vacances. Mais toutes ces vexations ne pesaient que peu et ne faisaient que nous fournir des sujets supplémentaires de conversation animée et des raisons de plus de rester arrimées l'une à l'autre. Mais c'était compter sans la ténacité de sa mère. Cette dernière poursuivait avec constance ses objectifs d'ascension sociale, et, à cette fin, elle organisait méthodiquement de grands dîners qui réunissaient selon une géométrie strictement étudiée tout ce que Beyrouth comptait de personnalités en vue ou en passe de le devenir ; soignait tout particulièrement ses tenues ; fut une des premières (à ma connaissance) à faire venir d'Angleterre une authentique « nanny » afin que ses enfants se mettent à l'anglais ; et se mit à trier sur le volet non seulement ses propres fréquentations mais aussi celles de ses enfants. Tout cela, je le dis aujourd'hui avec le recul, mais à l'époque, bien évidemment, je n'avais pas les moyens de le comprendre, ou du moins pas de cette manière-là. Je percevais bien la froideur de son accueil. Je voyais la façon dont son regard m'examinait des pieds à la tête avec une moue de désapprobation pour mes vêtements inélégants, ma tenue souvent débraillée, mes chaussures aux bouts usés qui étaient la marque de fabrique de mes années d'adolescence. J'apprenais par Nadia qu'elle avait organisé une fête d'anniversaire où je n'avais pas été conviée et à laquelle elle avait invité des jeunes filles appartenant à la très grande bourgeoisie dont ma famille ne faisait pas partie, mais également des enfants de diplomates en poste à Beyrouth, parce que cela faisait vraiment chic de les fréquenter. Blandine de Boisseson avait, elle aussi, été de la fête, Nadia me l'avait dit avec une pointe de défi dans la voix, alors qu'elle avait beaucoup ironisé sur mon empressement à me rendre chez elle pour l'aider à rattraper les cours qu'elle avait manqués. De plus en plus souvent, sa mère refusait à Nadia de venir chez moi et, pressée de questions, cette dernière concédait : « Oui, c'est vrai, ma mère ne t'aime pas. » Déstabilisée d'abord, inquiète ensuite, blessée de plus en plus profondément à mesure que ces interventions maternelles se faisaient plus régulières et provoquaient des fissures dans notre belle entente, je commençai à craindre de perdre l'amitié de Nadia qui, me semblait-il, appréciait de plus en plus les amies choisies par sa mère. Elle commença à avoir un comportement plus erratique, délicieuse, gaie et pleine de gentillesse par moments, distante, perdue dans ses pensées, insaisissable à d'autres. Elle devenait énigmatique, ne terminait plus ses phrases, laissait mes questions sans réponses, et se plaisait à sous-entendre qu'elle avait, somme toute, une vie en dehors de moi et de notre amitié. Je n'en doutais pas, mais je ne comprenais pas pourquoi elle la partageait de moins en moins avec moi, laissant planer un mystère de plus en plus dense sur des pans entiers de cette vie d'où j'étais absente. Peut-être lui avais-je manifesté un attachement trop exclusif, peut-être étais-je devenue trop prévisible, ennuyeuse même. Je ne sais pas. J'en étais de toute façon réduite aux hypothèses, et cela devenait douloureux.

Je finis par m'éloigner un peu aussi, elle ne me laissait pas le choix et j'avais du mal à m'accommoder de ses sautes d'humeur de plus en plus fréquentes et imprévisibles. Mes autres camarades que j'avais délaissées pendant de longs mois étaient ravies que je sois à nouveau disponible pour les parties de marelle ou de ballon chasseur où j'excellais, d'autres liens se retissèrent, mais Nadia me manquait de plus en plus, même si je n'en montrais rien. L'année scolaire tirait à sa fin, j'espérais encore que nous organiserions des séjours communs, chez elle ou chez moi, pendant les mois d'été, je lui en parlai une ou deux fois, mais elle resta évasive. Et puis la lettre arriva. La lettre de rupture, celle que je mis des semaines à accepter mais que je ne compris jamais. Celle qui me fit basculer dans l'âge adulte plus vite que prévu puisqu'elle m'en fit goûter la sombre tristesse, l'impuissance face au malheur et, surtout, la traversée de l'incompréhensible.

J'ai revu Nadia un jour de novembre à la Fnac. Plus de trente ans s'étaient écoulés depuis notre rupture, trente ans pendant lesquels nos vies avaient dérivé très loin l'une de l'autre. Je savais par des amies communes qu'elle vivait à Paris depuis longtemps, ayant très mal supporté le décès accidentel de sa jeune sœur, fauchée par une jeep roulant à très vive allure avec des hommes armés à bord, quasiment devant leur domicile, et ce à peine quelques semaines avant le début de la guerre. Ce jour de novembre, elle discutait avec un vendeur du rayon photo. Même coupe de cheveux avec une frange qui lui tombait sur les yeux. Même visage allongé et anguleux. Même vivacité dans la voix et les gestes. Je l'ai reconnue immédiatement et, malgré les années, j'ai ressenti la même petite brûlure qui ne m'avait pas quittée et qui se réveillait chaque fois que je la croisais au collège riant au bras d'autres amies, chaque fois que quiconque me parlait d'elle ou prononçait son nom devant moi.

Je l'ai observée un moment, à quelques mètres d'elle, et pendant un instant elle était à nouveau mon amie si chère, ma presque sœur, ma jumelle, et elle allait lever les yeux, et venir vers moi avec son sourire malicieux, et mettre son bras autour de mes épaules, et commencer à me raconter mille histoires, et me proposer un nouveau défi, et…

Elle n'a pas levé les yeux vers moi. Je ne me suis pas approchée d'elle. J'ai fait un grand détour et je suis ressortie du magasin en l'évitant.

14

Saydé

D'elle, je ne peux pas parler. Les années ont passé mais le silence, le nœud à l'estomac, la voix qui s'étrangle, tout cela qui est la trace en moi de sa disparition est resté intact et les mots pour l'évoquer ne sont jamais vraiment revenus. Son absence a laissé de grands trous noirs dans mes souvenirs, puis le temps a passé, une couche de poussière s'est formée, s'est épaissie dans les coins, a estompé les reliefs et remplacé la douleur par une forme d'insensibilité à certains stimuli, comme lorsqu'un membre est durablement anesthésié. Une zone de ma mémoire dont le contour reste flou est frappée d'amnésie, amnésie que je sais fragile et vers laquelle je ne cherche que rarement à m'aventurer.

D'elle, je ne peux pas parler mais il m'arrive encore de me réveiller en sursaut la nuit parce que je la vois à côté de moi. Elle m'apporte une limonade ou une tisane, elle dit mon nom doucement et il y a dans sa voix un mélange de tendresse et de reproche parce que je ne suis pas raisonnable, j'ai encore lu beaucoup trop tard sous mes couvertures, ou je n'ai pas pris mes médicaments et j'ai le front brûlant. Et elle est là à côté de mon lit, mais elle n'a plus d'yeux, ses yeux sont des orbites vides, elle ne me regarde plus, il n'y a plus son regard sur moi, la bienveillance que je lisais toujours dans ses yeux n'est plus, je suis d'elle orpheline et j'ai peur, je suis en nage, je crie, Paul se retourne dans le lit à mes côtés, tend son bras, le pose sur mon épaule, ou mon ventre, ou mon cou, il dit tout bas « je suis là » mais c'est elle que je veux, et je pleure, mais je n'ai plus de larmes, alors je pleure sans larmes, je pleure sans eau.

D'elle, je ne sais pas parler. Son départ a laissé dans mes murs criblés la trace d'éclats de balles, et ces murs, témoins muets d'un drame sur lequel je n'ai jamais mis de mots, sont en ruine pour toujours. Saydé est en moi comme un feu qui couve sous la cendre, comme l'abcès de fixation d'une guerre qui ne s'est jamais terminée mais qui a juste revêtu d'autres visages, comme l'impossibilité définitive de faire la paix avec la mort, avec cette mort-là, brutale et sauvage, qui a défiguré la vie, obscurci l'horizon et rendu l'air irrespirable.

D'elle, je ne sais pas parler et, pendant des années, l'évocation de son nom provoquait en moi comme un vertige, l'impression de manquer d'air, des contractions à l'estomac, mais sans qu'aucune image ne me vienne. Les symptômes physiques prenaient toute la place mais je ne voyais rien, juste des trous noirs. Avec le temps, des bribes ont émergé du brouillard, que je tente de rassembler ici en un impossible et trop tardif hommage.

Nous avions été l'une pour l'autre des balises, nous nous étions prises par la main, aidées, soutenues, tout cela silencieusement, sans déclarations tonitruantes, ni confidences, ni aveux. Lorsqu'elle avait débarqué chez nous, elle devait avoir quinze ans à peine et moi sept ou huit. Elle était gauche et timide, parlait peu, avait toujours peur de mal faire, et son regard agité ne se posait jamais durablement sur rien, guettant sans cesse on ne sait quel danger, on ne sait quelle source d'inquiétude. Jamilé l'avait prise sous son aile, lui avait expliqué toutes sortes de choses importantes relatives aux tâches qui lui incombaient et avait répondu sans malice à toutes ses questions, même les plus incongrues, y compris celles qu'elle n'avait pas osé poser. Petit à petit, Saydé s'était apaisée, pas tout à fait sans doute mais tout de même un peu, et il m'arrivait de la surprendre en train de fredonner lorsqu'elle se croyait seule dans une pièce.

De retour à la maison après mes journées d'école, c'est à la cuisine que je me précipitais, non pas seulement parce que j'avais faim mais également parce que j'aimais cette partie de la maison réservée aux tâches domestiques et qui échappait un peu au contrôle très strict auquel étaient soumis le reste du logement où rien jamais ne devait aller de travers. J'aimais écouter la radio branchée sur des stations dont j'aurais tout ignoré si je n'avais eu la chance de passer du temps avec « les bonnes ». J'aimais aussi m'immiscer un peu dans les joyeuses conversations qui se tenaient d'un balcon à l'autre entre les domestiques des différents appartements, et qui se prolongeaient de plus en plus tard lorsque les journées rallongeaient et que l'air était plus doux à l'approche du printemps. J'aimais habiter grâce à elles un autre appartement – dont les bruits et les odeurs étaient différents du nôtre –, un autre monde, une autre langue. Tout cela avant que Jamilé ne nous fausse compagnie, emportant avec elle le peu de famille que Saydé s'était recomposé grâce à sa présence maternelle. Sonnée et pleine de remords de n'avoir pas été là au moment où Jamilé aurait eu besoin d'elle, Saydé avait mis longtemps à retrouver ses marques et encore plus longtemps à s'autoriser à sourire à nouveau. Ensemble, nous avions tenté de nous consoler de cette absence envahissante contre laquelle nous nous heurtions chaque matin dans la cuisine vide, chaque midi dans le désordre informe de nos repas qui avaient perdu leur saveur et leur âme, chaque après-midi lorsque sa chaise restait vide sur le balcon, que le basilic et la menthe se desséchaient dans les bidons de lait où elle les avait plantés, et que le canari ne chantait plus. Ensemble, nous avions essayé de nous remémorer les expressions qu'elle utilisait, les chansons qu'elle affectionnait, les épices dont elle agrémentait ses sauces et les conseils qu'elle nous prodiguait pour toute chose. Il nous semblait sans doute que cette fidélité était une façon de la garder vivante. Mais ce qui nous avait le plus solidement arrimées, c'était l'acharnement que j'avais mis à apprendre à Saydé à lire et à écrire. Lorsque je m'étais aperçue que Saydé était prise de panique dès qu'il fallait noter un numéro de téléphone ou une adresse, lire une notice ou un mode d'emploi, déchiffrer un nom sur une enseigne – elle devenait rouge et fébrile, marmonnait des paroles inaudibles, se prenait littéralement les pieds dans les tapis –, je me mis en tête de lui transmettre les bases de la lecture et de l'écriture telles qu'enseignées dans mes propres livres des premières années d'apprentissage, avec une autorité dont je souris à présent mais qui était tout à fait étonnante vu mon âge, et peut-être un peu effrayante. Mon travail scolaire achevé, je m'installais avec elle autour de la table de la cuisine et nous entamions des séances qui se prolongeaient aussi longtemps qu'elle n'était pas fatiguée ou que je n'étais pas rappelée à l'ordre pour aller me coucher. Au début, elle n'y croyait pas et se décourageait très vite. Mais progressivement, elle avait fini par y prendre goût, s'émerveillant de pouvoir écrire son nom dont elle se mit à couvrir des pages entières, en grand ou en petit, au crayon ou à l'encre, à l'horizontale ou en diagonale, comme si sa vie s'élargissait soudain de toutes sortes de possibles et prenait enfin des couleurs. Elle découvrait avec des rires de plaisir que des tas de mots qu'elle utilisait quotidiennement se dissimulaient derrière les suites de signes imprimés, et elle se mit à réclamer plus de temps de travail et plus d'exercices à faire par elle-même. Petit à petit, son regard avait retrouvé de l'éclat et ses lèvres, le sourire. Elle était capable de faire des listes de courses, et elle prenait plaisir, chez l'épicier, à sortir son papier plié en quatre dans sa poche. Elle avait même entrepris d'écrire quelques lettres à sa famille, pas grand-chose sans doute mais tout de même, je vais bien, je prie le ciel que vous aussi, je suis bien traitée, de quoi avez-vous besoin, on trouve de tout à Beyrouth, voilà un peu d'argent pour l'anniversaire de ma petite sœur, que Dieu vous garde et nous réunisse bientôt. Pendant son temps libre, elle pouvait à présent faire autre chose qu'écouter la radio, elle lisait. Elle avait aussi une activité qui la réjouissait et qui consistait à transcrire quelques fragments des chansons qu'elle aimait et qui cessaient d'être de simples mélodies à fredonner pour devenir des textes, de petits objets matériels qu'elle conservait précieusement. Je lui avais appris à lire et à écrire et, du haut de mes dix ans, je lui avais donné quelque chose de précieux dont je ne savais pas le nom et qui s'appelait la dignité. Elle m'avait donné en retour un bien au moins aussi précieux, le sentiment d'être utile, et fait découvrir sans que je me le formule dans ces termes-là, quelque chose qui plus tard me sauverait à diverses reprises, qu'apprendre est une source de bonheur et que cette source-là ne se tarit pas.

Ma mémoire d'elle est trouée, je l'ai dit, et comporte de grandes plages de silence, et là je ne sais plus. Des semaines, des mois, des années où je la perds de vue. Après il y a la guerre, trois années de guerre déjà lorsque survient le drame.

Le quartier de Kantari où nous habitions avait connu toutes sortes de bouleversements. Il y avait eu la bataille dite des hôtels – première d'une longue série de féroces combats qui ponctueraient cette interminable guerre – qui nous avait forcés à passer trois jours d'affilée sur des matelas dans l'entrée et la salle de bains voisine, seuls espaces de notre appartement qui ne donnaient pas sur la rue et qui paraissaient de ce fait comme les plus sûrs ; divers épisodes de bombardements anarchiques qui nous avaient acculés à fuir pour des périodes de longueur variable et à nous réfugier chez des amis ou des membres de la famille dont les habitations étaient, à ce moment-là, plus sûres ; des immeubles entiers qui s'étaient progressivement vidés de leurs habitants à mesure que le quartier s'enfonçait dans l'anarchie, mais aussi des commerces qui avaient fermé leurs portes ; et des changements plus insécurisants encore quand des milices à la composition aléatoire avaient pris possession du quartier, y plantant leurs drapeaux et y installant leurs sacs de sable et leurs barrages. Mon père était épuisé par ces turbulences incessantes et le chaos qui en résultait, sa tension artérielle faisait des pointes inquiétantes, les jumelles avaient des cernes qui leur mangeaient le visage en permanence, et ma mère de plus en plus nerveuse avait décidé qu'il fallait quitter Beyrouth pendant un temps indéterminé et trouver une location dans le village de montagne où l'une de ses sœurs avait une maison de vacances qu'elle occupait à présent de façon permanente. Dina, qui était à New York où elle poursuivait son doctorat, insistait et même suppliait, lorsqu'elle nous avait au bout du fil, que nous ne restions pas dans ce quartier devenu trop dangereux. Je ne voulais pas, pour ma part, les accompagner à la montagne. Les quelques mois que nous y avions déjà passés m'avaient durablement déprimée. En outre, l'université avait des chambres disponibles, habituellement réservées aux étudiants étrangers, mais beaucoup d'entre eux n'étaient pas revenus au moment de la reprise des cours, car après trois années où alternaient des épisodes violents et des cessez-le-feu de longueur variable, ce qu'on appelait encore « les événements » commençait à ressembler de plus en plus à une vraie guerre dont personne ne voyait le bout. Nous étions convenus que je m'installerais sur le campus, que mes parents partiraient avec Lydia et Elsa et que Saydé en profiterait pour rentrer elle aussi dans son village situé dans une région restée calme, tout en assurant de temps à autre une présence dans l'appartement tant que ses déplacements resteraient possibles entre le Chouf et Beyrouth. Toutes sortes de rumeurs couraient en effet sur des pillages sauvages, des occupations musclées d'appartements restés longtemps inoccupés, et certains jours, lors d'accalmies de courte durée, des intrépides qui tentaient de revenir chez eux pour sauver ou mettre à l'abri leurs objets de valeur, trouvaient parfois sur le trottoir, au milieu d'un bric-à-brac hétéroclite de vêtements, meubles et bonbonnes de gaz, l'un de leurs tapis, de leurs tableaux ou de leurs vases en cristal, proposés à la vente à des prix sans rapport avec leur valeur. Vexés, profondément choqués parfois, et parfois heureux du hasard qui leur faisait là un pied de nez, ils rachetaient ainsi des objets qui leur appartenaient, se risquant parfois à en marchander le prix quand les vendeurs leur paraissaient de bonne composition et qu'ils n'étaient pas en tenue de combat ni armés jusqu'aux dents. Pour autant, il valait tout de même mieux ne pas laisser la voie libre aux exactions, et s'accrocher tant que cela était possible à son domicile. Saydé avait rassuré mes parents avec sa gentillesse habituelle et ils avaient un peu vite oublié qu'elle n'avait que vingt-cinq ans et ne savait pas grand-chose ni de la vie ni de la guerre.

Les quelques semaines qui suivirent nous rapprochèrent plus que nous ne l'avions nous-mêmes mesuré. Quand les obus se taisaient et que les rues redevenaient praticables, je téléphonais chez nous et, si Saydé était là, je rentrais passer un jour ou deux avec elle à l'appartement, parfois accompagnée par l'une ou l'autre de mes amies. Nous passions là des moments délicieux, inventant des recettes pleines de fantaisie et d'ingéniosité pour pallier le manque de certains ingrédients, multipliant les usages possibles du fromage fondu « La vache qui rit », nous régalant de gâteaux au yaourt et de crèmes de lait parfumées à la fleur d'oranger, explorant sans retenue les grands placards à provisions, à présent dégarnis il est vrai, mais dont seule ma mère gardait habituellement les clés. Il y avait aussi des séances de « lecture » de nos avenirs bouchés dans les rigoles que le marc de café laissait dans nos tasses renversées ; des matinées consacrées aux soins de beauté au cours desquelles nous finissions par manger la moitié du « caramel » que Saydé préparait dans une vieille casserole et travaillait à la main pour en faire une pâte dépilatoire ; ou des essais de coloration à base de henné qui nous faisaient les chevelures flamboyantes et d'une couleur carotte un peu trop ostentatoire.

À nouveau, malgré les années qui passaient, le ciel qui s'obscurcissait et les barrières infranchissables d'âge mais surtout de classe sociale qui nous séparaient, nous étions incroyablement proches, de façon tacite et inébranlable.

Et puis il y a ce jour de honte et d'épouvante. Ce jour qui fait dans ma vie une marque indélébile, et toute chose, après ce jour, ne se situe plus qu'avant ou après. Ce jour où je me rends à l'appartement parce que je sais qu'elle est là, elle m'a téléphoné la veille pour me dire qu'elle apporterait des fruits et des galettes, elle sait que rien ne me fait plus plaisir que les fruits qui viennent de son village et les galettes que sa mère cuit sur le saj[1], mais elle ne répond pas, n'ouvre pas la porte, ne soulève pas le combiné lorsque je l'appelle depuis l'appartement des voisins. Je me dis qu'elle est sortie chez l'épicier, ou le cordonnier, ou le boucher, et je m'assieds sur les marches pour l'attendre. La voisine de palier, qui elle aussi est restée là, m'a bien proposé d'attendre chez elle, mais j'ai le cœur qui bat un peu trop vite, une inquiétude qui me glace les mains et je n'ai pas envie de faire la causette, alors je dis non, ce n'est pas grave. Je m'assieds sur le carrelage du palier, j'ai le cœur qui se serre et les yeux qui me piquent, je ne comprends pas ce qui se passe, le muezzin appelle à la prière mais seuls des tirs de mitraillettes lui répondent, puis le bruit sourd du premier obus de la soirée qui s'abat sourdement au loin. Je sais que c'est le signal, que bientôt ceux d'en face vont répliquer, que les obus vont maintenant s'abattre de plus en plus près, et je me mets à pleurer dans la lumière du jour qui décline et l'odeur de la poussière. Je reste là, je ne sais pas combien de temps mais bientôt il fait noir, Saydé n'est toujours pas rentrée, et je me mets à tambouriner sur la porte

1. Plaque de cuisson traditionnelle qui a la forme d'une demisphère et qui est chauffée par un feu de bois.

d'entrée si fort qu'à tous les étages ce qui reste de voisins s'alarment et sortent de chez eux. On m'entoure, on me fait boire de l'eau parfumée à la fleur d'oranger, on me dit des paroles rassurantes, qu'elle n'a sans doute pas pu venir, qu'elle est certainement dans son village et me donnera de ses nouvelles dès qu'elle pourra, que je sais bien qu'elle n'a pas le téléphone, que de toute façon les lignes sont si mauvaises, qu'il ne faut pas se mettre dans cet état, alors je finis par me calmer un peu et j'accepte de manger un bol de soupe et de dormir chez la voisine de palier. Dès que je suis allongée, je m'endors comme une masse mais je me réveille en sursaut, il fait nuit noire et je ne sais pas combien de temps j'ai dormi. Les obus continuent à tomber, l'électricité est coupée, je ne connais pas suffisamment les lieux pour marcher dans le noir, j'ai des crampes à l'estomac et l'envie de vomir, j'essaie d'avancer à tâtons, je heurte un meuble et pousse un cri, heureusement que la voisine ne se réveille pas, je longe les murs et me retrouve dans la cuisine, je me penche sur l'évier et je dégueule toute mon âme. Puis je fais couler l'eau, les crampes sont toujours là et j'ai besoin de pisser. Je me hisse sur le rebord de l'évier, je m'accroupis avec autant de souplesse que possible mais j'entends que du liquide coule aussi sur le sol, je cherche une serpillière sous l'évier, je nettoie là où je crois que c'est nécessaire, puis je rebrousse chemin. Mes yeux se sont habitués à l'obscurité, je parviens à lire l'heure sur le cadran de ma montre, il est à peine deux heures du matin, je me recouche mais le sommeil ne vient plus. Je ne sais pas encore que je suis en train de vivre là ma dernière nuit d'innocence, que dès le lendemain je vais basculer en enfer, que rien ne sera plus jamais pareil, plus jamais, parce que j'aurais été éclaboussée par la barbarie des hommes, et que cette barbarie m'aura atteinte de façon irrémédiable. Je ne sais pas encore que quelque chose en moi est déjà presque mort, puisque dès le lendemain j'éprouverai pour la première fois que moi aussi je suis capable de barbarie, que moi aussi je souhaite infliger la mort.

Après cela, le souvenir de cette nuit passée chez la voisine à ne pas dormir, il y a encore un trou noir. Je ne sais plus ce que je fais le lendemain matin, à quel moment j'appelle mes parents pour leur dire mon inquiétude, comment nous décidons que la porte doit être forcée puisqu'ils ne peuvent pas descendre de la montagne en raison des combats, à qui je fais appel pour briser la serrure qui cédera en réalité avec une facilité inquiétante. Je ne sais pas non plus avec qui je suis lorsque je pénètre dans l'appartement et que je devine tout de suite qu'il s'y est passé quelque chose de terrible. Le trou noir recouvre tout cela, toute l'horreur, et je n'ai gardé aucun souvenir de Saydé morte, de son visage défiguré, de son corps nu, violenté et criblé de balles. Je me souviens à peine de la chambre d'hôpital où je passe quelques jours à me vider de toutes parts, de l'odeur de chlore, d'excréments, de vomi et d'éther qui m'enveloppe et me donne un mal de crâne qui ne cède pas. Je crois que la voisine est auprès de moi, mais son visage se confond avec celui de ma mère. Je crois aussi me souvenir que Lydia et Elsa m'apportent un bouquet de cyclamens sauvages parce qu'elles savent combien ces petites flammes rose vif qui parsèment les champs, habituellement m'émeuvent et m'apaisent. Mais rien ne me touche vraiment pendant ces journées-là. Elles me raconteront plus tard les conciliabules entre le médecin-chef, mon père et un psychiatre appelé en renfort qui mettra des mots savants sur ma descente aux enfers et prescrira des antidépresseurs auxquels mon père ne souscrira qu'à contrecœur et que je refuserai obstinément d'avaler. Je ne sais pas non plus combien de temps je reste hospitalisée, avec une perfusion de sérum dans le bras parce que je ne desserre les dents ni pour parler ni pour manger. Je garde les lèvres serrées sur une envie de mordre et de hurler, et je ne mords que mes propres doigts, parfois jusqu'au sang et je hurle sans bruit. À quel moment je reprends un visage humain, comment je fais pour reparler, manger, marcher, respirer normalement, je ne sais pas bien. Je me souviens quand même qu'on vient m'interroger alors que je suis encore alitée, qu'on me pose des questions sur mon emploi du temps le jour du drame, notre conversation téléphonique de la veille avec Saydé, nos habitudes lorsque nous étions seules à l'appartement, ses fréquentations dans le quartier, est-ce qu'elle connaissait les miliciens qui tenaient le barrage de la rue d'à côté, est-ce qu'elle parlait avec ceux qui avaient installé un poste d'observation sur le toit de l'immeuble d'en face, est-ce qu'on avait déjà reçu des visites inhabituelles, etc. Mais je ne sais plus qui m'interroge, si c'est la police, le responsable du parti qui a pris le contrôle de notre « zone » et dont les drapeaux évoquent la foudre, un représentant des islamo-progressistes qui enquête pour identifier les « éléments incontrôlés » qui cherchent à discréditer leur coalition, ou simplement l'un des chefs autoproclamés de l'une des nombreuses bandes de miliciens qui traînent dans le quartier. Tout cela est enveloppé d'un brouillard dense qui déréalise le déroulé des événements, et pendant longtemps je me suis réveillée chaque matin en espérant que j'avais juste fait un trop long et trop tenace cauchemar.

Plus tard, des images se sont reformées dans ma mémoire, mais je ne sais pas quelle y est la part de mes propres souvenirs et celle des récits que j'ai plus d'une fois entendus dans la bouche de mon père qui racontait de façon quasi obsessionnelle et à toutes sortes de visiteurs, d'amis et de vagues connaissances le sac de notre appartement et la mort de Saydé dans des circonstances qui ne seront jamais élucidées et qui nous tourmenteront longtemps.

Nous avions retrouvé l'appartement saccagé et pillé de quelques-uns de ses objets dont certains avaient de la valeur – opalines anciennes, tapis d'Iran, carafes et plats en cuivre ouvragé d'époque ottomane chinés par ma mère dans les bazars d'Istanbul – et d'autres pas – les assiettes en porcelaine blanche et épaisse de nos repas ordinaires, les casseroles de la cuisine, les draps bleus et blancs en coton d'Égypte, mille fois lavés – et pour le reste les valeureux pillards avaient pris plaisir à briser ce qu'ils avaient choisi de laisser là, nos 45 tours, quelques bibelots que mes parents avaient rapportés de leurs voyages en Europe, et le piano à queue qui occupait la moitié du salon et dont les cordes avaient été arrachées. Assez fiers sans doute de leur mise à sac, les combattants avaient également inscrit sur les murs quelques slogans révolutionnaires où il était question de libérer les masses et de reprendre Jérusalem, et mon père ne pouvait s'empêcher, chaque fois qu'il revenait sur les faits, de répéter qu'il ne comprenait pas pourquoi le chemin de la libération de la Palestine devait passer par les opalines de son salon. Sur les murs de la cuisine, l'un des révolutionnaires avait même proclamé que si son pénis avait été phalangiste, il se serait hâté de le trancher. Mais le plus dur était encore à venir puisque c'est en poussant la porte de sa chambre que nous avions découvert le corps sans vie de Saydé. Peut-on décrire la cruauté pure, composer avec la bestialité en l'invitant par les mots du langage courant à rentrer dans ce qu'il devient possible de concevoir, de raconter, et au final d'accepter comme faisant partie de nos vies ? J'en voulais terriblement à mon père chaque fois qu'il faisait le récit de cette mort. Je ne supportais pas de l'entendre raconter, je sursautais chaque fois qu'il introduisait une variante dans le scénario rodé qu'il avait fini par mettre au point, ne serait-ce qu'un adjectif différent, un nouveau détail. Je percevais comment il accumulait les superlatifs lorsqu'un interlocuteur était incrédule, comment il insistait davantage sur la nudité, ou les traces de lutte, ou les blessures, ou le nombre de balles, selon qu'il avait en face de lui quelqu'un qui paraissait difficile à émouvoir, ayant lui-même traversé des épreuves qu'il jugeait plus graves et plus cruelles, ou qu'au contraire il s'adressait à une âme sensible dont les yeux se voilaient dès l'évocation du décès. J'en voulais terriblement à mon père d'avoir apprivoisé ce drame, et de l'avoir au final transformé en une fiction plus ou moins bien ficelée dont il se servait pour attirer la sympathie et la compassion. Je le lui reprochai un jour, alors que de passage à Paris pour me rendre visite et participer à une énième réunion internationale de pharmaciens il déroulait son récit avec une passion renouvelée face à un auditoire hétéroclite de nationalités épargnées par les horreurs de la guerre et particulièrement friand de détails. Nous eûmes ce jour-là l'une de nos plus mémorables disputes et, de part et d'autre, des phrases blessantes furent dites qui mettraient longtemps à être pardonnées.

Je n'ai moi-même jamais raconté. D'elle je ne veux ni ne peux parler. Le silence, le nœud à l'estomac, la voix qui se brise dès que je prononce son nom, tout cela qui est la trace en moi de sa disparition me paraît être la seule façon de lui rester un tant soit peu fidèle. À l'instant même où les choses que j'ai vues se sont frayé un chemin dans mon cerveau, elles y ont imprimé des images d'une crudité et d'une violence envahissantes qui ont éclaboussé à jamais certains espaces jusque-là encore paisibles de ma mémoire. C'est ce jour-là, ce jour de honte et d'épouvante, que je suis devenue une exilée, même s'il m'a fallu encore du temps pour m'arracher à ce pays, et encore plus de temps pour commencer à comprendre ce qui m'était arrivé. Je ne me suis jamais pardonné sa mort, j'ai mille fois tourné et retourné dans ma tête les mots que nous nous étions dits au téléphone lors de notre dernière conversation, essayant de me remémorer si c'était moi qui lui avais demandé de venir, si je lui avais dit que j'étais triste ou fatiguée et que j'avais besoin d'elle, si je m'étais montrée trop insistante. J'analysais les moindres inflexions de sa voix, tentant d'y repérer les signes d'une inquiétude de sa part. Savait-elle que notre quartier était devenu de moins en moins sûr et n'avait-elle rien dit pour me protéger ? Etait-il vrai que des miliciens qui tenaient le barrage du bout de la rue en pinçaient pour elle et qu'une rivalité s'était installée entre eux à son propos ? Avait-elle vraiment reçu dans l'appartement ce jeune homme au demeurant assez séduisant, qui passait beaucoup de temps à ne rien faire tout en affichant des airs de conspirateur ou de beau ténébreux chaque fois que nous le croisions à quelques mètres de chez nous, et dont personne ne savait vraiment qui il était ? Toutes ces questions resteraient sans réponse, me tourmenteraient longtemps, alimenteraient par des voies souvent tortueuses mon sentiment de culpabilité toujours prompt à se réveiller, et finiraient par effacer en moi toute joie, toute légèreté, toute quiétude.

Je me suis rendue plusieurs fois dans son village pour passer un moment avec sa famille, et sa mère, chaque fois, m'a redit combien elle m'aimait. Tu étais toujours dans son cœur, disait-elle, et ses moments les plus heureux, c'est avec toi qu'elle les a partagés, me répétait cette femme ridée, en larmes, et pourtant si immensément généreuse qu'il ne lui vint jamais à l'esprit de rien nous reprocher. Elle gardait dans son corsage les lettres que Saydé lui avait écrites, les pliait et les dépliait fréquemment, et me les montrait à chaque visite comme preuve de son affection pour moi. Son père, qui n'avait plus prononcé un seul mot depuis la mort de Saydé, posait sur moi son regard immobile et indéchiffrable.

15

Ursula

Je n'ai jamais rencontré Ursula. D'elle, je savais des tas de choses : le nom de ses amis, la couleur de ses yeux, les habitudes de son chat, le métier de ses parents, ses goûts musicaux, et même ses pensées secrètes, pas toutes, certes, juste celles qu'elle voulait bien me confier mais quand même, j'en savais plus sur elle que sur beaucoup de mes camarades de classe ou de mes voisines de palier, mais je ne l'ai jamais rencontrée. C'est qu'Ursula était « ma correspondante ».

Les années 60, on s'en souvient, étaient celles de la découverte euphorique du vaste monde, du désir d'abolir les frontières entre les peuples, et de la volonté d'inciter les jeunes à parler d'autres langues et à se confronter à d'autres façons de faire et de penser. Des apôtres de ce mouvement apolitique et fraternel arpentaient le monde, répandaient la bonne parole partout où on les accueillait et l'un d'entre eux était venu mener une « causerie » au collège pour nous expliquer les bienfaits de cette nouvelle école de pensée, c'est-à-dire en vrac :

l'ouverture aux autres, la mise en pratique de nos cours de langue anglaise et en particulier des verbes irréguliers, la cause de la paix dans le monde, la possibilité de se faire de nouveaux amis, le « voyage » par la magie de la correspondance, l'exercice régulier de l'écriture, etc. S'était ensuivi un long processus d'inscription où l'on devait choisir des pays et des profils de jeunes qu'on souhaitait avoir pour amis, mais il faut croire que la mécanique était encore mal rodée (la micro-informatique n'avait pas encore fait son apparition ni transformé durablement nos vies), toujours est-il que je me retrouvai avec des filles (alors que j'avais demandé des correspondants masculins, ce qui était compréhensible puisque que je fréquentais un établissement scolaire catholique où la seule apparition d'un représentant du sexe opposé de moins de soixante ans et non recouvert d'une soutane était le fruit d'une erreur d'aiguillage), habitant des pays qui ne me faisaient pas, mais alors pas du tout, rêver. En gros, je souhaitais correspondre avec des représentants du sexe masculin anglais ou américains (après tout, c'était chez eux qu'étaient nés le rock, les Beatles, Steve Mac Queen et le pop corn), et je me retrouvais avec trois filles habitant l'Allemagne, la Pologne et l'Afrique du Sud. Il faut croire que la majorité des postulants était féminine, que la culture anglo-saxonne avait déjà commencé à étendre son vaste empire, et que Coca-Cola et Levi's faisaient déjà rêver les jeunes de tous les pays, prolétaires ou non ; aussi les organisateurs de cet important réseau d'écrivaillons de bonne volonté avaient-ils dû jongler avec les desiderata des uns et des autres et, pour finir, attribuer aux postulants des « amis » au petit bonheur de la chance.

Je ne sais pas si Ursula était aussi déçue d'avoir hérité de moi que moi d'elle. Elle ne m'en a rien dit. Je crois qu'Ursula était très polie, et je me demande même, avec le recul, si ces séances d'écriture de lettres n'étaient pas organisées sur le temps scolaire, strictement encadrées par un adulte, et les contenus relus, corrigés et peut-être notés. Car le vocabulaire anglais d'Ursula était assez limité, ses tournures de phrases conventionnelles et les sujets qu'elle abordait semblaient suivre la logique des dissertations telles qu'on les pratiquait dans ces années-là plus que la logique des échanges propre à une correspondance : racontez votre plus beau souvenir de vacances ; décrivez votre chat en ayant soin de détailler son apparence physique, ses habitudes alimentaires et son comportement à l'intérieur et à l'extérieur ; faites un portrait de vous en listant ce que vous aimez et ce que vous n'aimez pas ; racontez un repas de Noël en famille ; parlez du métier de vos parents, etc. C'est dire que le « dialogue » était très limité dans nos échanges et que ses lettres avaient le caractère utile et ennuyeux des exercices d'application des apprentissages grammaticaux. Mais c'était toujours un plaisir quasi magique que de recevoir du courrier qui venait de loin, avec de beaux timbres très exotiques, comme de tracer son nom et son adresse sur l'enveloppe que je lui adressais : Ursula Meier, 13, Volkstheater Strasse, Munich. Je connaissais déjà la Volkswagen, j'appris que cela signifiait la « voiture du peuple » et que Volkstheater voulait dire « théâtre du peuple », et je l'enviais d'habiter dans un lieu aussi prestigieux et aussi utile pour le peuple.

De mon côté, je lui racontais un peu Beyrouth, les souks, les pâtisseries, les églises et les mosquées qui se côtoyaient, l'été à la montagne et le bleu de la mer. Et puis un jour, j'ai reçu une drôle de lettre. Ursula m'expliquait tout de go qu'elle ne pouvait pas prendre mon parti ni être sensible à mon point de vue parce qu'elle avait « un devoir vis-à-vis des Juifs » qui avaient « tant souffert à cause de l'Allemagne », et qu'elle devait « soutenir Israël en toutes circonstances ». Je ne sais pas à quelle leçon de grammaire ou de vocabulaire correspondait cette lettre. Peut-être avait-elle, cette fois-ci, abandonné son livre d'anglais pour son livre d'éducation civique. Il est vrai que le Liban et la cause palestinienne faisaient, à ce moment-là, les gros titres de la presse internationale. Le Mossad venait d'organiser une opération spectaculaire au cours de laquelle ses agents, accostant de nuit sur une plage, étaient entrés dans une Beyrouth assoupie et nonchalante pour y assassiner dans leurs lits des leaders palestiniens de premier plan, puis étaient repartis comme ils étaient venus, sans être inquiétés. Le choc et l'émotion étaient infinis, et la honte aussi. Et voilà que, face à l'événement, Ursula me récitait non plus ses cours d'anglais et ses verbes irréguliers mais une sorte de catéchisme. J'étais encore une gamine, mais tout de même suffisamment futée pour percevoir ce qu'il pouvait y avoir d'humiliant pour moi à accepter ce discours prêt à penser. J'ai dû écrire à Ursula une lettre enflammée (mais moins enflammée sans doute que celle que j'aurais pu lui écrire en français, car moi aussi mon vocabulaire était encore limité) à laquelle elle n'a jamais répondu. Le rapprochement entre les jeunes du monde entier qui devaient se donner la main, construire des liens par la force de leurs stylos et faire avancer le dialogue entre les cultures, trouvait là, dans l'ébullition de ce mois d'avril, l'une de ses limites.

L'opération organisée par le Mossad avait été baptisée « Printemps de la jeunesse ». Ce qui ne pouvait mieux tomber.

16

Vartanesian, Zaven

Au temps de sa gloire, qui correspondait aussi aux quelques années prospères et relativement paisibles de l'histoire du pays, l'université américaine de Beyrouth était fréquentée par quantité d'étudiants venus de tous les pays du Moyen-Orient et même de plus loin. Au nombre de ceux-ci, on comptait un contingent assez conséquent de jeunes femmes originaires d'Arabie Saoudite, du Koweït et des monarchies du Golfe. Le plus souvent, elles étaient issues des familles régnantes ou de celles qui faisaient partie du réseau que les familles régnantes avaient constitué autour d'elles à coup de pétrodollars. Ces jeunes femmes étaient donc extrêmement fortunées mais, le plus souvent, elles étaient aussi ravissantes, futées et sympathiques. Au bout de quelques semaines à Beyrouth, elles prenaient conscience de tout ce que leur séjour prolongé au Liban pouvait leur apporter de nouveau et d'inespéré, compte tenu de la dureté de leur condition dans leurs pays d'origine, et elles se mettaient progressivement au diapason de la « dolce vita » beyrouthine, d'autant plus « dolce » qu'elles avaient les moyens de s'acheter à peu près tout ce dont on pouvait rêver. On les voyait habillées des plus beaux vêtements qui se vendaient rue Hamra, et à mesure que le temps passait et que leurs achats se multipliaient, leur goût s'affûtait et se personnalisait et elles ressemblaient de moins en moins aux publicités des magazines de mode et de plus en plus à des personnages qu'elles s'inventaient et qui devaient leur servir pour la durée de leur séjour. La deuxième étape consistait à découvrir la ville et le pays en sortant au-delà des limites du campus et de leurs « *dorms* »[1] , et à s'apercevoir avec émerveillement que rien de mal ne leur arrivait, qu'une fois franchi le mur de leur prison, plus mentale que réelle, elles pouvaient jouir sans danger d'une liberté euphorisante et même parfaitement grisante. C'était l'étape cinémas, restaurants, théâtres et autres plaisirs touristiques. Mais pour parachever le parcours et la mue qui l'accompagnait, il y avait la case « partenaire masculin », que seules les plus audacieuses franchissaient. Certaines se contentaient de

1. « Dorms » est le diminutif de « dormitories », bâtiments composés de chambres et de studios destinés aux étudiants /étudiantes, sachant que, bien évidemment, il y a avait des « dorms » de garçons et des « dorms » de filles. Ils étaient situés sur le campus ou dans la proximité immédiate de celui-ci, et en principe soumis à des règles disciplinaires strictes, mais en réalité élastiques, et même très élastiques compte tenu de la très faible affinité du tempérament libanais pour tout ce qui ressemble à des règles ou des lois censées s'appliquer à tout le monde.

fréquenter des étudiants en bande, d'aller prendre un café après un cours, de former un binôme avec un représentant du sexe opposé pour préparer à deux un exposé ou un travail de recherche plus conséquent. C'était déjà beaucoup comparé aux occasions de rencontre que leur réservait la vie dans leur pays d'origine. Mais pour certaines, et qui étaient souvent les plus belles et les plus intelligentes, cela ne suffisait pas : il fallait tomber amoureuse, se lier avec un homme et vivre avec lui une passion totale. Les heureux élus étaient souvent aux antipodes du genre d'homme qu'on leur ferait épouser une fois rentrées chez elles, leur diplôme en poche, mais l'aventure n'avait d'intérêt qu'à ce prix. Elles craquaient donc pour des révolutionnaires palestiniens qui arboraient le keffieh et se mettaient souvent en grève, des gauchistes libanais aux yeux cernés qui fumaient beaucoup et affichaient le plus souvent des airs fatigués, laissant sous-entendre que leurs nuits étaient courtes et leurs réunions secrètes intenses, des leaders estudiantins qui prenaient la tête des manifestations dénonçant la politique américaine au Moyen-Orient et la complicité du gouvernement libanais et brûlaient des drapeaux américains sur le campus, des artistes désargentés qui traînaient à la cafétéria avec l'espoir que quelqu'un leur paierait à manger et à boire, des intellectuels à lunettes cerclées qui passaient beaucoup de temps à la bibliothèque et se déplaçaient rarement sur le campus sans une pile de livres sous le bras dont ils consentaient à exhiber les titres : *The Logic of Power and Oppression in the Middle East*, *Sociology of the Dispossessed, The Language of Poverty: a Psychoanalytic Approach*, etc.

L'ennui était que, si l'aventure était exaltante, elle n'était pas sans risques puisque l'audace se payait par la perte de sa virginité, alors que ces jeunes femmes ne pouvaient rentrer chez elles sans le précieux hymen à défaut duquel elles devenaient des parias impossibles à marier. Mais là aussi, les pétrodollars faisaient merveille et il se trouvait toujours un gynécologue ému par leur détresse et qui savait y faire pour rendre à ces brebis égarées mais repenties leur virginité perdue. Ces généreux gynécologues étaient connus et répertoriés au sein de la communauté des jeunes femmes originaires des pays arabes, les plus anciennes qui étaient sur le départ transmettant discrètement la liste annotée aux nouvelles arrivantes, mais leurs noms, téléphones et adresses étaient accessibles à toutes les autres étudiantes qui se trouvaient dans le pétrin, et qui y avaient recours le plus souvent non pour se refaire une virginité mais pour subir une IVG le plus discrètement possible, dans un Beyrouth qui prenait parfois des allures de village où tout finissait par se savoir.

J'ai été proche de l'une de ces jeunes étudiantes saoudiennes. Elle se prénommait Karima, était mince et élancée, et son visage avait une beauté singulière, différente de la combinaison classique peau mate, cheveux de jais, grands yeux noirs en amande, nez droit et bouche très dessinée. Karima avait une chevelure chatoyante auburn, avec de beaux reflets presque blonds, un petit nez qui se retroussait avec une certaine insolence, un sourire à fossettes qui lui donnait un air à la fois enfantin et malicieux, et des jambes très fines et interminables. Elle fréquentait assez peu les magasins de prêt-à-porter et était le plus souvent vêtue de jeans et de chemises colorées, non pas qu'elle n'eût pas les moyens de se joindre à ses compatriotes pour des virées shopping, mais ça l'intéressait assez peu et elle estimait avoir mieux à faire. Elle poursuivait des études artistiques et se passionnait pour le théâtre. Je ne sais pas si cela faisait suite à sa rencontre avec Mounir, un jeune et talentueux homme de théâtre libanais dont on commençait à parler et qui avait déjà quelques succès d'estime à son actif, ou si, à l'inverse, elle avait été amenée à se rapprocher de Mounir parce qu'elle suivait avec assiduité et même avec passion les développements de la scène théâtrale libanaise, toujours est-il qu'elle prenait des cours d'art dramatique et de mise en scène, passait beaucoup de ses soirées dans les théâtres libanais d'avant-garde et expérimentaux, et lisait avec avidité et des pièces et des critiques. Elle traversait le campus de son allure de gazelle, légère et souriante, le plus souvent accompagnée d'une bande d'étudiants chevelus et barbus qui jouaient de la guitare et de l'harmonica, roulaient des cigarettes et passaient beaucoup de temps sur les pelouses du campus à deviser, chanter ou répéter des rôles. Moi-même, j'avais eu une période de passion pour la scène théâtrale, je ne manquais aucune pièce, j'assistais souvent aux générales grâce à un système d'abonnement astucieux qui permettait aux étudiants d'aller au théâtre à moindre coût, et je connaissais les metteurs en scène et leurs principaux acteurs avec qui nous prolongions les soirées dans des débats parfois âpres mais toujours exaltés. Ce fut donc Mounir qui me présenta Karima et nous nous plûmes immédiatement. J'appréciais son indépendance d'esprit et sa générosité, affective autant que matérielle. Elle se rendait toujours disponible pour ses amis et payait systématiquement au café et au restaurant, sans discussion possible, estimant plus sympathique de dépenser l'argent qu'elle avait en abondance au service de la collectivité que dans les boutiques de fringues. Elle s'était totalement libanisée, en connaissait aussi long que nous sur la politique locale, riait de nos blagues dont l'humour était *a priori* inaccessible aux non-Libanais, et avait même abandonné son accent saoudien pour nos intonations chantantes. Lorsque je l'ai connue, elle était déjà à Beyrouth depuis plusieurs années et elle voyait approcher la fin de son séjour avec une tristesse qui la submergeait parfois et lui causait ses rares moments de mélancolie et de déprime. Je n'osai pas lui demander si elle allait devoir passer par la case gynécologue avant son départ. Ça lui ressemblait si peu, mais en même temps elle était issue d'une des plus grandes familles du Royaume, dont on parlait souvent dans les médias, et je me demandais comment elle allait faire face à la situation.

Et puis, un jour, je la croisai la mine défaite, les yeux bouffis, pleine de larmes et d'inquiétude. Je lui proposai d'aller prendre un café, et là, elle me raconta qu'elle était enceinte, que dans un monde normal cela l'aurait comblée de joie car elle était vraiment amoureuse de Mounir et que leur relation, qui durait depuis plus de trois ans déjà, était pleine d'harmonie et de complicité ;

mais qu'ayant eu le tort de naître dans un pays de « sauvages » où les femmes étaient traitées comme des marchandises de qualité mais fragiles et à surveiller de près, cette nouvelle l'envoyait directement en enfer sans passer par la case purgatoire. J'étais effondrée moi aussi, et ne pouvais rien pour elle hormis l'écouter avec toute la tendresse dont j'étais capable et lui dire que j'étais là pour elle.

Quelques jours plus tard, elle me demanda si je voulais bien l'accompagner chez un gynécologue arménien, chaudement recommandé pour son professionnalisme et sa discrétion et qui opérait en banlieue proche. Elle avait la mort dans l'âme et moi aussi, cette perspective me plongea dans un abîme de tristesse qui inquiéta mes parents tant j'étais pâle, silencieuse et sans appétit ni goût pour rien.

Je ne suis pas près d'oublier ces quelques heures d'effroi et de laideur. Les locaux étaient propres et rectilignes, une dominante gris pâle recouvrait les murs et les gestes, on y parlait à voix basse, en anglais, et sur un ton clinique et aseptisé, qui était de toute façon ce qu'il y avait à espérer de mieux en pareilles circonstances. Le Dr Vartanesian avait des manières polies mais directes, il disait les choses sans fioritures. Il demanda à Karima si elle souhaitait le package complet, ce qui était faisable et coûterait moins cher que deux interventions successives. Nous ne comprîmes pas tout de suite ; il se lança donc dans des explications qui avaient le mérite de la clarté et, sur une ordonnance, il fit pour nous l'addition simple de ce que coûteraient une IVG et une reconstitution d'hymen effectuées séparément, puis indiqua l'économie qu'elle réaliserait si elle choisissait le « deux en un ». Un fou rire nerveux s'empara de nous, très vite mêlé à des larmes, et entre deux hoquets Karima lui répondit qu'elle choisissait le « deux en un ».

Dans les jours qui suivirent, et alors qu'elle ressemblait de plus en plus à un spectre flottant dans ses vêtements, elle tentait par moments de faire bonne figure et s'essaya même à quelques réflexions sur un ton cynique, par lesquelles elle se montrait sceptique quant à la qualité de sa virginité retrouvée et affirmait en riant presque que le seul moyen de s'en assurer serait de faire un test grandeur nature. Ce sinistre épisode avait en effet marqué l'arrêt de ses relations sexuelles avec Mounir, et de toute façon, l'heure du retour était proche et il valait mieux pour elle que la rupture soit moins brutale entre les deux modes de vie.

Avant de repartir, Karima m'a laissé les coordonnées du Dr Vartanesian, en me recommandant néanmoins de tout faire pour n'avoir jamais besoin de lui. Quant à elle, j'ai complètement perdu sa trace, je ne connais même pas le nom de son mari et j'en suis vraiment triste.

17

Vlado

Vlado était non pas un ami mais une connaissance de mon père. À l'époque du bref épisode de ma vie dans lequel il a joué un rôle, il devait avoir à peu près trois fois mon âge. Il était certainement marié, mais comme le sont certains Orientaux qui se plient à cette obligation sociale sans déplaisir mais sans conviction non plus, et correspondait assez bien à ce type d'hommes qu'on appelle les « vieux beaux », bronzé, musclé et doté d'une abondante chevelure blanche et bouclée. Vlado avait un yacht de belles dimensions qui lui permettait de faire de longues promenades en mer mais qui lui servait surtout de garçonnière, comme c'était le cas pour la plupart des propriétaires de tels engins qui en faisaient usage pour une forme bien particulière d'exercice sportif. Comme il avait le sens des affaires, Vlado mit son yacht « au service » des Libanais piégés par la guerre, soit quand l'aéroport était fermé, soit quand il était inaccessible à ceux qui habitaient du mauvais côté de la ligne de démarcation, et proposait de les transporter à Chypre à des tarifs variables qu'il fixait lui-même et qui étaient fonction de l'intensité des combats et de la dangerosité supposée de la traversée. J'étais pour ma part déjà étudiante à Paris et, rentrée au Liban pour des vacances estivales, je m'étais retrouvée piégée par une reprise des combats et par l'une des nombreuses fermetures de l'aéroport qui avaient ponctué ces années-là. Désemparée, ne sachant que faire, bloquée dans la partie de la ville qui bombardait celle où se trouvait le reste de ma famille, laquelle partie était à son tour régulièrement arrosée par les obus qui venaient d'en face, je dépérissais. En désespoir de cause, mon père, qui avait été mis au courant du petit business florissant auquel se livrait son « ami » Vlado, m'appela un matin pour me donner ses coordonnées et m'encourager à prendre contact avec lui. Je pourrais ainsi me rendre à Chypre et, de là, m'envoler pour Paris, à temps pour la rentrée universitaire. Le hic étant que j'avais très peu d'argent et qu'il allait être extrêmement difficile à mon père de m'en faire parvenir vu les circonstances. Il fallait donc « s'arranger avec Vlado ». Vlado se montra poli au téléphone, et même charmant et empressé quand je me rendis à Jounieh pour le rencontrer et qu'il put vérifier par lui-même que je n'étais ni laide, ni vieille, ni obèse. Il me donna rendez-vous pour la prochaine traversée, le lendemain en fin d'après-midi. Extrêmement gênée et presque au bord des larmes, je lui expliquai alors que j'avais très peu d'argent, 200 $ tout au plus, et que je ne pourrais ni lui payer la traversée (300 $) ni acheter mon billet d'avion depuis Larnaca. Il me consola, m'assura qu'il s'arrangerait avec son « vieil ami Édouard » (mon père) en qui il avait toute confiance et qui avait si bien conseillé sa vieille mère, quasiment paralysée par des douleurs articulaires, qu'elle semblait ressuscitée depuis qu'elle appliquait ses prescriptions à la lettre. La référence à la vieille mère et aux prescriptions de mon père achevèrent de me rassurer et il me confirma le départ pour le lendemain 18 heures, mais il fallait se présenter à l'embarcadère au moins une heure avant.

Le lendemain, j'étais à l'embarcadère avec ma valise en carton marron qui contenait mes maigres affaires, puisque je n'avais pas pu me rendre chez mes parents avant ce voyage au long cours. J'avais l'estomac noué, autant par l'appréhension de la traversée que par la tristesse accablante de ce qu'étaient devenues nos vies en lambeaux. Il faisait inhabituellement gris pour la saison, des familles se faisaient des adieux déchirants, toutes les mines étaient graves, on entendait des pleurs d'enfants et, au loin, des bruits sourds d'obus qui explosaient. Le seul à sourire était Vlado qui consultait la liste des passagers, faisait monter les voyageurs à bord, et donnait ses instructions pour les installer sur le pont, distribuer à chacun une couverture, une bouteille d'eau, un sandwich et un sac en papier, et placer les bagages dans un emplacement réservé. « Un seul bagage par personne », répétait-il, tout en continuant à sourire comme un G.O. du Club Med. « Pourquoi faire, le sac ? » demanda une voix inquiète. « Pour vomir », répondit une autre qui ne l'était pas moins. Une demi-heure plus tard, le pont était plein à craquer, et il était quasiment impossible de se lever pour faire quelques pas sans se prendre les pieds dans un bagage, un cordage, une chaise ou un autre pied. Je n'osai pas dire tout haut ce que beaucoup pensaient tout bas – que nous étions vraiment trop nombreux à bord – ni même demander s'il y avait des gilets de sauvetage pour tout le monde. Après tout, je n'avais pas payé ma place et je n'étais qu'une troisième classe, non pas qu'il y ait eu de vraies différences entre catégories de passagers, même s'il est vrai que certains avaient des chaises longues quand d'autres devaient se contenter de simples chaises en plastique. Les manœuvres commencèrent, bientôt nous fûmes en haute mer et la nuit tomba assez vite sur un ciel sans étoiles. Dans l'épaisseur noire on voyait comme des lucioles, la petite lueur des cigarettes qui se consumaient trop vite, attisées par le vent. De temps en temps, on entendait un sanglot, un toussotement, le cri étouffé d'un estomac qui se vidait par-dessus bord. Vlado avait disparu, sans doute profondément endormi dans sa cabine.

Nous étions arrivés à Chypre avec les premières lueurs du jour mais il avait fallu attendre plusieurs heures encore avant de débarquer car les policiers de service dormaient, eux, dans leurs lits. Puis ce fut la bousculade, les valises qu'on lançait sur le quai, et la queue, interminable, dans un hangar de marchandises. La queue des fuyards, des étrangers, des exilés que nous étions tous devenus, après une nuit en bateau entre Jounieh et Larnaca. J'étais très inquiète de ce que je ferais une fois passé le contrôle des passeports, mais Vlado reparut comme par enchantement au moment où je sortais du hangar, mon passeport tamponné. Il me proposa de m'emmener à l'agence de voyages qu'il connaissait bien pour acheter mon billet, pour un départ le soir même si j'avais de la chance, sinon le lendemain matin. Je priai tous les dieux que ma chance soit au rendez-vous, sinon, c'était encore la dépense d'une nuit d'hôtel à crédit, et je commençai à m'inquiéter sérieusement de cette note de frais qui s'allongeait dangereusement. Une demi-heure plus tard, nous sortions de l'agence, j'avais une place sur le dernier vol du soir pour Paris, et j'aurais sauté au cou de Vlado si je n'avais craint qu'il ne se méprenne sur le sens de mon enthousiasme à son endroit. Grand seigneur, il déclara qu'il m'invitait à déjeuner pour fêter ça, que nous irions à l'hôtel où il avait sa chambre réservée et où je pourrai me doucher, poser ma valise et me détendre autour de la piscine jusqu'au moment de repartir pour l'aéroport. Ce que nous fîmes. Je me sentais complètement réconfortée, je m'en voulais de l'avoir mal jugé, j'avais l'impression d'être en compagnie d'un vieil oncle chaleureux et bon vivant, certes habillé avec un peu trop d'ostentation, racontant un peu trop de blagues salaces et faisant trop facilement usage d'expressions que mon père aurait vivement désapprouvées, mais bon, il s'était montré serviable, d'une efficacité redoutable, et ne m'avait pas une seconde laissé sentir que je lui étais redevable parce que je n'avais rien payé et qu'il avait avancé une somme rondelette pour me tirer d'affaire. Le reste de la journée se passa le plus agréablement possible et, vers 17 heures, je pris un taxi pour l'aéroport. Et là, le cauchemar recommença. L'aéroport était encore plus encombré que le hangar du port, il y avait du monde partout, debout, assis, couché, en équilibre instable sur des chariots à bagage, sur les rares fauteuils, et jusqu'aux comptoirs d'enregistrement qu'il était quasiment impossible d'atteindre. Il n'y avait pas de queue – ce qui indiquait avec certitude que la majorité des présents étaient libanais car, comme chacun sait, les Libanais sont génétiquement incapables de faire la queue et d'attendre leur tour et préfèrent miser sur leur capacité à slalomer, à hurler plus fort que les autres et à soudoyer les préposés aux bagages, les hôtesses de l'air ou quiconque porte l'uniforme – mais une masse compacte, agressive et dans un état d'épuisement avancé. J'étais liquéfiée d'inquiétude, seule avec ma valise en carton marron et à peine plus de 100 $ en poche (puisque j'avais insisté pour payer le café, les taxis, et d'autres menues dépenses) au milieu de cette horde de gens qui gesticulaient, s'interpellaient et suaient à grosses gouttes. De temps en temps, une voix faisait une annonce qui terrassait tout le monde et que personne ne pouvait vérifier : « Le vol est annulé », « Le prix du billet est majoré de 100 $ par personne, taxe imposée par le gouvernement chypriote », « Le vol est surbooké et il y a au moins cinquante passagers qui ne pourront pas partir », etc. Quand par miracle je parvins au comptoir d'enregistrement, l'hôtesse excédée me hurla au visage que mon nom n'était pas sur la liste et que la seule chose qu'elle pouvait faire était de m'enregistrer sur le premier vol du lendemain matin. Je la remerciai et, quand elle eut modifié mon billet et qu'elle m'eut remis la confirmation écrite pour le lendemain, je m'éloignai, me mit dans un coin et fondit en larmes.

Un long moment plus tard, m'étant reprise, je décidai qu'il fallait que je dorme parce que je me sentais nerveusement incapable d'enchaîner deux nuits sans sommeil et je résolus de reprendre un taxi et de retourner à l'hôtel où se trouvait Vlado, qui était quand même la seule personne que je connaissais sur cette île. Il m'accueillit avec étonnement, me dit des paroles rassurantes et nous nous rendîmes ensemble à la réception pour me réserver une chambre. Il n'y en avait pas. L'hôtel était archicomplet. J'eus beau insister, supplier, pleurer, renifler, rien n'y fit, l'hôtel était complet, et probablement tous les hôtels à proximité aussi, il était 10 heures du soir, je n'avais plus que 50 ou 60 $ en poche, et j'étais dans un état d'épuisement et de désespoir très avancé. C'est alors que Vlado me dit : « Ma suite est un deux-pièces et chacune dispose d'un lit. Tu peux t'installer dans l'une des deux, je ne vois pas d'autre solution. » Je n'en voyais pas non plus. Il me proposa de monter la première, de m'installer et de me coucher, il monterait plus tard. Ce que je fis, dans un état où la nervosité liée au caractère tout de même incongru de ma situation – partager une chambre avec un monsieur que je connaissais depuis à peine quarante-huit heures et qui avait trois fois mon âge – le disputait à une immense fatigue. Je venais à peine de me glisser sous les draps quand j'entendis Vlado tourner la clé dans la serrure. J'éteignis instantanément la lampe de chevet et fis mine d'être endormie. Pendant quelques longues minutes, j'entendis des bruits assez rassurants d'eau qui coule, de valise qui s'ouvre, de brossage de dents, etc., rien que le rituel habituel d'avant coucher. Puis il y eut un temps de silence au bout duquel je m'aperçus que Vlado, torse nu mais habillé de son pantalon de pyjama, s'approchait de mon lit. Je me raidis instantanément. Mon esprit affolé carburait à 200 à l'heure, tentant d'envisager les hypothèses et de mettre en regard les solutions, mais Vlado ne m'en laissa pas le temps car, déjà, il s'était assis sur mon lit et approchai sa main de mon visage. Je ne sais pas quels mots me vinrent aux lèvres, comment ils réussirent à se frayer un passage dans mon larynx contracté, et à traverser la barrière de mes dents serrées qui s'apprêtaient à mordre. Je ne sais pas comment j'ai su trouver le ton qui convenait à cet invraisemblable pétrin dans lequel je m'étais mise où, me croyant sous la protection tutélaire de mon père, je me retrouvais à la merci d'un homme qui semblait avoir tout oublié des interdits, des valeurs et du code de comportement qui aurait été adéquat en pareille situation. En lieu et place d'un « oncle » bienveillant, j'avais en face de moi un mâle oriental sûr de ses charmes, incapable de discernement, et qui tentait sa chance. Le piège se refermait sur moi, je ne pouvais m'en prendre qu'à moi-même. Ma naïveté déconcertante m'avait encore joué un mauvais tour. Je ne sais pas quels mots j'ai dit, ni comment j'ai trouvé le ton, mais le miracle s'est produit. Vlado n'a pas insisté, il s'est levé.

Le lendemain, à l'aube, je m'embarquai pour Paris.

18

Walid

Ses parents lui avaient donné un nom d'empereur romain. Mais il avait trouvé ça trop lourd à porter et carrément encombrant pendant la brève période où il avait décidé de se vouer à la politique, de soulever les masses, de prendre des accents de tribun dans les amphithéâtres bondés ou aux premiers rangs des quelques manifs auxquelles il participa activement. Il changea donc de nom et se fit nommer Walid, avec la complicité de ses amis proches, chargés de relayer la nouvelle du changement. Changement radical en effet : gommées les références occidentales, impériales, voire carrément impérialistes au profit d'un ancrage socialement plus modeste et surtout clairement oriental. Mais changement symbolique majeur aussi : il avait troqué son statut de père suprême d'un empire étendu (il s'appelait Constantin tout de même) pour un statut de fils, voire d'enfant : Walid, c'est si proche de *walad* (enfant).

Moi, ça m'arrangeait. Les pages A, B et C d'un carnet d'adresses sont toujours très pleines, elles débordent facilement. Il faut donc ruser, regrouper les compagnies d'aviation qui commencent souvent par « Air » à la rubrique « Voyages », noter le nom du plombier ou de l'électricien, si d'aventure il s'appelle Abdo ou Bernard, à la lettre « P » ou « E » ou encore décider de classer ses amis par leur prénom plutôt que par leur nom de famille si celui-ci commence par l'une des trois premières lettres de l'alphabet. J'avais donc noté son numéro à la lettre « W », parachevant ainsi la révolution qui l'avait arraché à son milieu d'origine et le privait donc de nom de famille.

Mais la révolution pour lui ne devait pas s'arrêter là. Il découvrit la psychanalyse à la faveur d'un séjour prolongé dans le Paris de la fin des années 70 où l'on s'analysait mutuellement et sauvagement à tout propos, s'invectivait à coups de concepts généralement compris de façon approximative, voire pas du tout, s'aimait brièvement en invoquant des pulsions désirantes et se quittait avec nonchalance sans s'embarrasser d'explications ou en hasardant quelques pistes glanées dans le séminaire de Jacques Lacan ou de Julia Kristeva, auquel on n'avait pas assisté mais qu'importe. Il revint donc à Beyrouth porter la bonne parole, et décréta qu'il fallait être à l'écoute de son inconscient, malmené par des années d'une éducation étroitement morale et durement disciplinaire. Lui-même abandonna la politique au motif qu'elle était dominée par le surmoi, et entreprit de s'intéresser prioritairement à son « ça », continent inexploré de désirs, de pulsions et d'émotions exaltantes. Dans la foulée, il renonça aussi à ses études de médecine, se mit à porter des sabots en bois et se découvrit une passion pour la neurolinguistique, discipline qui présentait l'avantage de se situer au croisement de ses nouveaux centres d'intérêt : le fonctionnement du cerveau et le langage. (Il finit par abandonner la neurolinguistique aussi quand il découvrit que ses études devaient passer par la case dissection de cerveaux de chats, qui présentent l'avantage de ressembler aux cerveaux humains, morphologiquement s'entend. Mais cet abandon fut plus tardif, non que son intérêt fût de plus longue durée, mais bon, il était déjà inscrit à l'université, avait reçu une bourse avantageuse, entretenait une relation amicale avec son directeur de recherche qui se plaisait à encourager cet esprit libre et provocateur et qui lui avait trouvé un logement. Il remit donc à plus tard son abandon et tenta même, quoique avec une conviction relativement molle il est vrai, de disséquer quelques félins.) Mais son séjour à Paris ne l'avait pas seulement éclairé sur le fonctionnement de l'inconscient. Il lui avait aussi permis de trouver son idéal de couple et cet idéal s'incarnait dans le tandem Sartre/Beauvoir dont il n'avait que peu lu les œuvres, mais dont il avait retenu la volonté de respecter la sacro-sainte liberté de l'autre, au sein d'un couple où chacun (Sartre surtout mais qu'importe) pouvait à loisir aller voir ailleurs.

Je l'avais rencontré à l'université où il venait de se réinscrire mais semblait encore peiner à trouver ses marques après ses années parisiennes, et ce d'autant plus que Beyrouth avait été profondément transformée par la guerre qui était à présent dans sa quatrième année et alternait, dans le désordre, des phases de calme précaire et des explosions de violence. Sa fragilité, le sentiment qu'il avait de tanguer sur un sol meuble, la franchise désarmante avec laquelle il exposait ses difficultés et qui contrastait violemment avec l'assurance creuse que les mâles libanais affichent en toutes circonstances me l'avaient rendu instantanément proche. Je me remettais très mal du décès de Saydé ; mes relations avec mes parents traversaient de fréquentes zones de turbulence par moments calmées par la dégradation de la situation du pays qui faisait passer nos conflits au second plan ; ma relation avec John s'était distendue dans le brouillard de l'absence à mesure que le décalage entre ce qu'il vivait à Manchester et ce à quoi j'étais confrontée à Beyrouth s'élargissait ; nombre de mes amis étaient partis à l'étranger. Un sentiment d'étrangeté, de non-appartenance, de distance au monde, au début fugace, s'ancrait en moi de façon persistante. C'était comme si une vitre me séparait des êtres et des choses. Tout cela creusait en moi un vide, et m'aurait fait dériver, tels les courants une embarcation en danger, si je n'avais pu le partager un peu ; j'étais comme en exil. Walid fut donc l'oreille attentive, et pendant un temps fraternelle, qui me sortit de ma noirceur. Nos deux solitudes s'accordèrent et je retrouvai un peu de vie et de couleurs entre ses bras. De son côté, il était enchanté de ce qu'il baptisa notre « complicité intellectuelle » : il avait trouvé en moi sa Beauvoir. Il se plaisait donc à me chantonner du Brassens : « J'ai l'honneur de ne pas te demander ta main », mais dans le contexte d'une société libanaise arc-boutée sur ses traditions, cette non-demande en mariage n'était évidemment pas du goût de mes parents, pas plus que ses sabots, sa barbe ou sa chemise qui flottait au-dessus de ses pantalons. Il m'intima donc de rompre tout à fait avec ma famille, de couper ces liens qui m'entravaient et bridaient tout à la fois ma personnalité et mes désirs profonds, que je ne pourrai véritablement découvrir qu'une fois libérée du poids de ces contraintes. Sans doute étais-je amoureuse, ou du moins désireuse de l'être. Sans doute le modèle Sartre/Beauvoir me paraissait-il somme toute plus exaltant que celui de la femme au foyer libanaise, « bien » mariée, et très vite occupée par son coiffeur, ses invitations « à rendre », ses parties de pinacle colonne et ses œuvres de bienfaisance – et plus particulièrement l'organisation de la soirée de gala annuelle au profit de ses bonnes œuvres. Sans doute enfin mon côté rebelle, mon besoin de secouer l'atonie dans laquelle je glissais et ma curiosité me donnèrent-ils le culot de claquer définitivement la porte et de faire ce qui « ne se faisait pas ». Toujours est-il qu'un jour, je débarquai dans l'appartement de Walid, fière de ce que je venais d'accomplir : « me libérer », mais vaguement inquiète aussi. Je crois qu'il ne s'y attendait pas, qu'il n'avait pas escompté que je romprais si vite les amarres et qu'il se sentait tout d'un coup privé de la principale supériorité qu'il se plaisait à avoir sur moi : celle de vivre au diapason de ses propres désirs, celle de ne plus être coincé dans le carcan des conventions bourgeoises, sauf de façon épisodique quand il se rendait quand même chez lui pour partager un repas familial ou s'associer à quelques cérémonies, baptêmes ou enterrements, celle de poser un regard critique sur les autres et d'analyser leurs incapacités et leurs blocages inconscients. Quant à moi, j'avais pris tous les risques, j'avais bousculé et les habitudes et le confort moral de ma famille et je n'étais plus vraiment la bienvenue à la maison. Walid était déstabilisé, et je crois qu'il envisagea pendant un court moment (quelques jours tout au plus) de m'aimer vraiment. Mais il était trop tôt pour lui de s'engager dans quoi que ce soit, y compris une relation (et je ne comprendrai que plus tard qu'il serait, pour lui, toujours trop tôt), et il lui fallait absolument reprendre sa chasse aux sensations fortes, se remettre à l'écoute de ses désirs, et « jouir sans entraves » puisque, ça aussi, il l'avait ramené dans ses bagages de Paris.

Walid occupait un très bel appartement dont on lui avait confié la garde puisque son propriétaire, un ami de son directeur de thèse, était parti à l'étranger et ne voulait pas le laisser inoccupé. Il le partageait avec un couple d'amis. Il me fit de la place dans sa chambre, me donna un jeu de clés, m'expliqua le fonctionnement de l'eau chaude, du chauffage et de la cuisinière au gaz, me détailla le mode d'emploi du concierge druze à qui il valait mieux ne pas dire que nous étions chrétiens, maronites, laïcs et célibataires, et entreprit de poursuivre sa quête de lui-même qui passait, je devais vite le comprendre, par la poursuite de sa liaison avec l'une de ses camarades d'université qui disséquait beaucoup plus sérieusement que lui les chats du laboratoire. Il avait commencé par l'inviter à boire un café pour la remercier de faire le travail pour deux et de le « couvrir » auprès des responsables du département. Puis, de fil en aiguille, et de remerciements en baisers amicaux, puis de moins en moins amicaux, la relation s'était transformée en une mutuelle passion charnelle. Évidemment, Simone de Beauvoir, c'était toujours moi ; il me réservait donc les discussions intellectuelles pointues, les échanges autour de livres et d'articles de référence, les réunions politiques avec les amis qu'il avait gardés de ses quelques semaines de militantisme consciencieux. Mais c'est avec elle qu'il allait faire la fête, boire, rire et même danser. Il croyait me consoler en m'expliquant que j'étais sa dame de cœur, que nos grands esprits se rencontraient avec bonheur (entre deux portes, certes, ou dans les trous de son emploi du temps, fort chargé la nuit, assez vide le jour, mais il fallait bien qu'il récupère !), que nous étions faits pour vivre ensemble mais plus tard et qu'il lui fallait auparavant se trouver, se construire, s'accorder avec lui-même, et ce n'était visiblement pas une mince affaire.

J'ai dû vivre là les semaines les plus tristes, les plus déconstruites, les plus hagardes de ma jeunesse. La guerre civile se prolongeait au-delà des « rounds » que l'on avait cessé de compter et l'on commençait à comprendre que ce qui nous tenait lieu de pays vivait ses dernières heures. Les familles se disloquaient, ceux qui n'étaient pas encore partis partaient en pleurant, ceux qui ne le pouvaient pas restaient la peur au ventre. Les codes sociaux se fissuraient de toutes parts et les normes et valeurs qui avaient régi les comportements jouaient au mieux le rôle de déguisements provisoires et souvent risibles dans un mauvais bal masqué. La violence devenait routine, le mensonge, la tromperie et la trahison se banalisaient, rien n'avait plus vraiment d'importance puisque rien n'avait plus de sens. J'avais claqué la porte de la seule structure sociale qui fonctionnait encore et qui offrait un dernier rempart de protection aux individus lâchés sans défense dans la jungle de mille et un combats : ma famille m'en voulait terriblement, on se parlait à peine, et je n'avais personne à qui confier que j'avais largué les amarres pour un mec qui se prenait pour Sartre, ne lisait plus un livre et me trompait avec une femme bien en chair qui riait très fort et disséquait des chats. Je ne survivais pas, je sous-vivais, et je dépérissais.

Quelques semaines après mon installation chez Walid, l'un de ses amis qui vivait à Paris et y avait trouvé un poste dans un quotidien lui téléphona pour lui annoncer qu'il viendrait « couvrir les événements » et lui demanda s'il pouvait loger chez lui. Walid l'assura qu'il n'y avait aucun problème et l'avertit que la gardienne des lieux, moi en l'occurrence, serait à sa disposition pour l'accueillir et l'installer, pendant qu'il irait à « une soirée ». Marwan débarqua le jour prévu, posa ses affaires dans l'appartement, s'étonna de m'y trouver seule et me proposa de sortir dîner. Pendant les quelques jours que dura son séjour, nous prîmes l'habitude de nous voir, de déambuler sur la corniche le soir, quand la chaleur était tombée, de dîner ici ou là, dans de petits restos dont la cuisine maison l'enchantait et surtout de nous parler. C'était comme si des vannes s'ouvraient, pour moi qui était murée dans un silence de résistance depuis mon installation catastrophique chez Walid, parce que je n'avais personne à qui parler mais aussi parce que je craignais de craquer si je commençais à m'apitoyer sur moi-même, et pour Marwan que son séjour à Paris avait malmené et qui en avait gardé une sensibilité plus aiguë aux blessures secrètes. Il percevait mes tristesses passagères, que pourtant je cherchais à dissimuler par des pirouettes incessantes et des rires parfois exagérés, avec la précision d'un sismographe. Nous parlions donc durant des heures, et goulûment, comme des affamés. C'était comme si les mots reprenaient des couleurs, comme si les voix retrouvaient enfin leur timbre, comme si les sons avaient à nouveau du sens. Nous parlions avec une complicité immédiate, sans retenue, sans fards, comme des condamnés qui n'ont vraiment plus le temps de mentir ni de se mentir. Une tendresse inespérée se tissait doucement entre nous, et nos paroles étaient comme des gestes de réconfort qui nous consolaient. Un soir où Walid ne rentra pas à l'appartement, nous nous endormîmes ensemble, côte à côte, dans une étonnante proximité, en nous tenant juste la main. C'était comme si les paroles échangées avaient aussi agi sur nos peaux, nos muscles, nos articulations nouées, comme si elles avaient caressé nos corps et apaisé leur tumulte.

Mais cette proximité renforcée n'échappa pas à Walid qui, dès le lendemain, perçut dans mon sourire retrouvé une raison de s'alarmer. Sartre avait du mal à se faire entendre dans la cacophonie de ses sentiments de mâle oriental déstabilisé. Il estima que je l'avais trompé, quand bien même nous n'avions « rien fait », mais vous en avez eu envie, avoue, s'emporta-t-il, et j'avouais, et Marwan aussi, avec une spontanéité et un naturel qui me touchèrent mais qui piquèrent Walid au vif. Et comme il était quand même un dialecticien redoutable, il réussit à nous culpabiliser d'avoir trahi sa confiance et à argumenter que, de son côté, il n'avait rien à se reprocher. De toute façon, Marwan repartait à Paris. Nous reprîmes notre vie commune, mais de moins en moins commune. Sa mauvaise foi absolue, son art de l'esquive, ses promesses jamais tenues avaient fini par m'éloigner de lui. L'utopie Sartre/Beauvoir fonctionnait de moins en moins bien, et le fossé qui séparait la réalité des discours se transformait en abîme. J'étais juste prise au piège et ne pouvait rentrer chez moi honteuse et meurtrie. La fin de l'année universitaire approchait et, bientôt, il m'apparut de plus en plus évident que la seule issue pour moi était de partir à mon tour, loin, très loin de cette guerre et de ma vie dévastée. Le numéro de l'appartement que nous avions partagé est longtemps resté inscrit sur mon carnet d'adresses. Seul vestige de ce rêve qui m'avait, somme toute, aidée à me rebeller contre un mode de vie qui ne me convenait guère et à larguer les amarres.

19

Yassine, Adnan

Durant les derniers mois de ma vie libanaise, j'ai fait une incursion au pays de la psychanalyse. Cette première tentative était au demeurant très risquée quand on sait que les cercles intellectuels que compte Beyrouth finissent forcément par avoir des intersections, que les Libanais sont naturellement bavards, souvent avides de commérages, et dotés d'un sens de la discrétion pour le moins élastique sinon inexistant. Il n'est pas exclu qu'après avoir consulté un médecin, qu'il soit généraliste ou spécialiste, on reçoive un coup de fil amical d'un ami ou d'un voisin plein d'inquiétude. Devant notre étonnement, il avouera nous avoir vus – ou avoir rencontré quelqu'un qui nous avait vus, ou quelqu'un qui avait parlé à quelqu'un qui avait rencontré quelqu'un d'autre qui nous avait vus, etc. – dans le parking de l'immeuble du médecin, ou dans l'ascenseur menant à son cabinet, ou dans sa salle d'attente, ou encore avoir surpris une conversation téléphonique entre tel praticien et un patient au bout du fil, conversation qui se déroulait dans un couloir d'hôpital ou quelque autre lieu public et dont les indices pouvaient laisser penser qu'il s'agissait de nous. Dans ces conditions, entamer une analyse s'apparente à un suicide social, et la probabilité est grande que, très vite, la nouvelle de notre mal de vivre fera le tour de la ville comme une traînée de poudre, accompagnée d'une multitude de détails quant au nombre de séances, à leur durée et à leur coût. Malgré tout, j'ai quand même bravé ces obstacles, durant un temps court il est vrai, mais tout de même. Cela se passait durant les quelques mois de ma relation avec Walid. Il avait donc adopté la psychanalyse comme nouvelle idéologie politique et il était convaincu que là se trouvait la solution à ses problèmes, mais aussi aux miens. Je ne savais pas vraiment de quels problèmes il parlait s'agissant de moi, hormis le fait qu'il poursuivait sa liaison avec sa collègue du laboratoire de neurolinguistique et que cela me rendait très malheureuse, et sans doute sombre, et par moments, vindicative. Mais je voulais mettre toutes les chances de mon côté et je finis par céder à son insistance.

À cette époque, comme j'avais claqué la porte de chez moi, j'avais un besoin urgent de gagner un peu d'argent et j'avais réussi à trouver un boulot de pigiste dans un quotidien. Je m'étais donc lancée dans une série d'entretiens avec des intellectuels pour interroger la violence de la guerre civile libanaise qui nous avait tous meurtris et surpris, et j'avais eu l'idée de multiplier les perspectives en interviewant successivement un homme de loi, un politicien, un homme de religion, et un psychanalyste. Walid était déjà en analyse avec Adnan Yassine et en disait le plus grand bien ; je résolus donc de le rencontrer. L'entretien se déroula au mieux, Yassine développa une analyse où il était question de rivalité entre les fils en raison de l'absence du père, cita Freud, et se montra charmant. À la fin de l'entretien, il me confia « *off the record* » qu'il était très proche de Lacan et, joignant le geste à la parole, il se leva, prit un livre de ce dernier dans sa bibliothèque et m'en montra la dédicace ; le grand homme avait, de sa main, tracé les mots suivants : « À Adnan qui m'aide » et avait signé « Jacques ». J'étais impressionnée et Yassine ravi de l'effet qu'il avait produit sur moi.

Deux semaines plus tard, je téléphonai pour prendre rendez-vous avec l'espoir que, puisque Adnan était capable d'aider Jacques, il pourrait certainement faire quelque chose pour moi. Et alors que Walid était en analyse avec le même Adnan et que ce dernier savait que nous étions « fiancés », il accepta quand même de me recevoir aussi et, après deux ou trois rendez-vous, me proposa de m'engager avec lui dans une analyse au long cours. Je me suis parfois interrogée sur ses motivations à nous écouter tout deux quasi simultanément, alors que cela va à l'encontre de l'éthique du métier. Était-ce de la curiosité ? Étions-nous pour lui des objets d'étude, car en somme franchement atypiques dans une société libanaise corsetée de toutes parts et peu encline à se remettre en cause et à s'interroger en profondeur ? Je ne le saurais jamais. Je n'ai pas gardé de souvenirs marquants de ces séances, juste quelques images des trajets en « service » pour me rendre chez lui, quelquefois ponctués de rafales de mitraillettes ou de chutes de RPG, car il habitait une zone occupée par l'armée libanaise et celle-ci essuyait régulièrement des tirs et des attaques. Je n'avais en réalité aucune envie de cette thérapie. J'étais persuadée que les solutions à ma profonde mélancolie étaient hors de ma portée puisqu'elles passaient par la fin de la guerre, le retour à une vie normale et la rupture entre Walid et sa camarade du laboratoire experte en dissection. Ou alors par le départ loin du chaos qui nous grignotait de plus en plus. J'étais extrêmement mal à l'aise face à Adnan Yassine parce que je savais que quelques heures plus tôt il avait écouté Walid dérouler ses récits, passer au peigne fin ses comportements et les motivations profondes qui les sous-tendaient, et détailler ses fantasmes. Je me contentais, moi, de considérations plus générales sur les pannes du désir, le caractère tortueux de la mémoire, la complexité de l'identité et le poids des conventions sociales, mais évidemment Yassine n'était pas dupe et il déplorait que je manifeste trop de « résistance » et ne permette pas au « transfert » de s'opérer correctement.

Le transfert ne s'est jamais opéré. Les séances se sont naturellement espacées avec une nouvelle détérioration de la situation sécuritaire, puis se sont arrêtées avec ma décision de partir. Adnan Yassine m'a proposé de me recommander à un psychanalyste libanais de sa connaissance, installé à Paris de longue date, mais la dernière chose que j'avais envie de faire en arrivant à Paris était de consulter un psychanalyste, libanais de surcroît. J'ai inscrit son nom sur mon carnet d'adresses parce que j'étais quand même une jeune fille bien élevée. Mais, bel acte manqué, je l'ai inscrit sur mon carnet libanais, que je n'ai pas emporté dans mes bagages.

20

Zelfa

Zelfa était l'amie de nos étés d'enfance. Durant les deux mois où nous « estivions[1] » à Aley, nous nous voyions quasiment tous les jours, puis, la rentrée des classes approchant, c'était comme si l'on rangeait notre amitié au placard avec les vêtements de la saison en se promettant de les retrouver un an plus tard et en espérant qu'ils soient toujours à la bonne taille. Pendant de nombreuses années, ce fut en effet le cas et nous nous retrouvions avec plaisir ; notre amitié était encore à la bonne taille.

Zelfa était la fille des Osseirane, les propriétaires de l'appartement que nous louions. Ils habitaient

1. Estiver est l'un de ces anachronismes qui émaillent le français parlé au Liban et qui fera beaucoup rire Paul quand il m'entendra le prononcer. Pour lui, l'estivage concerne les troupeaux qu'on mène dans les pâturages de montagne quand l'herbe commence à se faire rare en plaine. Mais si le mot aujourd'hui se réfère en effet aux bêtes, il a néanmoins gardé cet usage ancien, devenu rare, pour désigner simplement le fait de passer l'été quelque part.

eux-mêmes le rez-de-chaussée de la grande maison à trois étages dont nous occupions le troisième durant les mois d'été. Ce rez-de-chaussée était entouré d'un vaste jardin dont une partie était plantée de fruits et de légumes et faisait l'objet de soins quotidiens, et l'autre était plus sauvage, avec surtout des arbres, quelques massifs fleuris et de nombreux buissons de santoline. Nous n'avions jamais le droit d'accéder au potager qui était d'ailleurs entouré d'une clôture et même fermé à clé, mais le plus souvent, et sauf aux heures de sieste ou quand elle recevait, Mme Osseirane nous autorisait à jouer dans la partie sauvage du jardin. Nous pouvions ainsi nous balancer sous les grands chênes, ramasser des glands avec lesquels mille jeux étaient possibles, mais qui nous permettaient également toutes sortes de bricolages astucieux ; faire des collectes de pommes de pins et de pignons que nous dégustions avec ravissement après les avoir sortis de leur coque ; courir entre les buissons, grimper dans les pins ou nous cacher derrière les troncs des peupliers les plus gros pour se faire des farces et se donner des frayeurs. Mais les après-midis les plus délicieux étaient ceux que nous consacrions aux interminables parties de cache-cache, d'autant plus appréciées que nous étions parfois près d'une vingtaine à y jouer, et qui se déroulaient dans le jardin, certes, mais surtout au-delà, puisque nous investissions aussi les cages d'escalier, les jardins voisins et même les ruelles alentour. L'une des astuces que nous avions adoptées et qui nous mettaient en joie consistait à faire des échanges de vêtements entre personnes de taille à peu près semblable, de telle sorte que celui qui s'y « collait » se trompait pour désigner le joueur découvert, nommait Georges au lieu de Nicolas ou Rima pour Salwa. À cet instant précis, nous bondissions tous comme des diables hors de nos cachettes en hurlant « *harika, harika* », c'est-à-dire « incendie, incendie », ce qui signifie que celui qui s'y colle s'est trompé et doit recommencer pour une nouvelle partie. Je dois avouer qu'en vertu d'un accord tacite et jamais formellement verbalisé, nous nous arrangions pour que ce soit Zelfa qui soit le plus souvent la victime de ces « incendies ». Je ne sais pas vraiment pourquoi elle occupait ainsi cette place, dont elle n'avait peut-être pas conscience car jamais elle ne s'est plainte ni ne s'est départie de sa bonne humeur. Il n'y avait pas, je crois, de méchanceté consciente et réfléchie dans ce comportement de groupe, juste un jeu de places dans lequel elle avait un jour tiré le mauvais numéro, et ça lui était resté. Nous étions cruels, comme souvent les enfants entre eux, à notre insu. Sans doute avions-nous plus d'assurance qu'elle, puisque nous étions des enfants de la ville alors qu'elle grandissait à la montagne ; sans doute en tirions-nous un sentiment de supériorité. J'y pense aujourd'hui avec regret, mais ces regrets sont bien tardifs et parfaitement inutiles. C'est quand le drame est survenu que nous nous sommes rendu compte combien nous étions en réalité attachés à elle, combien elle allait nous manquer, combien nous allions être tristes de ne plus voir son très beau visage, sa chevelure de feu, les taches de rousseur qui dévoraient sa peau blanche, ses grands yeux verts aussi limpides qu'un lac. Et son rire en cascade, combien il nous hanterait...

Lorsque nous ne pouvions pas jouer dans le jardin des Osseirane, nous envahissions l'espace qui jouxtait leur grande maison. C'était une immense dalle de béton et, comme le terrain était en pente, cette dalle horizontale s'ouvrait sur un vide de près de quatre mètres de profondeur sur l'un de ses côtés, là où la déclivité était la plus forte. Jamais aujourd'hui on ne laisserait une telle ouverture non clôturée, jamais non plus on n'autoriserait des enfants à y jouer au ballon ou à toutes sortes d'autres jeux assez physiques qui les mettent en mouvement de façon incontrôlée. Pourtant nous y avons passé des heures, voire des journées entières. Nous avions mentalement cartographié la zone de risque de telle sorte que nous évitions de nous en approcher de trop près, ou freinions notre course bien avant d'arriver au-dessus du vide. Et puis il y eut ce jour radieux où nous avions ri comme des fous de je ne sais quelle blague, de je ne sais quelle bêtise. Plusieurs images de ce jour me restent en mémoire et, même si elles ont des contours tremblés, je distingue Alice sur l'une d'entre elle, une Alice qui porte sa première paire de lunettes, qui a des cheveux coupés court et qui est toujours à mes côtés lorsque nous cherchons la meilleure cachette. Sur une autre image, Elias est entouré d'Elsa et Lydia, et il y en a une qui boude et l'autre qui la console. Il m'arrive parfois de rajouter Nadia sur l'une ou l'autre de ces images, car elle a passé quelques journées avec moi durant ces étés-là. Mais je ne suis pas sûre de ne pas mélanger les années. La dernière image est celle d'une Zelfa qui rit aux larmes, c'est-à-dire que de vraies larmes coulent le long de ses joues, elle en perd même le souffle et des hoquets la secouent. Elle est debout sur une seule jambe, et elle tient l'un de ses souliers dans la main, car il y a un caillou dans ce soulier qui l'empêche de courir assez vite derrière le ballon. Elle veut secouer le soulier pour retirer le caillou, mais elle est essoufflée de rire et n'y parvient pas. À ce moment-là, elle n'est pas loin du bord dangereux du terrain, mais comme elle est à l'arrêt, personne ne s'inquiète. Puis il se passe quelque chose que personne ne saisit, et elle perd l'équilibre, et elle tombe, et lorsque nous nous précipitons, elle est étendue quatre mètres plus bas et elle ne bouge pas. Elle est face contre terre et sa chevelure pleine de feu rayonne comme un immense soleil autour de son corps qui ne bouge pas. Et nous l'appelons, et nous hurlons et nous courons aussi vite que nos jambes nous le permettent pour aller vers elle et elle ne bouge pas. Puis le film des événements s'arrête et me reste seulement une sensation, celle de tremblements qui m'agitent comme si je grelottais, celle de mes mains qui sont glacées.

Zelfa n'a plus jamais rejoué avec nous. Une fracture de la colonne vertébrale l'a laissée paralysée, et un traumatisme crânien, muette. Elle a passé de très longs mois sur une chaise roulante, puis les choses se sont progressivement améliorées et elle a pu remarcher et refaire avec ses membres traumatisés à peu près tous les gestes et tous les mouvements. Mais plus jamais elle n'a parlé. Je ne sais pas si son aphasie a aussi tué son rire. Sitt Zina, sa mère, n'a plus voulu que nous allions dans leur jardin, ni que nous lui rendions visite. Plus jamais.

Les étés n'ont plus jamais été pareils.

II

Le carnet de Paris

1

Angela

J'ai rencontré Simon quelques mois après avoir débarqué à Paris. Je peinais à y trouver mes marques. La Ville lumière me paraissait terriblement sombre et grise, j'avais tout le temps froid, je ne parvenais pas à trouver un logement qui soit tout à la fois suffisamment confortable et à la portée de ma bourse, et je passais beaucoup de temps à déménager avec ma valise marron en carton renforcé que je traînais dans les couloirs du métro les yeux rivés sur les panneaux de signalisation. Je logeai quelques semaines à la cité universitaire, profitant de l'arrivée tardive d'une étudiante qui avait réservé la chambre pour l'année ; je fus hébergée quelque temps par des amis ; j'acceptai l'invitation d'une « tante » – en réalité une cousine éloignée de ma mère qui vivait depuis longtemps à Paris ; et je gardai les chats et les plantes de vagues connaissances qui avaient à s'absenter pour des périodes plus ou moins longues. Mais je détestais les chats et, de toute façon, cela ne pouvait pas durer, cette errance.

Simon avait de lointaines origines libanaises mais vivait à Paris depuis si longtemps qu'il avait tout à fait perdu et l'accent et les façons d'être des Libanais. Cela me convenait parfaitement car, d'une part, je ne voulais absolument pas fréquenter la communauté libanaise de Paris et mêler mes récriminations et mes nostalgies à celles de mes compatriotes, et, d'autre part, j'avais plus de mal que je ne voulais me l'avouer à me sentir au diapason des étudiants français, que je trouvais beaucoup moins beaux, cultivés et fins que dans mes rêves d'adolescente. Il aurait fallu faire le deuil de ces rêves-là, certes, pour construire quelque chose de neuf, mais cela faisait beaucoup de deuils à faire à la fois. D'autres urgences sollicitaient déjà toute mon énergie.

Donc, avec Simon, ce fut l'accord parfait, du moins au début. Il me proposa très vite de m'installer chez lui et j'hésitai beaucoup moins que je n'aurais dû, mais il est vrai qu'il fallait que je pose ma valise. Il venait d'emménager dans un studio de la rue Oberkampf qui, dans ces années-là, était assez sinistre, du moins à mesure que l'on montait vers Ménilmontant. C'était au 88 de la rue Oberkampf, bâtiment D, quatrième étage, appartement 49.

Je ne parlais pas allemand, mais je l'entendais en allemand, avec l'accent militaire. Je voyais ça couleur kaki et bruits de bottes. La guerre, partout, me poursuivait. Deux magasins encadraient le 88, une boucherie musulmane et une pâtisserie bretonne, à droite des quartiers de bœufs et d'agneaux halal, à gauche des fars et du kouign-amann. Les deux m'attristaient également, les rigoles de sang et le beurre cuit. Mais je ne pouvais y échapper. Deux fois par jour au moins, la boucherie à gauche en sortant, la pâtisserie à gauche en rentrant. Sous le porche, il y avait de longues rangées de boîtes aux lettres métalliques. Simon y avait inscrit son nom, mais la case à côté du sien était restée vide et je n'y ai jamais inscrit le mien. On parvenait ensuite à la cour bétonnée : des carrés de terre où ne poussait aucune fleur, la copropriété n'était pas bien riche. Le bâtiment D était au fond à droite. Escalier étroit, papier peint verdâtre, taches d'humidité à intervalles réguliers, quelques vagues obscénités écrites au feutre noir, entre le premier et le deuxième étage surtout, puis de moins en moins, le plaisantin avait dû se lasser. Quatrième étage sans ascenseur, couloir de gauche, appartement 49.

La moquette était marron. Simon m'avait demandé « Comment tu trouves ? » et j'avais répondu « Bien » en pensant le contraire. Je n'avais pas regardé le reste, la salle de bains avec ses carreaux roses à fleurs, « elle vient d'être refaite », avait dit Simon en actionnant la chasse d'eau, le coin cuisine avec les plaques électriques et le voyant lumineux, les fenêtres qui donnaient sur la cour en béton. La moquette marron m'avait ôté la capacité de voir. Je hochai simplement la tête en acquiesçant à tout.

Les premières nuits dans le studio avaient été calmes. Je tentais de me convaincre que je finirais par m'habituer à tout ça, la couleur de la moquette, le papier peint verdâtre de l'escalier, les fleurs roses de la salle de bains, les plaques électriques qui mettaient un temps fou à chauffer, le voyant lumineux. Des nuits calmes, c'était toujours ça de pris sur l'agitation de tout le reste. Mais c'était avant de savoir pour les cloisons. Le nôtre, c'était l'appartement 49, tout au bout du couloir, et le 48 était inoccupé. Mais une jeune femme avait emménagé très peu de temps après. Notre nouvelle voisine avait sonné chez nous dès le lendemain de son arrivée, blonde et haut perchée, joliment déshabillée dans un corsage à fleurs, pas les mêmes que celles de la salle de bains, non, les fleurs du corsage étaient exotiques et ravageuses, rien à voir avec la déprimante régularité des petits contours roses et désuets du carrelage. Elle avait dit dans un grand sourire : je suis votre voisine du 48, je m'appelle Angela. Elle avait un accent slave. Elle demandait de l'aide pour accrocher un tableau et poser des étagères, je vis seule, vous comprenez, pas de problème, mon ami rentre dans une heure au plus, je vous l'envoie, ah, merci, comme c'est gentil, je vous inviterai pour un goulasch. Vous connaissez ? Non, pas vraiment. Vous verrez, c'est délicieux. C'est quoi votre nom ?

Quelques jours plus tard, j'étais plongée dans mes livres et mes papiers et je bataillais avec des notions de linguistique structurale. Je croyais comprendre, m'accrochais, prenais des notes, avançais, puis faisais marche arrière, me disais que non, décidément, je n'avais toujours pas bien compris les isotopies et le carré sémantique, bref, je tentais péniblement de travailler quand on sonna à ma porte.

Angela se tenait là, pieds nus, enveloppée dans un peignoir rouge, une serviette du même rouge drapée en turban autour de ses cheveux. Elle secouait ses mains et écartait ses doigts de pied pour hâter le séchage d'un vernis couleur prune et je la regardais ahurie, pieds nus dans mon jogging informe.

— Je peux rentrer ? dit-elle en rentrant. Ah, je suis vannée, quelle journée, ma belle, boulot, courses, shampoing, épilation, manucure, il me reste une heure à peine avant mon rendez-vous. Tu m'offres un thé ?

Et, sans attendre de réponse, elle se dirigea vers le coin cuisine.

— Tu la ranges où ta bouilloire ? Ah bon, tu n'as pas de bouilloire ! Je chauffe l'eau dans la casserole alors. Tiens, je t'ai apporté un peu de thé russe.

Et elle sortit de la poche de son peignoir une petite boîte noire métallique décorée de fleurs, non pas les fleurs roses du carrelage, ni celles, exotiques, du corsage ; il s'agissait cette fois des fleurs rouges et orange qu'on trouve habituellement sur le corps des poupées russes ou au centre des plateaux de thé de même provenance.

— Où est-ce qu'on s'installe ? demanda Angela en jetant un coup d'œil circulaire.

Le canapé-lit était ouvert sur un désordre de draps, d'oreillers et de vêtements froissés, l'unique table était couverte de papiers, de dossiers et de livres et les deux fauteuils en osier, récupérés dans une brocante de la rue Saint-Maur trois jours plus tôt, étaient encore empilés l'un sur l'autre et attachés par des cordes. Angela entreprit de faire le tour du studio, qu'elle acheva en trois secondes et demie.

— Aïe, aïe, aïe, tu es une vraie intellectuelle, il n'y a rien pour s'asseoir ici, qu'est-ce que tu lis ? *Le Cru et le Cuit*, ne me dis pas que c'est un livre de cuisine !

— Tiens, Angela, on va s'installer à côté de la fenêtre, dis-je sans lui répondre pendant qu'avec des ciseaux je coupais les cordes qui enserraient les fauteuils en osier.

— La moquette marron, c'est pratique, ça ne doit pas beaucoup se salir, non ?… C'est pas mal chez vous, poursuivit Angela, peut-être un peu triste quand même. Tu devrais mettre des rideaux, des tableaux, des tapis...

Nous continuâmes à boire le thé russe, Angela faisant les questions et les réponses, et moi maudissant tour à tour la sémantique structurale, la moquette marron et l'incroyable vitalité d'Angela qui faisait douloureusement écho à ce que je ressentais en moi de mélancolie.

Plus tard dans la soirée, Simon et moi comprîmes avec horreur pourquoi la location était en dessous des prix du marché. Vers minuit ou un peu plus tard, alors que nous étions couchés, lui plongé dans *L'Équipe* et moi somnolant au-dessus d'un numéro de la revue *Communications*, nous eûmes soudain l'impression que nous n'étions plus seuls. La mince cloison qui nous séparait du studio 48 avait brusquement disparu et nous étions tout à côté d'Angela et de son « rendez-vous », comme assis au premier rang d'une pièce qui se jouait pour nous. Les mots, les rires, les soupirs, les caresses, les accélérations, rien ne nous fut épargné et seules des boules Quiès, récupérées en catastrophe dans une pochette Air France, nous avaient été d'un (bien relatif) secours.

Malgré les nuits agitées du studio 48 qui nous coupaient assez régulièrement dans nos élans, le voisinage d'Angela fut une des choses les plus joyeuses des quelques mois passés au 88, rue Oberkampf. Elle était bavarde comme une pie, d'une énergie admirable qui me laissait sans voix, et ses vêtements flamboyants étaient ce qu'il y avait de plus coloré sur toute la longueur de la rue Oberkampf. Elle travaillait dans un salon de coiffure situé vers le bas de la rue et, lorsque je passais devant chez elle et qu'elle n'était pas occupée, nous allions boire un café au Balto du coin où tout le monde la connaissait et l'accueillait avec des sourires et des embrassades. Je croisais quelquefois ses « rendez-vous », le turnover était assez important, mais chaque fois elle y croyait, chaque fois elle se lançait dans l'aventure avec détermination et bonne humeur. Lorsqu'il m'arrivait d'envisager une séparation avec Simon, la crainte de la perdre me faisait hésiter tout autant que l'appréhension de ne plus avoir de logement et de devoir recommencer de longues et pénibles recherches.

Et puis il y eut ce jour de mars pluvieux et froid où j'avais renoncé à me rendre à mon cours d'analyse sémantique et décidé de rester sous ma couette, me promettant néanmoins de lire l'un des articles de mon professeur – une analyse des stratégies argumentatives déployées dans une publicité pour la marque de cirage Baranne, et qui avait pour titre « Baranne est une crème ». À peine calée dans mes oreillers, j'eus la surprise d'entendre du bruit en provenance du studio 48 alors qu'habituellement Angela était au salon de coiffure à cette heure-là. Le bruit ou plutôt les bruits étaient secs, grinçants, agités et de plus en plus rapprochés : chaises que l'on tire, tiroirs que l'on ouvre et referme nerveusement, objets que l'on déplace sans ménagement ni crainte de les briser, dossiers que l'on jette sur le sol et, faibles mais de moins en moins faibles sanglots. Interdite, je cessai presque de respirer, comme si j'avais été surprise à observer quelqu'un à son insu par le trou d'une serrure, me sentant infiniment plus indiscrète que lorsque les ébats nocturnes d'Angela nous tenaient éveillés. Mais comme les pleurs gagnaient en intensité, je me levai et allai sonner doucement à sa porte. Elle mit quelques longues secondes à m'ouvrir. Son visage dévasté m'arracha un cri. Entre deux sanglots, quelques mots sortaient de sa bouche en ordre dispersé, comme des cailloux que le torrent charrie et qui s'entrechoquent. J'avais du mal à les reconnaître, le français se mélangeait au russe, et moins qu'à comprendre je cherchais surtout à calmer son agitation et à contenir sa douleur en l'entourant de mes bras. Je passai le reste de la matinée avec elle, buvant un peu de thé chaud, et, petit à petit, elle parvint à me livrer, par bribes déchiquetées, de petits morceaux de son histoire. Son père était décédé le 1er janvier et elle venait de l'apprendre. Une de ses tantes lui avait envoyé une lettre qui avait mis plusieurs semaines à lui parvenir, puisqu'elle avait emprunté non pas les services postaux mais un circuit complexe de parents et d'amis. Je ne compris pas tout ce jour-là et j'en eus presque honte. La guerre ne nous avait pas seulement coupés du monde, elle nous avait rendus sourds et aveugles ; nos journaux faisaient le décompte des morts et le récit des dizaines de réunions inutiles auxquelles participaient nos politiciens ventrus alors que la Terre continuait à tourner sans nous. Je ne savais presque rien des bouleversements de l'Union soviétique. Le goulag, bien sûr j'avais lu

Soljenitsyne, mais j'avais mal mesuré qu'il se perpétuait et empruntait d'autres formes. Que les hôpitaux psychiatriques avaient pris le relais. Que la pharmacopée et les électrochocs comptaient au nombre des moyens « thérapeutiques » dont on pouvait faire usage pour « soigner » les malades. Que l'on pouvait être arrêté pour avoir enveloppé son poisson dans un papier journal où était reproduite la photo d'un des pères de la nation. Ou sans raison, parce qu'on avait ri au mauvais moment, posé son manteau sur une statue de Staline, écouté une musique dégénérée. Ou encore parce qu'il y avait des quotas à tenir et que les fonctionnaires étaient zélés. Tout cela je le compris plus tard, alors qu'Angela avait disparu, et que le studio 48 était à nouveau à louer.

Mais c'est ce jour-là qu'elle me confia qu'elle n'avait pas revu son père depuis l'âge de dix ans et que sa mère, qui n'avait pas résisté aux assauts conjugués du chagrin, de la pauvreté et d'une pneumonie, était décédée trois années plus tard. Angela avait fui son pays, en compagnie d'un oncle et de cousins dont elle avait à présent perdu la trace. Il lui restait si peu de chose de ce père adoré et de son enfance qui avait fait naufrage : une photo qu'elle tenait dans ses mains comme une relique et qu'elle me montra sans m'autoriser à la toucher ; une lettre qu'il lui avait écrite, qui était miraculeusement parvenue à bon port et dans laquelle il lui disait qu'elle ne devait pas être triste, que son rire de petite fille était la plus belle mélodie que la vie lui avait offerte ; des rubans colorés que sa mère mêlait à ses tresses les jours de fête.

Angela finit par déménager quelque temps après. Un soir je trouvai devant la porte un petit colis à mon nom. Il contenait une boîte de thé, quelques douceurs russes au pavot et un mot sur lequel elle avait déposé un baiser, par le dessin de ses lèvres rouges appliquées sur le papier. Elle me promettait des nouvelles très vite. Elle s'installait avec un agent immobilier d'origine serbe qui ne m'avait pas inspiré confiance parce qu'il portait longs les ongles de ses auriculaires, ce qui est très mal vu au Liban. Il n'avait pas encore le téléphone, mais ça ne serait qu'une question de jours.

Après son départ, je me mis à lire toutes sortes de livres et d'articles sur l'Union soviétique et le vaste système de répression et de mort dans lequel l'utopie communiste agonisait.

2

Aubert, Jacques

Quelque temps après avoir achevé ma thèse, et alors que mon retour au Liban pour y chercher du travail et reprendre le fil interrompu de ma vie avait tourné court, dans le fracas d'une énième reprise des combats – c'est le Chouf cette fois qui s'était enflammé, puis, un peu plus tard, le reste de la montagne – j'étais repartie à Paris avec un horizon encore plus incertain puisqu'il ne pouvait plus être question d'y prolonger indéfiniment mon statut d'étudiante et qu'il me fallait sérieusement trouver un emploi. Des perspectives s'étaient dessinées, mais elles butaient toutes sur des complications liées à l'obtention d'un permis de travail, lequel permis n'était envisageable que si j'avais une carte de séjour valable pendant plus d'un an, alors que je ne pouvais postuler pour une carte de séjour si je n'avais pas de permis de travail. Confrontée à cette impossibilité mathématique, j'avais usé des heures et des heures à taper à toutes les portes, à interroger les préfectures de police de tous les arrondissements – ayant appris que certaines se montraient plus souples que d'autres et prête que j'étais à déménager dans l'arrondissement le plus enclin à m'accueillir –, à consulter des avocats, des fiscalistes, des responsables des ressources humaines, des associations d'entraide aux étrangers, des syndicats et des chefs d'entreprise, sans trouver de solution à cette quadrature du cercle dont les administrations ont le sadique secret. Quelque chose de l'ancien cauchemar recommençait. Car chacune des années passées à Paris avait été ponctuée par des convocations à intervalles réguliers à la préfecture de police, pour l'obtention du titre de séjour. Cela commençait par de longues files d'attente au petit matin, entre les cordes tendues devant un commissariat. Attente parfois brusquement interrompue au bout d'une heure ou deux par un fonctionnaire exaspéré qui signalait à tous ceux qui se trouvaient au-delà de tel point de repère qu'ils devaient revenir le lendemain faute de pouvoir être reçus le jour même. Quand on était enfin appelé par son nom déformé au micro du commissariat, un autre fonctionnaire pressé, qui lorgnait sans cesse sur sa montre pour sa pause-café ou sa pause-déjeuner, nous remettait une feuille mal photocopiée où se trouvait une longue liste de documents que l'on devait produire avant de se présenter à un autre rendez-vous, souvent fixé deux mois plus tard. On avait beau tenter d'expliquer qu'on ne pourrait pas obtenir un extrait d'acte de naissance ou la photocopie certifiée conforme du contrat de location de l'appartement qu'habitaient nos parents dans un Beyrouth dévasté par la guerre, nos paroles ne trouvaient aucun écho auprès du fonctionnaire qui saisissait déjà le micro pour appeler de sa voix traînante le nom suivant, également déformé. Ces matinées perdues dans les commissariats, antennes de police, et centres médicaux habilités à délivrer le certificat de conformité aux critères de la bonne santé nous laissaient exsangues, dans un état d'angoisse qui ne se dissipait que très lentement, et, pour ma part, toujours imparfaitement. Mais au final, lorsque nous étions bien inscrits dans une université et que le motif de notre séjour correspondait à la mission civilisatrice de la France, nous finissions par obtenir nos papiers, même s'il nous fallait parfois donner un coup de pouce au destin en nous munissant d'une boîte de chocolats ou d'un kilo de pistaches qui rendaient le sourire aux fonctionnaires fatigués. Mais ma nouvelle situation était beaucoup moins favorable et ce changement de statut, d'étudiant à salarié, posait à l'administration des problèmes absolument insurmontables. C'est un jour où je me liquéfiais de désespoir, envisageant un retour définitif malgré les dangers de la situation, qu'une âme charitable m'a donné les coordonnées de Jacques Aubert. Je ne sais plus à qui je dois cette information providentielle, et je n'en suis pas fière. Je perçois bien l'ingratitude dont cet oubli procède, mais voilà, je ne sais plus. Et si je suis tout à fait honnête, lorsque je croise le nom de Jacques Aubert sur mon carnet d'adresses, je mets quelques secondes à me souvenir de lui et du rôle de sauveur qu'il a joué dans ce moment difficile, voire désespéré, de ma vie.

Jacques Aubert était un homme un peu mystérieux, extrêmement affable, et qui avait ses entrées dans tous les services de la préfecture de police de l'île de la Cité. Il me fixa un rendez-vous très rapidement, me reçut à l'heure dite, et se montra tout à fait rassurant : il allait m'aider à obtenir un permis de travail. Je n'osai pas lui demander ce que me coûteraient ses interventions. De toute façon, j'étais déterminée à m'endetter pour payer la note, et je savais pouvoir compter sur la solidarité des réseaux libanais pour obtenir la somme nécessaire. La première entrevue consista à « faire plus ample connaissance ». Il m'interrogea sur le sujet de ma thèse, la profession de mon père, la composition de la famille et, bien sûr, inévitablement, sur mon appartenance religieuse. Ma réponse le rassura tout à fait. Je m'en doutais bien dit-il, mais il parut heureux d'être conforté dans son intuition. Je croyais qu'en France la séparation des Églises et de l'État – que nous appelions désespérément de nos vœux au Liban – était effective depuis 1905. Mais, à l'évidence, tout le monde ne voyait pas les choses de la même façon, et sans que ce soit jamais formulé de façon explicite Jacques Aubert semblait heureux d'apporter son aide aux chrétiens d'Orient menacés et d'aider à l'intégration d'une de leurs ressortissantes. Il me complimenta aussi sur mon français que je parlais « sans fautes et sans accent » et affirma que cela allait certainement lui faciliter la tâche.

Il me rappela très vite et me proposa un second rendez-vous qui servirait à rencontrer un responsable du ministère du Travail. Je découvris à ses côtés un tout autre visage de la préfecture de police qui n'était plus celui des fonctionnaires exaspérés qui aboyaient au visage des candidats au séjour, ni celui des pauses-cafés qui se prolongeaient indéfiniment pendant que de plus en plus de monde s'entassait dans des salles glacées, ni non plus celui des files d'attente inutiles parce que la moitié de ceux qui s'y trouvaient s'étaient trompés de guichet. Dans la préfecture de police version Jacques Aubert, on était reçu à l'heure dans des bureaux où l'on « prenait place » ; on était accompagné dans le labyrinthe des bâtiments et des étages pour éviter que l'on ne s'y perde ; notre nom était prononcé presque correctement même s'il fallait l'épeler plusieurs fois ; et l'on avait même droit à des témoignages de sympathie pour tous les malheurs que traversait le Liban, « si ce n'est pas dommage, un si beau pays ! ». J'obtins donc en quelques semaines le permis de travail, la carte de séjour qui allait avec, et Jacques Aubert me conseilla de déposer dans la foulée une demande de naturalisation qui serait, il en était sûr, examinée avec bienveillance.

Jacques Aubert fut ainsi un homme vraiment providentiel, dont le rôle dans ma vie va bien au-delà des quelques rendez-vous auxquels il m'accompagna ou qu'il obtint pour moi sans m'accompagner. Sans lui, ma vie aurait forcément changé d'aiguillage puisque le passage à niveau m'aurait été fermé. Plus que Walid ou Simon, il a vraiment pesé sur ma destinée ; il y a même laissé une marque indélébile. Lorsque j'ai obtenu mes papiers et que je lui ai demandé combien je lui devais, il a, à ma grande surprise, paru vexé. Il ne voulait rien et, hormis les discussions qu'il se plaisait à avoir avec moi et au cours desquelles il se montrait réellement sensible au sort du Liban et à l'avenir des chrétiens dans cette région du monde, il n'a jamais paru rien attendre en retour. Peu de temps après, j'ai rejoint « Mythologia » et j'ai commencé, grâce à lui, le deuxième chapitre de ma vie d'exilée.

3

Clémence

Comment parler d'elle sans colère ni violence ? Comment l'évoquer sans la défigurer par mon ressentiment ? Comment ne pas la réduire à la caricature qu'elle n'était pas ?

Les quelques mois que dura notre amitié furent une parenthèse heureuse dans ma vie parisienne. Elle était l'amie dont j'avais rêvé, celle qui me consolait d'un sentiment de solitude persistant contre lequel rien n'avait agi, ni mon intégration professionnelle, ni mon mariage avec Paul, ni la naissance de mes enfants. Elle était ma sœur, celle avec qui je pouvais parler de tout, de sexe et de peinture, de parfums et d'enfants, de féminisme et de kilos en trop. Cela n'a pas duré longtemps, mais ces quelques mois furent les seuls, je crois, où Beyrouth cessa de me hanter, où j'oubliais toutes les guerres qui constituaient la toile de fond de ma vie parisienne, où je me sentis heureuse de vivre en France et pour une fois… intégrée. Certains attendent longtemps le grand amour, en rêvent toute leur vie.

Moi, c'est de grande amitié dont je rêvais, persuadée que l'amitié, plus solide que l'amour, m'apporterait un roc auquel amarrer mon âme fragile de déracinée chronique et dépressive. Et cette grande amitié, je l'avais trouvée, elle était entrée dans ma vie avec la puissance et l'évidence des grands coups de foudre. Clémence était mon coup de foudre d'amitié. Mais je ne sais pas parler d'elle. Ma tendresse est sans cesse prise en défaut par l'amertume, l'affection réduite en cendres par la douleur.

Lorsque je pense à elle, qu'un livre ou une musique la rappellent à mon souvenir, que je passe à côté du café où nous nous étions souvent retrouvées, il y a, indissociablement liées, des images superposées, fondues, mélangées, d'elle et de moi, d'elle et de Paul. Comment se racontent ces choses-là ? Quels mots, quelle chronologie, quel point de vue adopter pour être au plus près de la vérité. Et quelle vérité ?

Je n'avais pas voulu y croire. Il y avait des évidences que je refusais de voir, des rires, des gestes, des inflexions de voix. Mais je préférais garder la tête dans le sable. Et puis il y eut ce dîner. Son pied sous la table, qui remontait le long de la jambe de Paul et qui se reflétait dans la vitre sans qu'elle en ait conscience. Et moi, à côté d'eux, à peine séparée par un autre convive. Je me souviens de cette bouchée qui se coince dans ma gorge, et je manque d'étouffer. Je me souviens des larmes qui viennent très vite et que je retiens. Je me souviens que je me lève, que je peine à contrôler mes tremblements, que je me rends aux toilettes pour vomir et pleurer et me passer de l'eau sur le visage. Et quand je reviens, le pied est encore déchaussé, et remonte encore le long de la jambe et se reflète encore dans la vitre. Je suis près de défaillir. Je suis pâle. Quelqu'un dit, ça ne va pas ? Tu te sens mal ? Et ils se retournent enfin vers moi. Ils se souviennent enfin que j'existe, que je suis l'épouse de l'un et l'amie de l'autre. Et je dis, tout va bien, juste un malaise. Et le dîner reprend son cours.

Alors comment parler de Clémence ?

4

De La Celle, Marc Antoine

J'avais longuement hésité pour savoir à quelle lettre inscrire ses coordonnées. Entre le dédoublement du prénom et la composition en trois parties du nom de famille, je ne savais pas quelle serait la meilleure solution mnémotechnique. Mais pour finir, comme il me semblait que, par-dessus tout, il tenait à sa particule, je l'avais rangé à la lettre « d » et, si l'on exclut quelques hésitations, cela marchait assez bien.

Marc Antoine était polytechnicien, énarque, noble et socialiste, autant dire qu'il faisait partie de tous les réseaux qui comptent, que son carnet d'adresses était considérable et qu'il tutoyait une bonne partie du CAC 40. Je crois même qu'il était franc-maçon, mais je n'en suis pas certaine. Je n'ai jamais bien compris ni comment fonctionnait ce dernier réseau, ni quelles étaient les conditions pour en faire partie. Non que j'en aurais eu envie pour moi-même, mais la carrière de Paul piétinait, il avait beau travailler comme un fou, il faisait du sur-place et les postes prestigieux lui passaient sous le nez. Nous en parlions parfois avec une certaine inquiétude. Paul avait fait une école de commerce, pas des plus prestigieuses, certes, mais qui lui avait donné une solide formation ; il était travailleur, loyal, d'une éthique scrupuleuse et plein d'esprit, mais visiblement, ça ne suffisait pas. Nous étions parvenus à la conclusion que ce qui le pénalisait, c'était non seulement qu'il était issu d'un milieu social modeste et ne pouvait compter sur aucun appui familial, qu'il était diplômé d'une école de faible notoriété, mais également qu'il ne faisait partie d'aucun réseau et ne fréquentait personne en dehors de ses obligations professionnelles. Enfin, personne parmi ceux qui comptent. À part Marc Antoine.

Ils s'étaient connus à la cité universitaire. Je ne sais pas précisément ce qu'y faisait Marc Antoine et à la suite de quel accident il avait atterri là, alors qu'il avait certainement toutes sortes d'autres possibilités pour se loger à Paris. Je crois qu'il y avait fait un bref passage, de deux ou trois mois d'été sans doute, et il avait logé à la Maison du Maroc où il avait eu Paul comme voisin de palier. L'ambiance soixante-huitarde y avait été pour beaucoup dans leur rapprochement, mais aussi la douceur des longues soirées de juin et de juillet et le charme des filles qu'ils avaient pris plaisir à draguer ensemble. Leur duo avait obtenu un certain succès, ils s'en amusaient et se promettaient de la jouer à la loyale si une « créature » (c'était le terme qu'ils employaient) leur témoignait le même intérêt ou vice versa. Ils avaient d'ailleurs fini par tomber tous deux amoureux de la même fille, une Marocaine incroyablement belle et sexy si j'en crois la photo que m'avait montrée Paul et où ils sont tous les trois allongés sur une pelouse, elle avec des fleurs dans les cheveux, eux deux avec des tignasses presque aussi longues que la sienne. L'épisode à la « Jules et Jim » avait duré le temps d'un été et avait scellé leur amitié durablement.

Aussi, quand Paul s'était retrouvé au chômage à la suite de l'une des nombreuses « restructurations » qu'avait connues le secteur du transport aérien, et que ses recherches d'emploi s'étaient avérées extrêmement laborieuses, nous étions convenus que les conseils de Marc Antoine qui occupait alors un beau poste dans la grande distribution – et son carnet d'adresses – allaient devenir indispensables. Paul l'avait appelé, il avait promis son aide, mais celle-ci tardait à se concrétiser. Finalement, au bout de plusieurs mois, et alors que notre angoisse était montée d'un cran, Éléonore, sa femme, nous avait téléphoné. Éléonore avait une grande affection pour Paul. Elle disait souvent qu'il était le seul ami de Marc Antoine parce que leur amitié était née sur un terreau propice aux vraies rencontres, et que leur entente reposait sur de réelles et profondes affinités et non sur des calculs intéressés ou des arrière-pensées professionnelles ou sociales. Elle semblait souffrir de leur mode de vie, tout entier mis au service de la réussite de Marc Antoine, et même si elle profitait constamment des avantages annexes que ce mode de vie offrait – soirées à l'Opéra, voyages exclusifs et vie mondaine trépidante – elle disait parfois avec une amertume non dissimulée que s'ils avaient un jour un pépin, elle était sûre que les rangs de leurs amis se feraient beaucoup plus clairsemés et que leur sollicitude serait de pure façade. Éléonore peignait. Je ne sais pas si elle était peintre, je me hasarde rarement à formuler des opinions dans le domaine des arts plastiques où je me sens peu armée et où il m'arrive d'être seulement agacée par des œuvres que les critiques encensent et saluent haut et fort. Mais elle exposait régulièrement dans des lieux prestigieux et beaucoup de monde se pressait à ses vernissages. Les rares fois où je m'y suis rendue, il me semblait être la seule à regarder les œuvres exposées, alors que l'immense majorité des présents leur tournaient le dos de façon ostensible, un verre à la main. Je m'appliquais pour ma part à les regarder attentivement et à formuler dans ma tête quelque chose de pertinent et d'élogieux à dire à Éléonore, mais je trouvais mes efforts mal récompensés car elle ne semblait pas faire grand cas de ce que je pensais et me proposais plutôt de « boire une coupe ». Sa carrière de peintre ne semblait pas suffire à la combler ; elle promenait sa beauté diaphane empreinte de fréquents passages nuageux dans les allées de la bonne société parisienne, mais il lui arrivait aussi de disparaître sans motif apparent. Marc Antoine arrivait parfois seul à certaines soirées où l'absence de son épouse était remarquée, mais il ne s'embarrassait d'aucune explication et prenait l'air dégagé pour dire : « Ah, ces artistes ! »

Ce fut donc elle qui nous appela pour nous inviter à passer un week-end dans leur maison en bordure de forêt, du côté de Rambouillet. Ou plutôt qui appela Paul à qui elle se confia longuement avant de lui proposer ce week-end à quatre, seul moyen, lui dit-elle, de parvenir à avoir une conversation tranquille avec un Marc Antoine plus débordé que jamais. Paul raccrocha, perplexe, et, quand je l'interrogeai sur la teneur de cette si longue conversation, il se contenta d'un sibyllin : « Ça ne va pas fort pour Éléonore ! » Je me rappelle que je me mis à ricaner. Paul me fusilla du regard. Il ne m'aimait pas cynique, encore moins vulgaire, et il trouvait mes ricanements et cyniques et vulgaires. Je n'en avais cure, tout entière habitée par mes inquiétudes face à ce chômage qui se prolongeait. Quant à la perspective d'un « week-end à quatre », je ne voyais pas comment ça allait être possible. Faire garder Matthieu et Lila, qui avaient respectivement sept et trois ans, un week-end entier, je ne l'avais jamais fait. Outre la dépense que cela représentait dans une période d'incertitude, je ne faisais confiance à aucune des étudiantes qui défilaient chez nous pour s'en occuper correctement pendant un temps aussi long. À contrecœur, Paul finit par rappeler Éléonore et nous passâmes à la formule « week-end à six ». Ce week-end désastreux reste gravé en moi dans ses moindres détails, et je ne peux encore aujourd'hui l'évoquer sans ressentir avec acuité la même boule à l'estomac, le même vertige.

Nous avions débarqué tous les quatre vers 16 heures, et Éléonore nous avait accueillis dans une cuisine comme ravagée par un ouragan. Tout y était sens dessus dessous, des restes de repas voisinaient avec des sacs encore pleins des courses du week-end, de la vaisselle s'amoncelait dans l'évier alors que le lave-vaisselle était grand ouvert sur un mélange de bols sales et d'assiettes couvertes de traînées indistinctes, une mayonnaise qui n'avait pas pris se liquéfiait tristement dans un récipient posé au milieu de coquilles d'œufs, une cocotte-minute attendait sur la cuisinière qu'on lui donne le signal du départ, mais il lui manquait son couvercle, un rosbif encore emballé dans son papier – et provenant d'une boucherie familiale qui avait la confiance des Rambolitains depuis le début du siècle – saignait dangereusement au-dessus d'une boîte de gâteaux, tout cela sans oublier un marteau et un sécateur à côté d'une boîte de clous, du pain frais posé sur un escabeau, des sacs-poubelles pleins à craquer, des baskets pleines de boue, etc. Au milieu de ce naufrage, Éléonore tentait de faire bonne figure, de sourire, et de nous souhaiter la bienvenue. Elle proposa du jus de fruits aux enfants, et saisit des verres dans le lave-vaisselle, mais j'arrêtai net son geste en affirmant que les enfants venaient de prendre un goûter dans la voiture. Ils ne protestèrent pas, remercièrent poliment, et gardèrent tout le week-end le même silence poli qui ne leur ressemblait absolument pas. Je crois qu'ils avaient compris bien avant moi et bien plus clairement que moi que quelque chose ne tournait pas rond et qu'il valait mieux pour eux se faire transparents et attendre patiemment le retour à la maison. Jamais ils ne se montrèrent plus calmes et plus obéissants. Ils passèrent le week-end dans la chambre qui leur avait été attribuée, jouant l'un aux petites voitures, l'autre à la maîtresse d'école ; ils n'avaient ni faim ni soif, n'éprouvaient aucune envie particulière hormis celle de disparaître du champ de vision des adultes, n'eurent pas la moindre dispute et ne réclamèrent même pas de jouer dans leur bain, ce qui était habituellement la condition sine qua non des nuits paisibles. Leur prescience encore aujourd'hui me sidère. Parce que moi, je n'ai rien compris, rien vu venir. J'ai juste mis toute mon énergie à faire semblant, à ranger la cuisine, à refaire une mayonnaise, à mettre le pot-au-feu à cuire, à nettoyer la table où nous devions prendre nos repas et à trouver des sujets de conversation non explosifs quand le silence menaçait de s'installer. Éléonore tanguait comme un navire en perdition, se raidissait chaque fois que Marc Antoine lui adressait la parole, commençait des phrases qui se terminaient toutes en points de suspension, ou se mettait à rire sans raison apparente, et son rire faisait peine à voir. Marc Antoine s'appliquait à ne rien entendre, ne s'adressait qu'à Paul, et engageait systématiquement le débat sur de grands sujets tels que la politique monétaire de la BCE ou la stratégie de l'Otan au Moyen-Orient. On aurait cru qu'il était sur un plateau de télévision, traquant le moindre silence, couvrant le moindre soupçon de faux pas de son épouse d'une opinion assenée d'une voix haute et sans appel. Les enfants se recroquevillaient dans leur siège, ne suçaient même pas leur pouce, et attendaient stoïquement la fin des hostilités. Paul renvoyait la balle à Marc Antoine et seul le timbre plus aigu de sa voix trahissait sa nervosité. Et moi, je le maudissais intérieurement de nous avoir entraînés dans ce guet-apens, je m'en voulais de me désolidariser de lui, du moins en pensée, et je recommençais à essayer de sauver quelque chose de ce week-end de malheur.

Le dimanche matin, Éléonore me proposa une balade en forêt que j'acceptai avec empressement, heureuse de sortir les enfants de leur chambre et de laisser Paul en tête à tête avec Marc Antoine, avec l'espoir qu'ayant statué sur tous les sujets macro-économiques d'actualité ils aborderaient enfin le niveau micro, c'est-à-dire les recherches d'emploi de Paul. Je me réjouissais aussi de cette initiative que prenait Éléonore dans laquelle je lisais une volonté d'effacer le malaise sur lequel nous nous étions séparées la veille et d'affermir notre relation. J'avais en effet rarement eu l'occasion de me trouver seule à seule avec elle et elle n'avait jamais paru souhaiter me connaître davantage, ce qui, je dois l'avouer, me vexait un peu. Je savais ses affinités avec Paul et il m'arrivait de penser qu'elle ne me trouvait pas à la hauteur. Je vis donc dans sa proposition une manifestation d'amitié à mon égard qui me toucha. Je me souviens avec précision de cette matinée hivernale, réchauffée par un soleil timide mais bienfaisant. Nous étions emmitouflés dans nos manteaux, bonnets et cache-nez et le froid faisait de la buée autour de nos lèvres. Les enfants couraient devant nous, ramassaient toutes sortes de trésors et croyaient apercevoir des biches, des sangliers et même des loups derrière les buissons, ce qui provoquait chaque fois des cris de peur et de plaisir mêlés. Je suivais derrière avec Éléonore ; j'avais chassé les nuages qui encombraient ma tête et j'étais tout ouïe, attentive, désireuse d'avoir enfin avec elle une vraie conversation dont je la laissais libre de choisir le tempo. Mais la conversation n'eut jamais lieu. Éléonore s'engagea plutôt dans un long soliloque, parfois entrecoupé de silences que je n'osais meubler de crainte de la heurter. Elle m'entretint de sa maison vide, à présent que leurs deux enfants avaient pris le large, de Marc Antoine auprès de qui il était si difficile d'exister tant il prenait de place, respirant même l'air qui finissait par manquer à ceux qui l'entouraient, de sa peinture dont elle doutait, malgré les ventes toujours excellentes. Mais le mot qui revenait sans cesse dans sa bouche et ponctuait toutes ses phrases était le mot « mélancolie ». Elle en parlait de façon distanciée par moments, évoquant l'étymologie du mot, la « bile noire » des Grecs, ou la gravure de Dürer, « Melancholia ». Mais le plus souvent, c'est d'elle-même qu'elle parlait, même si elle le faisait de façon à la fois pudique et détournée. Son regard infiniment triste mais, plus grave encore, vague, égaré, ne se fixant sur rien, regardant sans voir, aurait dû m'alerter. Mais j'étais aveugle. Je me sentais surtout absente, inexistante, avec le sentiment qu'Éléonore ne s'adressait pas à moi mais jetait des mots autour d'elle comme les seigneurs du Moyen Âge jettent des pièces à la foule rassemblée. Et je n'avais plus qu'une hâte, que tout cela se termine et que nous rentrions à la maison.

Quelques jours plus tard, nous apprîmes par une connaissance commune qu'Éléonore avait mis fin à ses jours. Sa femme de ménage l'avait trouvée chez elle, et c'était déjà trop tard. Elle avait absorbé des somnifères, des anxiolytiques, des antidépresseurs et toutes sortes d'autres substances encore. Et comme elle ne voulait prendre aucun risque d'être sauvée, elle avait aussi bu pas mal d'alcool.

Les funérailles furent extrêmement éprouvantes.

Marc Antoine ne nous rappela jamais et ne répondit plus à nos appels. Paul traversa encore quelques mois de chômage, puis finit par retrouver du travail, non plus dans le transport aérien mais dans l'aménagement routier.

5

Farid

Farid était un ami d'amis, de nationalité palestinienne, fortuné et atypique. Sa famille était dispersée de par le monde, New York, Riyadh, Ramallah ou Londres, et lui-même jonglait avec les fuseaux horaires, les langues et les occupations professionnelles. Collectionneur, spécialiste de peinture orientaliste, acheteur pour des émirs du pétrole soucieux de masquer leur inculture derrière la pertinence de leurs choix artistiques, peintre et photographe depuis ses jeunes années, Farid courait les ventes aux enchères, les inaugurations de musées, les rétrospectives de grands artistes de la scène internationale. Il était assez laid mais d'une intelligence aiguisée et précise, et dès qu'il avait un auditoire il s'animait, accompagnant ses paroles de grands gestes des bras et son charme oriental agissait aussi sûrement qu'une drogue ou un philtre. Son talent d'observation était aussi sidérant que sa mémoire visuelle et, comme il avait le sens de la formule, sa conversation était un délice, voire un feu d'artifice quand il était en verve.

Avec ça généreux, fin gourmet amateur de plaisirs et de fêtes. Farid avait ouvert depuis peu une galerie de peinture à Paris et il se proposait de faire connaître des artistes arabes en Europe. Je l'avais sollicité pour qu'il m'emploie, ne serait-ce qu'à mi-temps, pendant que je poursuivais l'écriture de ma thèse. Il m'avait donné plusieurs rendez-vous qu'il avait systématiquement annulés à la dernière minute, mais m'avait en revanche entraînée dans des soirées ou des dîners auxquels je n'étais nullement préparée puisque je me rendais à la galerie espérant enfin qu'il ait le temps de me recevoir, au lieu de quoi il me présentait à des artistes qu'il envisageait d'exposer, me proposait de les accompagner à déjeuner, à dîner ou à une visite d'atelier, ou me réquisitionnait pour de longs trajets en voiture à ses côtés afin que nous ayons enfin le temps de « parler boulot » pendant qu'il se rendrait à un important rendez-vous et retour. Le résultat de tout cela fut que je rencontrai des tas de personnages très colorés, participai à des dîners inattendus où l'on croisait des gens mal assortis qui semblaient ravis d'être ensemble, et découvris des hôtels, des restaurants et des galeries d'art où jamais je n'aurais osé mettre les pieds. Je perdis aussi beaucoup de temps à attendre, en voiture ou dans les locaux où il venait d'emménager, des entrevues qui ne se firent jamais. Je ne savais pas si Farid adoptait ce comportement de façon délibérée ou s'il résultait de son tempérament désordonné, de son goût pour l'improvisation et de sa façon très orientale de concevoir le travail comme une activité non cloisonnée, sans horaires et qui se mélange sans cesse à tous les autres aspects de la vie. Je rentrais de mes rendez-vous avec lui – qui se terminaient parfois au petit matin – avec des sentiments mitigés, amusée par ces virées dans des mondes inconnus qui contrastaient avec la grisaille de la fac et des salles de cours désolées, mais avec un malaise qui résultait de cette confusion des genres et que Farid entretenait avec un grand art de l'esquive. Toujours est-il qu'il m'entraîna un soir chez Eva, tu vas voir dit-il, c'est comme aller au spectacle, Eva est danseuse d'ailleurs ; mais tu es fou, je suis en sandales et jupe fleurie, je ne peux pas aller à un dîner comme ça ; ne t'inquiète pas, de toute façon les lumières sont tamisées et personne n'y verra rien.

Eva, m'expliqua-t-il, était l'épouse de Lucian, un peintre de renom qui s'était illustré au sein du mouvement Cobra, peignait avec énergie des femmes, des oiseaux et des chats et était acheté par de grands musées. Il était plutôt bel homme, mais beaucoup plus âgé qu'elle et assez silencieux, taciturne même, à moins que ce côté plutôt terne de son tempérament ne fût la manifestation de son relatif désintérêt pour ce qui ne tournait pas autour de son art. Eva était jeune, belle, exubérante, curieuse de tout, mondaine, avec un goût appuyé pour la fête et la provocation. Sans doute tient-elle ça de ses origines hongroises, commenta Farid, cette façon très particulière qu'elle a de frôler le désastre en riant fort et en buvant trop. Mais les dîners d'Eva, c'est une expérience à ne pas manquer, ajouta-t-il dans un rire sonore. Il omit pourtant de me dire qu'il espérait acquérir quelques toiles de Lucian pour un prince saoudien, que Lucian avait jusque-là inexplicablement refusé cette vente, et qu'Eva souhaitait jouer la médiatrice pour hâter la transaction et continuer à dépenser sans compter.

Je fus donc introduite, en sandales et jupon de coton, dans le cercle envié des soirées d'Eva, et adoptée par elle en raison de je ne sais quel caprice qui la fit me trouver fraîche et délicieuse : j'étais la touche politiquement engagée et moyen-orientale de son casting. Elle insista pour me présenter à toutes sortes de personnages qui gravitaient autour d'elle. C'est ainsi que je rencontrai un architecte talentueux et maniaco-dépressif qui tomba éperdument amoureux de moi au premier regard, me bombarda de lettres et de coups de fil, puis disparut au bout d'une semaine et ne répondit plus à mes appels ; un peintre marocain qui me proposa une séance de peintures rituelles au henné sur le corps en prélude à quelques journées de pose dans son atelier de Marrakech ; un diplomate français et homosexuel qui me poursuivit de ses assiduités pendant plusieurs mois, me proposant un mariage qui me permettrait de mener grand train tout en me garantissant une « entière liberté » ; et d'autres personnages encore, tous également excentriques mais avec une conviction d'intensité variable. Si j'avais eu un peu de talent et quelques velléités d'écriture, les dîners d'Eva m'auraient fourni toute la matière nécessaire à la construction d'un roman de facture classique, mais dont la trame aurait été chahutée par les incessantes apparitions de personnages décalés et postmodernes. Mais j'étais prise par l'urgence de vivre, et, question écriture, ma thèse pesait assez lourdement pour l'heure. Farid, lui, observait d'un œil narquois le défilé de mes conquêtes aussi bruyantes que brèves, et me fit quelques remarques drôles et acides, surtout à propos du peintre marocain. Mais jamais il ne sembla se départir ni de sa courtoisie, ni de sa gentillesse distraite à mon égard.

Tout cela se passa donc très gaiement jusqu'au jour où Eva, qui était enceinte mais dont la grossesse n'avait pas freiné les ardeurs, dut quand même s'interrompre pour donner naissance à son bébé. Je lui téléphonai à la maternité pour m'enquérir d'elle et de sa fille, lui proposant de passer la voir si elle n'était pas trop fatiguée. Mais elle déclina fermement ma proposition, insistant en revanche de façon appuyée pour que j'appelle son mari qui se sentait seul et qui aurait, à n'en pas douter, beaucoup de plaisir à passer la soirée avec moi. Tu sais, ma chérie, que Lucian t'apprécie, il est très secret, mais je sais combien il serait heureux de te connaître mieux.

Les excentricités d'Eva m'avaient jusque-là beaucoup amusée, mais là, elle poussait le bouchon un peu trop loin à mon goût. Je n'avais plus envie de jouer. Cette conversation téléphonique me perturba durablement et m'ôta tout à fait l'envie de la voir. Je cherchai à savoir si Farid était au courant des projets d'Eva. Ils étaient très proches et elle se plaisait à le présenter comme son « frère ». Mais il demeura injoignable pendant plusieurs semaines après cet incident et je me retrouvai brusquement orpheline, privée de fêtes et de virées joyeuses au bras de mon imprévisible compagnon.

Je le revis au bout de quelques semaines. Je l'avais relancé une dernière fois au sujet du poste à mi-temps dont j'avais désespérément besoin. Il m'invita à dîner, jurant ses grands dieux que nous en parlerions très concrètement, mais, une fois attablés, il me proposa le plus sérieusement du monde de l'épouser. Plus que mon refus, ce fut l'éclat de rire que je ne retins pas qui le blessa profondément. Pendant quelques secondes, son visage devint si sombre, si grave, que même ses habituelles mimiques ne parvinrent pas à masquer la zébrure douloureuse. Il se reprit, commanda du vin, changea rapidement d'avis, posa sur la table quelques billets et me dit en se levant, *yalla, let's go.*

Des dizaines de fois, j'ai composé son numéro de téléphone. Des dizaines de fois, j'ai raccroché avant qu'il ne réponde. Je n'avais rien compris à ses ambivalences, à ses manières tout en rondeurs, à ses fragilités de déraciné. J'avais perdu par ma faute un compagnon qui, imperceptiblement, avait pris une grande place dans ma petite vie grise et vide.

6

Giorgio

Giorgio a été mon premier collègue, je veux dire la première personne avec qui j'ai partagé un vrai bureau, dans une vraie entreprise qui m'employait et me versait un vrai salaire pour la première fois de ma vie (salaire très modeste au demeurant, mais salaire quand même, c'est-à-dire mensuel, régulier, consigné sur une fiche de paie avec cotisations sociales et droits à congés payés, soit tout ce dont on peut rêver quand on est un étranger cherchant désespérément à s'enraciner ou du moins à être en « situation régulière »). Giorgio était chauve, athlétique et italien. Un Italien un peu particulier malgré tout, turinois, mais cultivant un amour immodéré pour l'Autriche, ses montagnes, la fraîcheur de ses étés, la verdeur de ses alpages, et la qualité du lait de ferme qu'on pouvait y boire quand on s'y rendait en villégiature. Il portait en hiver des lodens vert bouteille, ou des vestes en laine bouillie ornées de gros boutons en métal argenté tels qu'on en voit toujours sur les vêtements traditionnels autrichiens. Il se déclarait nostalgique de l'occupation autrichienne, mais je ne suis pas certaine que ce ne fût pas là pure provocation. Il arrivait généralement au bureau en fin de matinée, l'air chiffonné de qui vient de se réveiller, posait son manteau ou sa veste sur sa chaise, me regardait avec ironie derrière ses lunettes à monture noire et me demandait d'un air distrait si tout allait bien puis, sans même faire mine d'attendre la réponse, il ressortait du bureau de son pas élastique pour redescendre les trois étages qu'il venait de monter plus un, jusqu'au sous-sol où se trouvait la cuisine et où il se servait un café. Il remontait ensuite tranquillement, non sans avoir fait une pause à la photocopieuse ou dans certains bureaux pour y discuter un peu avec les collègues, féminines de préférence, qu'il complimentait sur la teinte de leur rouge à lèvres (« Ah, cette nuance jaune dans ce rouge profond ! »), la coupe de leur chemisier (où il était capable de lire des références au style militaire ou au contraire à tel ou tel grand couturier) ou la qualité sculpturale de leur coupe de cheveux (« Intéressant, cette masse taillée comme une taupière ! »). Car Giorgio avait ce qu'on appelait à l'époque l'« œil sémiologique ». Il avait occupé un premier poste chez Fiat et y avait acquis un sens poussé de l'analyse des formes et de leurs implications sur la perception par le consommateur des valeurs attribuées aux différents modèles de voiture, des qualités imaginaires desdits modèles et de la symbolique qui leur était associée (œuf protecteur, fusée ultrarapide, véhicule militaire, etc.). Il était arrivé dans le cabinet d'études où nous exercions, précédé d'une certaine aura, et il avait confirmé l'essai et acquis une autorité supplémentaire en développant une analyse de la symbolique des formes de bouteilles, qu'elles soient de vin, de parfum ou de nettoyant ménager. Depuis, il se reposait largement sur ses lauriers, traitait les clients avec une nonchalance non dénuée de raffinement, ce qui charmait les uns et exaspérait les autres qui finissaient par téléphoner au directeur en le priant de confier leur étude en cours à un responsable d'études certes moins cultivé mais plus efficace et plus attentif à leurs attentes. Il n'en prenait d'ailleurs pas ombrage. Il estimait avoir suffisamment contribué à l'élévation du niveau de culture sémiologique de « Mythologia », le cabinet d'études où nous exercions nos talents, ainsi baptisé en hommage à Roland Barthes et à ses Mythologies et où Giorgio déplorait que manquassent de vrais esthètes ou… de grands sportifs. Car, outre son intérêt pour l'esthétique des formes et le carré sémantique de Greimas[1], son autre passion, c'était la piscine. Il faisait figurer en bonne place sur son CV son amour de l'eau chlorée et sa capacité à y

1. Modèle d'analyse qui permet d'explorer le réseau de relations et les positions de sens virtuelles qui organisent le micro-univers sémantique d'une catégorie donnée. Ainsi, à partir d'une opposition simple, celle entre bien et mal par exemple, on distinguera d'autres positions qui sont dans des relations de contrariété, de contradiction ou de complémentarité. Si vous n'avez pas compris, ce n'est pas grave. Moi non plus, je n'ai jamais réussi à comprendre et pourtant Dieu sait que j'y ai passé beaucoup de temps. Mais Giorgio était un fervent adepte de la secte greimasienne et il cherchait à convertir de nouveaux adeptes, avec encore moins de succès, du moins pour ce que j'en sais, que dans ses tentatives d'emmener de belles jeunes filles à la piscine. Mais j'anticipe.

passer des heures, parcourant plusieurs kilomètres par jour avec la régularité d'un métronome. Le directeur, qui avait comme politique de recrutement la recherche de personnalités originales et de parcours atypiques, persuadé que seules la singularité des individus et l'interdisciplinarité de l'équipe seraient susceptibles de favoriser la clairvoyance des diagnostics et l'inventivité des solutions, avait été séduit par ledit CV où les performances sportives et la connaissance des règles de sécurité des piscines avaient été plus détaillées que la formation universitaire. Giorgio avait d'ailleurs adopté une ligne de conduite claire en matière de stratégie de séduction, ligne de conduite assez répétitive au demeurant et qui, pour ce que j'avais pour ma part constaté en observation directe, était moyennement efficace ; cette ligne de conduite consistait à proposer à de nombreuses représentantes du sexe féminin de l'accompagner à la piscine, n'importe quel jour et à n'importe quelle heure. Comme il était incollable sur les adresses et les horaires de toutes les piscines parisiennes, il accompagnait sa proposition de toutes sortes de précisions et d'informations annexes quant à la longueur des bassins, l'état de propreté des douches et la sociologie du public régulier fréquentant l'établissement. Outre son amour immodéré pour la natation, je crois que cette façon de procéder lui semblait d'une grande efficacité car elle raccourcissait considérablement la durée des étapes à franchir avant de mettre une femme dans son lit. En effet, d'une part, il pouvait rapidement vérifier l'état des jambes de sa future partenaire – morphologie générale, musculature, élasticité de la peau… –

et, d'autre part, la proximité immédiate des corps presque nus dans la piscine créait une forme de complicité et d'intimité qui était de nature à faciliter les rapprochements ultérieurs. Je dois dire qu'il m'a poursuivie de ses propositions à l'accompagner à la piscine avec une ténacité et une régularité admirables, compte tenu de l'indifférence totale avec laquelle j'accueillais ses invitations. Pour ma part, je n'étais absolument pas persuadée que mes jambes constituaient mon meilleur atout de séduction, je craignais plus que tout que son œil habitué aux analyses sémiologiques ne s'exerçât avec acuité sur les défauts de mon anatomie, et je n'avais tout simplement envie ni de me plonger dans des eaux chlorées au cœur de l'hiver parisien, ni de coucher avec lui. En outre, j'estimais plus urgent de préserver une bonne entente relative dans notre bureau du troisième étage – ce qui s'avérait assez sportif d'ailleurs, même s'il ne s'agissait pas de la même sorte de sport – et, à cette fin, je ne souhaitais pas mélanger les registres.

Il est vrai que Giorgio arrivant au bureau au cours des heures tardives de la fin de matinée, j'étais tranquille pendant la première partie de la journée, et il m'arrivait même parfois de ne l'apercevoir qu'en début d'après-midi alors que je rentrais de ma pause-déjeuner, voire de disposer du bureau des journées entières quand il ne venait pas, prétextant je ne sais quel rendez-vous clients, conférence essentielle à son perfectionnement dans l'art de manier le carré sémantique ou refroidissement consécutif non à ses entraînements de piscine au cœur des froidures, mais précisément à sa trop longue absence des bassins qui avait pour conséquence d'affaiblir sa résistance aux virus et autres microbes. Mais quand il était là, la cohabitation s'avérait difficile. Il semblait faire très peu cas des pratiques d'usage normalement attachées à ce qui s'appelle un bureau, y tenait de grandes conversations avec des stagiaires pimpantes et intimidées, écoutait des opéras en boucle, et passait de très longs moments à draguer au téléphone. Mais surtout, il y entreposait toutes sortes d'objets sans lien avec nos études – et pourtant Dieu sait que celles-ci, s'accompagnant le plus souvent de la nécessité d'analyser des « corpus » constitués par le produit en question et ses principaux concurrents, avaient pour conséquence d'envahir les sols et les étagères d'objets tout droit sortis d'inventaires surréalistes : flacons de parfums, bouteilles de détergents, de yaourts liquides, d'huiles d'olive, boîtes de camembert (fort heureusement vides le plus souvent, encore que certaines fois, la consistance et la pâte entraient également dans le périmètre de l'étude, mais dans ce cas les contenus passaient la nuit dans le frigo de la cuisine et seuls les contenants étaient conservés dans les bureaux), briques de soupe, paquets de bonbons, lingerie féminine, magazines en tout genre et j'en passe. Mais Giorgio conservait également dans son bureau des roues de secours pour son vélo, des vêtements, des chaussures, un attirail de piscine pour le cas où il serait pris d'une envie irrépressible de s'y rendre à nouveau en cours de journée ou dans l'éventualité où une jeune femme à qui il avait proposé de l'y accompagner lui réponde : « Oui, oui, mais tout de suite. » Autant dire que notre bureau ressemblait davantage à ces solderies où l'on vend des stocks de marchandises saisis par les douanes, des fins de série ou des invendus invendables qu'à des lieux favorisant le travail intellectuel et la concentration. Mon aspiration profonde à l'ordre était durablement bousculée par cet état de choses et je passais un temps considérable à ranger un peu ces corpus et autres objets qui encombraient et l'espace et ma tête. Giorgio appréciait de partager son bureau avec une fée du logis, mais ayant rapidement observé la dimension quasi obsessionnelle de mon comportement de rangeuse, il en profitait de façon éhontée et même un peu sadique. Comme ses horaires étaient largement décalés par rapport aux miens et que sa journée de travail se terminait par conséquent tard dans la nuit, il m'arrivait souvent de trouver le lendemain matin ma table de travail envahie par l'un de ses corpus, et donc entièrement couverte de bouteilles de vin ou de tangas, shorties, strings et autres éléments de lingerie fine. Je les replaçais dans des caisses en carton, nettoyais ma table et me mettais au travail une fois mon espace vital désencombré. Mais un matin, je ne parvins pas à prendre les choses avec autant de philosophie.

À « Mythologia », j'avais participé à tous ces types d'études et j'y avais assuré toutes sortes de fonctions, à tel point que le directeur m'avait gratifié du surnom élogieux de « VTT ». J'étais donc un véhicule tout terrain, et j'avais manifesté des capacités adaptatives des plus variées, me montrant capable de travailler sur les dictionnaires Larousse dont il s'agissait de réorganiser la gamme devenue illisible pour les consommateurs, les attentes des voyageurs d'affaires à l'égard des compagnies aériennes, ou l'imaginaire breton associé aux produits à base de plancton marin d'un tout nouveau vépéciste[1]. On m'avait dépêché au Mans pour y animer au pied levé une réunion de consommatrices de moutarde Amora, en remplacement de la responsable d'études malade ; introduite comme renfort dans une étude en cours qui menaçait de mal tourner en raison des relations exécrables de la cliente avec l'une de mes collègues, avec pour mission de recréer un climat de relation plus serein avec la cliente acariâtre, j'avais sidéré tout le monde en lui proposant tout de go un déjeuner, ce dont elle s'était montrée enchantée – par la suite, elle me téléphonait à tout propos et notre « amitié » était devenue l'un des grands sujets d'hilarité des réunions d'équipe du lundi midi. On m'avait expédiée à New York pour y rencontrer des voyageurs fréquents au moment où les compagnies aériennes découvraient les avantages de la fidélisation, et sollicitée pour une étude détaillée des magazines « masculins », alors que le Minitel rose commençait à leur tailler des croupières. Tout, je faisais à peu près tout à « Mythologia », mais il y avait quelques points de résistance idéologique sur lesquels je ne cédais pas : je refusais par exemple de travailler pour les marques d'aliments pour chiens et chats. Quelque chose en moi se montrait profondément heurté par tous les efforts qu'on faisait pour créer des produits haut de gamme destinés aux animaux

1. Vendeur par correspondance, ancêtre de la vente en ligne. L'un des premiers et des plus illustres étant Yves Rocher que notre client se proposait de concurrencer.

domestiques, et je ne pouvais chasser de mon esprit l'image de ce SDF que j'avais surpris, un soir en rentrant chez moi, en train de manger une boîte de conserve « entrée de gamme » destinée aux chiens. On moquait ma culture orientale, le mépris traditionnel des Arabes pour les chiens qui s'exprimait par exemple dans l'usage si insultant de l'expression « fils de chien », rien n'y faisait, c'était non. Or Giorgio avait hérité d'une large étude portant sur l'ensemble du marché des aliments pour chiens et le corpus avait donc débarqué au troisième étage. J'en étais mortifiée. Matin et soir, je nageais au milieu de sacs de croquettes, boîtes de conserve au format « familial » et fins pâtés destinés aux chiens de race. Je voulais bien faire semblant de croire à tout ce que le marketing pouvait apporter comme progrès à l'humanité, aux emplois sauvés par le repositionnement réussi de tel ou tel produit, à la compréhension fine des comportements que permettaient nos études approfondies, je ne pouvais pas adhérer à l'extension de son domaine d'application aux animaux, fussent-ils les meilleurs amis des hommes. Ces journées passées au milieu des aliments pour chiens me déprimaient durablement ; j'y voyais l'illustration de tous mes échecs et de toutes mes compromissions. Aussi quand, un matin gris et froid d'hiver, je découvris en arrivant au troisième étage que ma table de travail avait servi aux observations sémiologiques nocturnes de mon collègue italien et qu'il n'avait pas pris la peine de débarrasser et de ranger, alors que je lui avais largement expliqué mes états d'âme relatifs à la race canine, je rentrai dans une sorte de colère froide qui était quand même exceptionnelle chez moi. D'un geste rageur, et m'étonnant moi-même de la force physique que je manifestai, je balayai tout ce qui se trouvait sur ma table. Les sachets, conserves et autres packagings valsèrent tous ensemble pour se retrouver sur le sol, dans un désordre indescriptible, et dans le même mouvement un sac de dimension « familiale » se déchira et se répandit en croquettes de toutes les couleurs sur la moquette. Je jetai un coup d'œil circulaire à la pièce et dégringolai les escaliers pour taper à la porte du directeur à qui je déclarai, rouge de colère, que je ne voulais plus partager un jour de plus le bureau de Giorgio. Il me regarda interloqué. Et, sans m'en demander davantage, il me proposa un déménagement rapide vers un autre bureau, moins lumineux, mais où je serais seule.

Giorgio a continué à me proposer de l'accompagner à la piscine, mais je sentais bien que c'était plus mollement. Néanmoins, j'ai conservé son numéro de téléphone pour le cas où un client, particulièrement bien informé des subtilités de la sémiologie, aurait exigé l'éclairage d'un carré sémantique pour mieux comprendre le positionnement de sa marque dans son univers concurrentiel. Mais ce cas de figure ne s'est jamais présenté.

7

Irène

Irène a été ma première amie française. Franco-française. Française de pied en cap, du plus loin que remontaient les deux branches de son arbre généalogique, et jusqu'au bout des ongles. Je l'ai rencontrée alors que je venais de débarquer à Paris avec mon unique valise qui contenait, outre mes vêtements et les objets fétiches dont je ne mc séparais plus jamais depuis que j'avais intégré le risque de ne pas retrouver les lieux que je quittais (foulards, carnets, dessins et cartes postales qui me reliaient à des moments de bonheur, et quelques autres trésors inutiles), des bouquins sur le structuralisme que j'espérais enfin comprendre grâce aux cours que je projetais de suivre à l'université. Je n'avais en revanche pas pu me munir de mes diplômes, relevés de notes et autres documents officiels, les aléas de la situation ayant entraîné une énième fermeture de l'université, et mon inscription universitaire s'en était trouvée quelque peu compliquée par ces béances de mon dossier. Mais pour finir, esprit soixante-huitard et sollicitude accrue à l'égard des ressortissants de pays sous-développés aidant, j'avais été admise sur la foi de mes déclarations sur l'honneur à la prestigieuse École des hautes études en sciences sociales, avec néanmoins l'engagement de fournir dès que possible les documents qui me manquaient. Je m'étais donc inscrite à quelques séminaires dont les intitulés promettaient de m'aider à déchiffrer le fonctionnement du langage (présupposés et sous-entendus compris), à analyser la transmission de l'idéologie dans les discours, politiques ou pas, et à comprendre comment se construit un événement. Les yeux brillants de curiosité, je me rendais avec assiduité à des cours où j'avais toujours l'impression d'être une intruse, tout juste tolérée dans des conversations privées entre un maître et ses disciples, et de poser (quand j'osais) des questions idiotes, hors de propos, auxquelles on me répondait en me renvoyant à une bibliographie touffue où Althusser, Foucault, Derrida ou de Saussure se taillaient la part du lion. Petit à petit, je me rétrécissais, me faisais de plus en plus petite sur mon siège, prenais des notes avec application, même quand je ne comprenais rien, en me promettant de relire tranquillement les pages que je noircissais avec l'espoir d'une révélation de la vérité sur le modèle de la conversion chrétienne, mais mon chemin de Damas était encore loin. Dans la déprime dans laquelle je m'enfonçais progressivement, à mesure que j'usais mes pantalons sur les chaises des séminaires ou des bibliothèques sans voir la moindre lumière au bout de mon tunnel sémiotico-structural, Irène m'apporta une lueur d'espoir. Elle suivait l'un des séminaires auxquels j'étais inscrite, celui où je pataugeais tellement que j'en arrivais à me demander si je parlais le même français que celui qu'on pratiquait à l'EHESS en ces années où le marxisme, la psychanalyse et la linguistique structurale se faisaient une cour éperdue. Mais Irène avait grandi à l'ombre de ces géants de la pensée, et elle se mouvait dans leurs textes avec une aisance époustouflante. Je m'asseyais près d'elle espérant lorgner sur ses cahiers quand je n'arrivais plus à suivre, mais Irène ne prenait aucune note. Elle savait tout, elle devinait ce qui allait se dire, elle échangeait d'égal à égal avec les profs. Et moi, je devenais l'ombre de moi-même. Un jour que j'arrivais plus tôt à l'école, je la trouvai seule dans les couloirs et lui proposai d'aller boire un café. Elle accepta volontiers et, durant ce bref moment d'échange, je m'ouvris à elle de mes difficultés, masquant derrière l'humour le désespoir qu'elle ne pouvait de toute façon pas soupçonner. Elle me conseilla d'aller à Nanterre suivre un cours introductif à l'analyse de discours (elle disait ADD et elle distinguait ADD et ADC, analyse de discours et analyse de contenu ; elle utilisait des abréviations de spécialistes, comme CDP pour conditions de production et d'autres majuscules encore), assuré par une enseignante marxiste et pédagogue qui m'accepterait sans problèmes parmi ses ouailles. Ce que je fis, bravant les matins blêmes, le froid des longs couloirs de correspondance du RER et ma peur panique de me perdre dès que je passais de l'autre côté du périphérique. Ce rattrapage fut bénéfique même s'il ne suffit pas à éclairer les multiples zones d'ombre de mon incompétence. Et l'amitié d'Irène rendait un peu moins âpres les heures passées dans ce séminaire décidément trop opaque pour moi. Nous prîmes l'habitude de ce petit café avant les cours, et elle prit aussi l'habitude de me laisser payer. Ce à quoi je me faisais, même si cela heurtait mon sens bien libanais de la réciprocité. J'étais heureuse de partager ces moments privilégiés avec elle, j'espérais toujours qu'elle me proposerait un jour un peu plus qu'un café, une séance de cinéma, une invitation en week-end autour d'un vrai repas, avec une vraie famille française qui tutoyait Derrida et Foucault ; je ne désespérais pas, même si je trouvais parfois le temps un peu long.

Et puis un jour, Irène me proposa d'aller dîner avec elle après le séminaire. J'étais heureuse de cette perspective et j'avais soigné ma tenue et maquillé un peu mes yeux, amplement cernés par des nuits de travail inutile. Elle suggéra un bistrot qu'elle connaissait bien, rue de l'École-de-Médecine, et nous y allâmes à pied.

Ce dîner, je m'en souviens comme si c'était hier. La gentillesse de ses manières, l'aisance de son comportement dans ce lieu où elle avait ses habitudes et faisait la bise au patron, les conseils qu'elle me donna pour choisir des spécialités bien françaises, je me souviens de tout. Et du vin aussi, bien sûr, un Chinon, elle connaissait bien les vins de Loire où une branche de sa famille avait des vignobles. Et le vin aidant, elle devint volubile et me raconta sa vie, passée et actuelle, avec une facilité qui me déconcerta. Non seulement elle se livrait avec une franchise que je ne réservais qu'à quelques très rares amies de toujours, et encore, mais elle me donnait des détails sur sa vie intime qui me troublaient et que, pour ma part, je n'aurais même pas racontés à mon psychanalyste, tenu au secret professionnel. Elle ne me cacha rien de sa parfaite harmonie sexuelle avec un jeune homme qu'elle avait rencontré au séminaire et avec qui elle sortait régulièrement depuis septembre, ni non plus de leurs récentes querelles, qu'elle savait plus graves qu'il n'y paraissait – ils étaient idéologiquement en tous points opposés, elle le soupçonnait d'être de droite de père en fils alors qu'elle était de gauche et militante convaincue – mais elle voulait maintenir cette relation le plus longtemps possible tant elle la satisfaisait sexuellement. La variété des positions, l'intensité des orgasmes, les jeux de séduction auxquels ils se livraient, elle me dit tout et j'en étais abasourdie. Elle parla beaucoup ce soir-là, alors que je ne disais presque rien, me contentant de hocher la tête, d'acquiescer, de la relancer. J'avais moi aussi soif de me confier, de raconter les duretés imprévisibles de cet exil parisien, les déconvenues auxquelles je me heurtais chaque jour dans une ville que j'avais crue mienne parce que j'en parlais la langue et en lisais la littérature, mais qui me renvoyait sans cesse à mon statut précaire d'étrangère ; j'aurais volontiers partagé avec elle les difficultés de ma relation avec Simon qui se laissait de plus en plus envahir par une jalousie féroce et me faisait des scènes terribles à tout propos, mais je lui prêtais néanmoins une oreille attentive, heureuse de cette proximité inattendue et sans aucune inquiétude : cette soirée marquait le début d'une nouvelle étape de notre amitié, elle était la preuve de la confiance qu'elle m'accordait et l'intimité de ses confidences scellait notre lien avec solidité. C'est d'ailleurs ce soir-là qu'elle me donna son numéro de téléphone.

Les semaines qui suivirent devaient pourtant me laisser un goût amer. Irène ne me proposa jamais plus de dîner avec elle, ou peut-être juste une seule fois, mais avec toute une bande d'autres étudiants. Elle était toujours pressée, occupée, ou bien elle se plaignait de rhumes, de migraines ou d'obligations militantes (le nom du syndicat ou du groupuscule auquel elle appartenait était composé de majuscules dont je n'ai pas gardé mémoire). Elle continuait, je crois, à sortir avec le jeune étudiant de droite, mais je ne sais pas vraiment combien de temps cela dura. La fin de l'année approchait, puis ce furent l'été et les vacances. Lorsque je la revis en septembre, au même café où nous avions passé tant de temps ensemble, elle ne me reconnut pas tout de suite, puis me lança un « Oh, tu as changé de coiffure, non ? ».

Je passai beaucoup de temps à méditer sur les océans qui nous séparent de cultures que nous croyons être proches, sur les différences de comportements et de valeurs entre le Liban et la France, sur la notion d'intimité, sa symbolique et ses contenus si sensiblement opposés… Je mis quand même longtemps à me consoler de cette « amitié » perdue. Quant à son numéro de téléphone, il resta longtemps inscrit dans mon carnet mais ne me servit jamais. Bien des années plus tard, je lus son nom dans un article du *Monde* consacré aux « Nouveaux défis de l'enseignement universitaire » et, à cette occasion, j'appris qu'elle était devenue présidente d'université. Ce qui me fit sourire mais ne me surprit pas.

8

Jean

Au tout début, je l'avais noté à la lettre « C » pour « Chez Jean ». Parce que, au tout début, je le connaissais peu, nous n'avions pas parlé ou à peine et de façon très formelle seulement, mais il m'avait quand même donné son numéro de téléphone en me disant que je pouvais passer mes commandes à l'avance. Il m'avait tendu une carte de visite dont il paraissait très fier, sur laquelle il avait fait imprimer un cèdre et inscrire son nom, son adresse et son numéro de téléphone. Au milieu, sous le cèdre, il était écrit « Gastronomie libanaise ». Et pourtant, Jean tenait un minuscule snack où l'on pouvait à peine se tenir à deux, et encore, debout. Sa surface devait être de cinq mètres carrés tout au plus et consistait essentiellement en un long comptoir réfrigéré où il entreposait des tomates coupées, des olives, des oignons, de la crème de sésame, du hommos, de la purée d'aubergines, quelques beignets au fromage, aux épinards, à la viande, des choux-fleurs légèrement frits, de la purée de lentilles, bref, toutes les préparations qui entraient dans la composition de ses sandwiches. Pour le reste, il y avait un gril qui lui permettait de tenir au chaud les émincés de viande et poulet grillés, et un minuscule comptoir sur lequel il avait posé son téléphone et une caisse, non pas une caisse enregistreuse comme habituellement mais une petite cassette qui sonnait quand il l'ouvrait et qu'il emportait chez lui le soir avec la recette de la journée. C'était Simon qui m'avait fait connaître Jean. Bien que très à distance de ses lointaines origines, Simon aimait particulièrement les sandwiches libanais de Jean et était très sensible à l'attention quasi amoureuse avec laquelle Jean les préparait, même si cette attention s'accompagnait d'une lenteur que l'on pouvait objectivement juger excessive. Le résultat, il est vrai, était à la hauteur de l'attente qu'il infligeait à ses clients, avec néanmoins pour conséquence que Jean n'avait aucune chance de faire fortune en maintenant et son niveau d'exigence et son rythme de travail. (Il devait d'ailleurs fermer son petit commerce de sandwiches au bout de quelques années d'une activité aussi méticuleuse qu'incompatible avec les exigences de la rentabilité.) Passé l'agacement qu'il avait provoqué en moi lors de nos premières visites chez lui, j'avais fini par devenir l'une de ses clientes fidèles. Les saveurs subtiles de ses compositions, la fraîcheur des ingrédients, la vigilance maternelle avec laquelle il roulait le pain comme si nous étions des enfants emportant notre pique-nique pour une sortie scolaire et s'arrachant difficilement aux jupons de nos mères, tout cela nourrissait mon âme autant que mon corps. J'avais continué à aller chez lui après notre séparation avec Simon. La première fois qu'il m'avait vue arriver toute seule, il avait juste dit « Monsieur Simon n'est pas avec vous aujourd'hui ? » et avec sa discrétion peu coutumière chez les Libanais il n'avait même pas attendu la réponse avant de me demander ce que je voulais. Ce jour-là, il m'avait offert un dessert fait maison, un bol de moughli, crème à base de farine de riz sucrée et parfumée au carvi, au fenouil, à l'anis et à la cannelle que l'on prépare habituellement pour célébrer une naissance (ou Noël, qui est une naissance aussi). J'avais souri en pensant que Jean me signifiait par le biais des délices du palais, que toute fin est aussi une naissance et je lui en étais reconnaissante. Il avait dit « Mange, mange, ça te fera du bien ! » et il avait insisté pour me l'offrir. C'est ce jour-là qu'il m'avait parlé de lui pour la première fois. Jean était arménien, ça je le savais déjà depuis le premier jour et la carte de visite ; son nom de famille y prenait beaucoup de place puisque c'était Ohannessian, avec deux « n » et deux « s ». Il avait vécu un temps au Liban mais en était parti dès le début de la guerre, se sentant totalement incapable de traverser ce qui s'annonçait (il avait pressenti, m'avait-il confié, que ce serait très long), compte tenu de son histoire familiale. Sa famille avait en effet une mémoire plus que blessée, à vif même, avec laquelle il n'avait pas fait la paix, ayant vécu une enfance très assombrie par le silence douloureux que son père et sa mère gardaient à propos de leurs propres parents, silence constamment alourdi de soupirs, de larmes retenues, et de la mention chuchotée de noms, toujours accompagnés de la formule « Que Dieu les accueille dans la paix de son paradis ». Jean était hanté par de trop nombreux fantômes. La guerre, les massacres, la torture, la déportation, les longs convois de femmes, d'enfants et de vieux quittant leurs villages avec de maigres bagages, il avait porté tout ça sur ses frêles épaules depuis qu'il était petit, il en avait été silencieusement nourri. Et ça l'étouffait, comme le lait maternel qui lui coulait dans la bouche avec trop d'abondance et lui donnait le hoquet, comme les berceuses tristes qu'on lui chantait d'une voix toujours voilée, toujours au bord des larmes, et qui lui donnaient l'impression de manquer d'air. On lui avait fredonné « Le corbeau mit son châle noir, il semblait plus sombre que la nuit brune » ; on avait invoqué la perdrix pour qu'elle « donne courage à la mer de tristesse » ; on l'avait bercé avec des comptines qui disaient que « les nuages sont bas et mes yeux sans sommeil », comme s'il ne pouvait pas comprendre, comme si les bébés étaient en dehors du sens. Jean avait donc été un enfant insomniaque et asthmatique, traversant de fréquentes crises pendant lesquelles il perdait pied et ne savait plus le mode d'emploi de son système respiratoire, tout à coup incapable d'inspirer l'air bienfaisant du dehors et de rejeter hors de son corps les déchets toxiques. Il tenait d'ailleurs en permanence à portée de main un flacon de Ventoline qu'il sortit de sous le comptoir et me montra comme on exhibe une prise de guerre : « Tu vois, ce flacon, il ne me quitte jamais. C'est mon bouclier. » Mes visites chez Jean devenaient de plus en plus longues, et la préparation des sandwiches de plus en plus lente, de plus en plus généreuse aussi ; il me rajoutait des ingrédients nouveaux, une variété rare de cornichons ou de câpres, un filet d'huile fraîchement pressée que des cousins lui avaient apportée, des épices qu'il avait achetées chez un traiteur arménien de la rue Bleue. Mais je constatais aussi que la conversation de Jean délaissait fréquemment le rayon des souvenirs personnels et l'évocation du sort tragique de certains membres de sa famille à propos desquels il avait, au fil des ans, amassé une importante documentation, pour aborder des questions plus épineuses concernant la lutte armée clandestine des peuples opprimés. Il prétendait, et parfois au prix de raccourcis historiques assez vertigineux, que les Grecs et les Arméniens, ou, mieux encore, les Kurdes et les Arméniens, avaient d'évidents intérêts communs. À d'autres moments, il plaçait le débat sur le terrain des guerres de religion. Mais débat n'est pas vraiment le mot qui convient. Disons plutôt que Jean m'infligeait de longs discours, par moments véritablement construits et par moments exaltés et quasiment délirants.

Puis il y eut ce jour dont je me souviens avec précision, un jour sanglant dont les archives et les mémoires ont gardé la trace, un certain 15 juillet de l'année 1983. Beyrouth me manquait terriblement, les beaux jours rendaient l'air de Paris lourd et irrespirable, j'avais travaillé péniblement à ma thèse et comme je n'avais pas fait de courses et qu'il n'y avait rien à manger chez moi, je m'étais rendue rue Gît-le-Cœur où se trouvait le comptoir à sandwiches de Jean. Je l'avais trouvé particulièrement agité, passant beaucoup de temps au téléphone, ce qui était chez lui très inhabituel, parlant tout bas en arménien, regardant sa montre avec nervosité, se brûlant les doigts sur le gril, renversant la crème de sésame sur son tablier et sur le sol. Je l'observai avec inquiétude, me hasardant à lui demander si tout allait bien, mais il ne me répondit pas, me tendit mon sandwich l'air absent, poursuivant son soliloque entrecoupé de jurons jusqu'au moment où son téléphone sonna à nouveau et qu'il se mit à pousser des cris en faisant de grands gestes des bras. Je le quittai perplexe et même franchement déstabiliséc.

Le soir même, les informations du journal télévisé me firent bondir de ma chaise. On y annonçait qu'un attentat avait eu lieu à l'aéroport d'Orly, au comptoir de la Turkish Airlines, et que l'explosion d'une bombe avait fait trois morts, un Turc, un Français et un troisième individu non encore identifié. Il y avait en outre soixante-deux blessés dont certains dans un état grave. L'attentat avait été revendiqué par l'Asala, l'armée secrète arménienne. J'étais bouleversée. Évidemment, le téléphone de Jean, celui du comptoir à sandwiches, sonna dans le vide ; de toute façon, il n'aurait rien dit au téléphone. Je m'y précipitai le lendemain, mais le rideau était baissé et le resta toute la journée. Dans les jours qui suivirent, je me mis à lire frénétiquement tous les articles qui parlaient de l'attentat, des arrestations qui en avaient résulté, de l'enquête de police qui promettait d'être longue et complexe, du terrorisme arménien, de l'Asala et de ses liens avec le PKK, le parti indépendantiste kurde. Tout cela ne me donna aucune nouvelle de Jean et j'en fus à la fois soulagée et abattue. Je ne devais jamais le revoir après ce tristement fameux 15 juillet. Le comptoir gastronomique ne rouvrit pas, aucun des commerçants à proximité ne me donna d'informations concernant Jean et je n'osais pas trop insister de peur d'attirer les soupçons. L'échoppe fut remplacée quelques mois plus tard par un magasin de souvenirs puis, un peu plus tard encore, par un commerce de téléphones portables et cartes téléphoniques.

9

Kahn, Jean-Jacques

On me l'avait chaleureusement recommandé. Obtenir son numéro de téléphone m'apparaissait déjà comme un premier pas sur le chemin de la guérison de ma psyché tourmentée. Il n'y avait pas de librairie parisienne dont le rayon « Psychanalyse » ne regorgeait de ses ouvrages. Son œuvre débordait même vers d'autres rayons, « Sciences humaines », « Histoire » ou « Cinéma », puisqu'il avait écrit sur à peu près tout, le marxisme, les Juifs d'Égypte, le meurtre du père, la mélancolie, le sein maternel, les passions, etc. En attendant de prendre rendez-vous, je tentais d'apprivoiser le grand homme en feuilletant ses ouvrages mais les quatrièmes de couverture ne me laissaient aucune lueur d'espoir. Je pouvais y lire que « *Jean-Jacques Kahn se demande si la répétition du refoulé, voire de ce qui n'a pas été symbolisé, ne peut ouvrir au changement. Car la répétition dans le symptôme n'est pas un agir mais une actualisation* » ; qu'il « *met à la question l'objet en psychanalyse et montre clairement que l'objet, cause du désir dans la théorie de Lacan, ne saurait être confondu avec l'objet transitionnel de Winnicott, source d'illusion créatrice* » ; ou encore que « *ce qui n'a pas été symbolisé fait retour dans le délire, vient trouer la réalité par l'hallucination. Le passionné – jadis le joueur, aujourd'hui le toxicomane par exemple – cherche à faire exister un objet qui finit toujours par se déliter car il n'a jamais pris corps* ». Ces brèves tentatives de rencontre avec l'un des plus brillants psychanalystes de Paris dont je possédais déjà le numéro de téléphone (numéro dont je vérifiais fébrilement la présence sur mon carnet d'adresses, à la page des « P », et que je déplacerai plus tard à la page des « J ») me laissaient dans un état de mélancolie profonde. Je ne reconnaissais pas vraiment mes angoisses ni mes blessures dans les symptômes dont il était question, je me sentais totalement incompétente dans ce domaine, incapable non seulement de distinguer l'objet du désir de l'objet transitionnel, mais également de percevoir la moindre signification dans ces suites de mots qui semblaient composer des phrases intelligibles, mais qui s'écrivaient dans une langue de moi inconnue, réservée à des cercles sélectifs d'esprits libres et éclairés. Je commençais à douter de la capacité de la psychanalyse à me sauver du désastre : je peinais sur ma thèse et parvenais à grand-peine à définir une problématique qui mériterait deux ou trois années de recherches solitaires et probablement inutiles ; ma vie sentimentale prenait la forme non d'un roman-fleuve mais tout au plus de courtes, et parfois très courtes nouvelles ; Simon et moi venions de nous séparer avec fracas ; je ne parvenais pas à respirer correctement l'air parisien, ayant les poumons encore tout encombrés des fumées toxiques des bombardements et des poussières jaunes des destructions qui continuaient à scander le quotidien de Beyrouth et de ses banlieues ; j'avais le sentiment de trahir tout ce à quoi je tenais, mon pays, ma famille, mes amis, mais surtout les projets et les rêves qui m'avaient portée jusque-là et qui m'avaient donné la force de partir loin de chez moi pour me reconstruire. Néanmoins, après plusieurs semaines d'hésitation, et même, je l'avoue, quelques appels que j'interrompais brutalement juste après avoir entendu la voix étouffée – celle d'un fumeur sans doute, ou tout simplement de quelqu'un qui a un mal de gorge – de Jean-Jacques Kahn, je me forçai à prendre rendez-vous parce que, décidément, mon ciel restait désespérément gris.

Lorsqu'il m'ouvrit la porte, je le « reconnus » immédiatement. Aucun détail ne manquait : la barbe, la pipe, les lunettes trotskistes, la chevelure en désordre et surtout le regard, tout à la fois perçant et traversé d'ironie. J'avais vraiment le sentiment de l'avoir déjà rencontré quelque part, mais ce n'était qu'illusion bien sûr. C'était simplement qu'il correspondait très exactement à l'idée que je m'étais faite de lui, à l'idéal type du psychanalyste lacanien.

Il y avait aussi le divan recouvert de tapis, mais là, j'hésite. Je ne suis pas sûre de ne pas les inventer, les tapis. Sans doute était-il plus simplement recouvert d'un tissu exotique et coloré, comme on pouvait en trouver en quantité dans les boutiques indiennes ou simplement « baba cool » du Paris de ces années-là. Mais nous n'en étions pas encore là, au divan je veux dire. La première séance se déroula en face à face et, à la fin de l'entrevue, il m'« accepta ». J'étais donc admise à venir m'allonger chez lui une demi-heure par semaine au tarif de 50 francs la séance, autant dire une fortune pour l'étudiante fauchée que j'étais. Ce sacrifice qui allait me priver en contrepartie de mes rares sorties au restaurant, de mes achats épisodiques dans les solderies, et vider durablement la tirelire qui aurait dû me permettre d'acheter des billets de train pour d'hypothétiques voyages dans la France qu'il me restait à découvrir de l'autre côté du périphérique, je l'acceptais avec lucidité et même avec une certaine euphorie, heureuse d'appartenir à une communauté qui avait le vent en poupe dans ces années-là, celle des « analysants » certes, mais surtout celle des « analysants kahniens », heureuse surtout de pouvoir enfin espérer aller mieux, en me donnant les moyens de sonder les profondeurs mystérieuses de mon inconscient malade.

Mais le résultat se fit attendre. Je me souviens de ces séances appliquées, pendant lesquelles je m'efforçais de raconter avec le plus de clairvoyance possible mon enfance et ses traumatismes, revenant avec rage sur les violentes colères paternelles que ma mère ne tentait pas de contenir, les inévitables jalousies entre mes sœurs et moi, l'application avec laquelle nous tentions de compenser l'absence d'héritier mâle dont ni mon père ni ma mère ne parvenaient à se remettre tout à fait. Je creusais inlassablement le contour de mes chagrins d'adolescente rebelle, incomprise et fière de l'être, car rien ne m'aurait davantage déçue que de me voir comprise et, par là même, banalisée. J'essayais d'établir des liens entre mes désillusions amoureuses et la dureté des exigences que mon père faisait peser sur nos épaules de filles, entre mes désillusions amoureuses et mon statut de garçon manqué, entre mes désillusions amoureuses et mon secret désir de castration vis-à-vis de mes partenaires masculins, car oui, je me hasardais même à utiliser des concepts savants que je ne comprenais qu'à moitié et qui tournaient autour du manque féminin et du désir inconscient de phallus. Mais, quoi que je fisse, si appliquée que je me montrasse à traquer mes associations d'idées les plus saugrenues, la moindre bribe de rêve qui s'accrochait encore dans ma mémoire au réveil, les refrains de chansons anciennes qui me venaient aux lèvres sans mobile apparent, la tristesse ne refluait pas, ni le sentiment d'échec, ni la pâleur de mon appétit de vivre. Je m'accrochai pourtant. Je ne me déclarai pas vaincue. Je ne lâchai pas le morceau. Je ne dis pas qu'il ne m'arrivait pas d'être très en retard à une séance, ayant eu du mal à me réveiller dans la nuit des matins d'hiver parisien, et dans ces moments-là si peu convaincue du bien-fondé de ces coûteuses séances. Je ne dis pas qu'il ne m'arrivait pas de n'avoir rien de nouveau à dire, une fois épuisé le répertoire des petits traumatismes familiaux et celui, plus varié il est vrai, des grands traumatismes amoureux. Je ne dis pas que ma ferveur ne connut pas de baisse de régime remarquable durant ces nombreuses semaines de fréquentation du célèbre divan.

Mais il y avait une chose que je ne parvenais pas à surmonter, et cette chose, c'était le silence du maître. Car une fois prononcés les quelques mots par lesquels il m'avait signifié que j'étais autorisée à lui donner mes

50 francs hebdomadaires, il se tut obstinément. Pas un mot. Il ne prononça plus un seul mot. J'avais beau égrener mes souvenirs les plus anciens avec une précision d'archéologue, dresser le tableau de mes traumatismes les plus douloureux au risque de malmener mon extrême pudeur, établir les liens les plus audacieux entre mon terne présent et mes blessures les plus secrètes, jamais il ne dit rien, ne manifesta le moindre étonnement, ne fit part de son acquiescement ni de sa réprobation, ne se hasarda à la moindre explication, ne me fit cadeau de la moindre parole de réconfort. J'étais mortifiée. Les explications les plus saugrenues défilaient dans ma tête : il désapprouve totalement la direction qu'emprunte ma thérapie ; il estime que mes tentatives d'explication font fausse route ; je passe à côté de l'essentiel, essentiel qu'il a déjà repéré mais que je peine à voir, aveuglée que je suis par des détails sans importance ; il me trouve totalement sotte ; il ne m'écoute pas car je l'ennuie profondément ; je n'utilise pas le bon vocabulaire ; il dort pendant les séances ou il pense à autre chose, ou il prépare ses conférences ; il a du mal avec les femmes orientales, pour des raisons qui ne concernent que lui ; il se reproche de m'avoir prise en analyse et il cherche à présent à me décourager pour que je m'en aille par moi-même, etc. La variété des scénarios explicatifs que j'échafaudais était infinie, mais Jean-Jacques Kahn ne desserrait toujours pas les dents. Après le désespoir dans lequel son silence me plongea pendant de nombreuses semaines – désespoir qui eut pour conséquence que, depuis que j'avais entamé cette analyse, j'allais infiniment plus mal qu'avant de l'avoir

démarrée – vint la colère. J'étais en rage. Je ne supportais plus son sourire narquois quand il m'ouvrait la porte, sa respiration lourde derrière ma tête qui me laissait penser qu'il s'endormait, ses soupirs qui déchaînaient mon exaspération râpeuse, l'odeur de sa pipe qui me faisait tourner la tête. Rien. Je ne supportais plus rien de lui. Et avec une audace qui me surprit moi-même, je lui déclarai un jour, après des semaines entières où j'avais poliment quémandé une parole, que s'il s'obstinait à se taire de la sorte, je mettrai fin à cette thérapie. Lors de la séance suivante, je ne dis rien et j'attendis. Un long, très long moment de silence s'ensuivit. J'étais là, étendue sur la couverture exotique et colorée, silencieuse, en attente. Et lui bourrait sa pipe, toussotait, bougeait dans son fauteuil, se raclait la gorge, reniflait, mais n'ouvrait pas la bouche. La séance touchait à sa fin et aucun mot n'avait été prononcé, ni de part ni d'autre. Je regardai ma montre, attendant qu'il me signifie la fin du « travail ». C'est à ce moment-là qu'il prononça cette phrase, l'unique phrase que Jean-Jacques Kahn prononça à mon intention au bout de ces très nombreuses séances à 50 francs. Il dit : « Qui est-il, cet homme silencieux que vous interpellez de la sorte et dont vous attendez une parole ? »

Ce fut tout. Je me levai, interdite. Je franchis sa porte pour la dernière fois. Car, je le savais, je ne reviendrais plus, plus jamais je ne m'allongerais sur la couverture exotique de son divan, plus jamais je ne l'écouterais, crucifiée, se taire derrière ma tête en bourrant sa pipe et en soupirant. Le brillant psychanalyste, coqueluche du Tout-Paris lacanien, m'avait gratifiée d'une phrase d'un vide abyssal et d'une banalité que masquait à grand-peine son usage de la forme interrogative.

Une fois dehors, je crois que je me mis à rire. Malgré la déception, immense, malgré le sentiment d'avoir tourné en rond pour très cher, j'étais comme soulagée. Je n'avais rien aimé de ces moments passés dans le génial silence de son cabinet. Son absence de générosité, son enfermement dans un cadre de pensée sommc toute autoritaire, la facilité avec laquelle il faisait usage de son prestige comme d'une rente de situation, tout cela avait fini par me laisser sur le bas-côté du chemin, et, tout bien pesé, je m'en réjouissais. J'appris là ce qui devait finalement me servir de guide, que je ne supportais les dogmatismes d'aucune sorte, ni les comportements sectaires, ni les systèmes fermés sur eux-mêmes et excluant les autres. Et que même si la liberté était, encore une fois, chèrement payée, elle était le seul chemin qui me convenait.

10

Marie-Jeanne

Dans les premières années de notre vie à deux, nous avions, Paul et moi, habité rue de Charonne, dans un quartier qui commençait déjà à se transformer mais était loin d'être devenu complètement « bobo ». On y trouvait encore nombre d'ingrédients qui avaient fait le charme de la vie de quartier du Paris d'avant : petits commerces, boucheries traditionnelles où la femme du patron se tenait derrière la caisse, cafés d'habitués avec leur décor à l'ancienne non encore revu et corrigé par un designer en vogue qui ferait exactement la même chose que Starck en beaucoup moins bien, kiosquiers que l'on connaissait si bien qu'ils nous faisaient crédit quand on n'avait pas de monnaie, voire nous prêtaient de l'argent quand le distributeur d'à côté était en panne, etc. Il faut préciser que le quartier était encore, mais plus pour très longtemps, celui de l'artisanat du meuble, et qu'il comptait nombre de petites cours remplies d'ateliers de tapissiers, miroitiers et bronziers non encore transformés en lofts. Nous jouissions pleinement de ce quartier et de tous ses avantages, nous adorions notre appartement et, comble du bonheur, nous avions aussi la chance d'avoir Marie-Jeanne.

Marie-Jeanne était une authentique concierge, qui ne souhaitait pas qu'on l'appelle « gardienne » et qui assumait son rôle avec panache. Elle était française et même normande, avait un chien qui s'appelait Jules César et quelques kilos en trop. Son petit appartement était meublé avec soin, et même un peu encombré de meubles, ce dont elle se désolait. Elle nous raconta, un jour qu'elle était triste et qu'elle avait sans doute bu un verre de trop, qu'elle avait eu un revers de fortune et s'en remettait très mal. Elle avait tenu un authentique restaurant de cuisine traditionnelle à Rouen et s'était mise en ménage avec un homme charmant et amoureux. Mais ce dernier avait commencé à boire, était progressivement devenu alcoolique tout en le niant avec véhémence, et non seulement il n'avait plus tenu la comptabilité à jour, mais il avait pris l'habitude de piquer dans la caisse. Elle avait mis un moment à s'en rendre compte, sans doute parce qu'elle l'aimait vraiment. Mais quand elle n'avait plus pu se leurrer, c'était déjà trop tard : non seulement son compagnon s'était gravement enfoncé dans l'alcool mais le restaurant avait accumulé des pertes qu'elle n'avait pu éponger. Les banquiers avaient fait le reste, c'est-à-dire lui faire fermer son affaire et la mettre sur la paille. Elle n'avait réussi à sauver que ses meubles, et encore, pas tous. Tout cela, elle nous l'avait raconté debout dans l'entrée de l'immeuble, un soir que nous rentrions Paul et moi d'un dîner entre amis et étions pressés de monter chez nous pour délivrer notre baby-sitter. Mais sa tristesse nous avait émus et nous avions prêté une oreille attentive à son récit, alors qu'il était près de minuit. Le lendemain, pendant que je sortais la poussette de Matthieu du cagibi, elle s'était approchée de moi en me disant « J'ai quelque chose à vous montrer » et elle m'avait tendu un menu de restaurant dans une reliure en faux cuir mais sur laquelle s'inscrivaient en lettres d'or : « Chez Marie-Jeanne » et plus bas, « Authentique cuisine française ».

À partir de ce jour-là, notre vie rue de Charonne ne fut plus tout à fait la même. L'authentique cuisine française n'avait jamais été ma tasse de thé, mais je découvris qu'elle correspondait très exactement aux rêves gastronomiques les plus insistants de Paul. Alors que je l'avais nourri de salades, de soupes et de poissons vapeur, il rêvait secrètement de têtes de veau, de langues de bœuf, de pieds de porc, et autres foies, cervelles et ris de veau. Il développa une relation tout à fait particulière avec Marie-Jeanne et, chaque fois que je m'absentais, que ce soit pour une soirée entre copines ou pour un séjour prolongé à Beyrouth, Marie-Jeanne, qui en était avertie par avance, lui préparait des petits plats en sauce qu'elle lui montait directement dans la cuisine et lui servait tout chauds. Il l'invitait à s'installer, ce qu'elle acceptait parfois, ils débouchaient une bouteille et ils dégustaient ensemble tout en devisant de vins et de terroirs. Marie-Jeanne était absolument ravie tout à la fois de cette occasion qui lui était donnée de faire la démonstration de ses talents et de cette activité qui lui permettait d'arrondir un peu ses fins de mois. Elle se remit même à échafauder des plans : elle envisageait de développer cette activité de cuisine à domicile, se proposait de la tester auprès des autres habitants de l'immeuble, puis de l'étendre progressivement à tout le quartier. Paul l'y encouragea vivement, lui fit plusieurs « business plan » et Marie-Jeanne retrouva le sourire et fut pendant de longs mois la concierge la plus délicieuse qui soit. Elle nous rendit toutes sortes de services, remplaça de nombreuses fois les baby-sitters auxquelles nous avions recours et organisa même un cocktail dans l'entrée de l'immeuble pour fêter sa première année de présence chez nous. Elle y convia les habitants de l'immeuble – assez interloqués, ils ne furent pas nombreux à répondre à l'invitation, ce qui nous permit de faire le tri entre ceux que nous fréquenterions à l'avenir et ceux que nous laisserions tomber – et quelques habitants du quartier dont notre si sympathique kiosquier martiniquais.

Mais les projets de Marie-Jeanne tardaient à se concrétiser. Elle en parlait beaucoup mais ne s'y mettait jamais, et, petit à petit, elle se mit à en parler de moins en moins. Je m'en étonnais, mais Paul avait sa petite idée qu'il finit par me livrer : il soupçonnait Marie-Jeanne d'être, elle aussi, accro à la bouteille. Il la surprenait de plus en plus souvent dans un état d'agitation anormal, parlant de façon volubile pour ne rien dire, retombant peu après dans une mélancolie manifeste ou dans une susceptibilité à fleur de peau et mal à propos. Ses yeux avaient perdu de leur vivacité, elle trébuchait parfois sur la laisse de Jules César qu'elle grondait de plus en plus fort. Puis elle se ressaisissait, redevenait aimable, sonnait chez nous avec une cassolette d'escargots ou un bœuf bourguignon, offrait des sucettes à Matthieu et Lila, et nous recommencions à espérer et à l'encourager.

Puis un matin, elle nous a annoncé qu'elle s'arrêtait. Elle voulait rentrer chez elle, à Rouen. Elle détailla un peu ses projets, mais rien de ce qu'elle nous raconta ce jour-là ne nous parut convaincant. Elle organisa une dernière petite fête dans l'immeuble, mais le cœur n'y était plus. Marie-Jeanne nous quitta un matin de novembre et nous embrassa bien fort en nous promettant de venir nous rendre visite souvent. Après tout, Rouen n'était qu'à une heure de Paris. Mais on ne la revit jamais. Un soir, en sortant du métro à la station Saint-Lazare, une clocharde nous interpella l'air hagard et l'haleine chargée d'alcool. Je pris peur et serrai mon sac. Paul m'avoua plus tard que, pendant une seconde, il avait cru reconnaître Marie-Jeanne.

11

Olmert, Benjamin

Mon premier enfant étant un garçon, la première chose que mon père m'avait dite lorsque je lui avais annoncé la nouvelle au téléphone (mes parents étaient retenus à Beyrouth par une nouvelle flambée de violence et n'avaient pas pu être présents à mes côtés pour cette naissance que pourtant ils avaient attendue depuis tant d'années, craignant par-dessus tout que ma rébellion ne se termine jamais, que ma « vie de garçon » ne me conduise tout droit au statut de « vieille fille », ou encore que je ne me marie trop tard pour avoir des enfants) avait été : « Il faut le circoncire. » J'avais raccroché, un peu sonnée. Je ne savais pas comment réagir à cette injonction paternelle, et je ne me sentais pas capable de faire la part des traditions culturelles auxquelles je voulais bien souscrire ou pas dans ce moment de grande émotion et de fragilité dans lequel on baigne habituellement après un tel événement. De retour à la maison, et après une deuxième conversation téléphonique avec mon père au cours de laquelle il s'était enquis de l'état d'avancement de la délicate opération, j'avais décidé d'en discuter avec Paul. J'avais longuement réfléchi à la manière de lui présenter les choses, au discours que je tiendrais sur les traditions culturelles des chrétiens d'Orient, aux précisions que j'apporterais quant au fait que la pratique de la circoncision était généralisée au Liban que l'on soit chrétien, musulman ou juif, et quant aux avantages d'une telle pratique sur le plan de l'hygiène, etc., mais, à ma grande surprise, Paul se montra très réceptif, plutôt amusé, et nullement ennuyé d'avoir à expliquer à son fils devenu grand pourquoi la morphologie de son pénis différait de celle de son père. Ce petit vent d'exotisme culturel dans sa famille était assez à son goût, sinon il n'aurait pas « épousé une métèque », me dit-il. La conversation se termina dans la bonne humeur, mais en point d'interrogation. Car si nous étions d'accord sur le principe, encore fallait-il savoir comment s'y prendre pour faire circoncire notre fils, et comment le faire rapidement surtout. Nous savions en effet qu'il fallait le faire au plus tôt, car plus le bébé était petit, moins il aurait à souffrir de cette intervention et de ses suites. Nous savions aussi que si les rabbins pratiquaient des circoncisions rituelles, il ne pouvait être question pour nous d'y avoir recours, car d'une part nous n'étions pas juifs, et d'autre part nous ne souhaitions pas situer cette pratique dans un contexte religieux. Je résolus d'interroger ma pédiatre dès que possible. Je téléphonai donc au Dr Marcus le lendemain et lui expliquai mon problème. Ce fut d'ailleurs à cette occasion que j'appris qu'elle était elle-même juive, ce dont je ne m'étais absolument pas souciée jusque-là. Elle me confia dans un éclat de rire qu'elle ne s'était jamais trouvée devant pareil casse-tête, qu'elle connaissait des rabbins qui pratiquaient des circoncisions mais seulement auprès des membres de leur communauté, qu'elle avait bien eu une patiente américaine qui s'était trouvée dans le même cas de figure que moi, qu'elle lui avait trouvé un gynécologue-obstétricien qui avait pratiqué l'intervention sur le petit Américain, mais qu'elle avait perdu la trace de la cliente et du médecin. Elle promit néanmoins de m'aider.

Deux jours plus tard et alors que Matthieu avait déjà huit jours, le Dr Marcus me laissa un message sur mon répondeur avec un nom « Ben Olmert » – c'est du moins ainsi que je l'entendis – et un numéro de téléphone. J'étais ravie. Je pensai qu'elle avait retrouvé le gynécologue américain via son ancienne patiente, et son nom m'évoqua Homère, l'*Iliade* et l'*Odyssée*, ce que je trouvai de très bon augure. Je pris immédiatement rendez-vous avec un homme à la voix séduisante et chaleureuse qui m'expliqua clairement comment préparer Matthieu et quoi prévoir pour le jour J : compresses, tulle gras, éosine, huile d'amande douce, « biberon ou sein pour la tétée », et « qu'il ait faim », me précisa-t-il, « comme ça vous le nourrirez juste après l'intervention et ça calmera ses pleurs ».

Je ne suis pas près d'oublier la petite heure que nous avons passée Paul, Matthieu et moi dans le cabinet du Dr Olmert, qui n'était pas américain du tout, mais israélien. Une des premières choses qu'il me demanda quand j'entrai dans son cabinet fut ma nationalité d'origine. « Libanaise ! Ah ! Quel beau pays le Liban ! »

s'exclama-t-il immédiatement, poursuivant par un « J'ai bien connu le Liban ! ». Je n'envisageais pas vraiment de démarrer la visite sur une évocation des sites touristiques du pays, ni sur un passage en revue des stéréotypes d'usage : « La Suisse du Moyen-Orient », « Le pays béni des dieux », « La rencontre de l'Orient et de l'Occident », etc. Matthieu était grognon, Paul un peu tendu malgré sa décontraction habituelle et moi surtout pressée d'en finir avec ce « geste » chirurgical dont l'absurdité commençait à me tarauder insidieusement à mesure que le moment tant attendu se rapprochait. Je lui demandai donc où il fallait s'installer pour déshabiller mon petit bébé de dix jours. Il me précéda dans le cabinet, m'indiqua la table d'examen et, pendant que je préparais Matthieu, il reprit sur le Liban, dépité que je ne lui ai pas demandé quand et comment il avait si bien connu ce beau pays. C'est au moment où il s'approcha de mon fils, son scalpel à la main, alors que Paul tenait fermement Matthieu et que je m'apprêtais à tourner la tête pour ne pas tourner de l'œil, qu'il prononça cette phrase qui me hanterait longtemps et me ferait faire pendant des semaines d'affreux cauchemars : « J'ai bien connu le Liban en 1982. J'ai participé à l'opération *Paix en Galilée* », et devant mon silence, il répéta « Quel beau pays ! ».

Soixante-seize mille hommes, huit cents chars de combat et mille cinq cents véhicules de transport de troupes me passèrent sur le corps pendant que six cents avions vrombissaient au-dessus de ma tête. Matthieu se mit à hurler avec une violence inattendue, son petit corps secoué de spasmes de rage et de douleur mêlées.

Paul le maintenait serré contre lui. C'est à ce moment-là que le Dr Olmert nous dit : « C'est terminé, vous pouvez le rhabiller et lui donner à manger ! »

Quelques minutes plus tard, alors que Matthieu s'était calmé et que Paul avait retrouvé son sourire, il nous fit asseoir face à son bureau et, pendant qu'il rédigeait les ordonnances détaillant la marche à suivre au cours des prochains jours pour les changements de pansements jusqu'à la cicatrisation finale, il continua de parler des paysages bibliques, de la beauté des femmes et de la gastronomie libanaise, la meilleure du Moyen-Orient et au-delà. J'évitai de lui demander à quelle occasion et dans quel costume il avait arpenté les autres pays du Moyen-Orient. J'avais envie de pleurer, mon estomac se contractait douloureusement, et une nausée persistante s'était emparée de moi. Paul avait remarqué ma pâleur et, craignant un de ces éclats de colère spectaculaires, rares chez moi mais mémorables, et qu'il appréhendait par-dessus tout, il meublait la conversation de banalités essentielles : qu'est-ce qu'on vous doit, dans combien de jours la cicatrisation, peut-on vous rappeler en cas de complication inattendue, etc.

Je faillis dire tout haut que la complication inattendue avait déjà eu lieu et que rien de pire ne pouvait se produire, mais déjà Paul m'avait prise par le bras et me poussait vers la sortie. Je n'ai pas serré la main du Dr Olmert, les miennes étaient déjà encombrées par mon fils, mon sac et mes envies de violence. L'*Odyssée* à laquelle j'avais rêvé en compagnie d'Homère s'achevait avant qu'avoir commencé sur le perron d'un cabinet de gynécologie du XIe arrondissement.

Quant à son numéro de téléphone, je l'ai effacé vigoureusement, mais il a longtemps laissé des traces difficiles à éliminer à la page peu encombrée des « O ».

12

Salwa

C'était un jour de novembre où le soleil à peine levé semblait pressé de se recoucher. Une sorte de brume enveloppait la ville et je me sentais moi-même tout engourdie. J'avais passé la matinée à tenter de rédiger une proposition d'études pour un client qui vendait son vin mousseux comme un champagne et qui voulait définir pour son produit une identité suffisamment cohérente échappant au « faux » auquel il semblait condamné. Il est vrai qu'il n'y était pas allé avec le dos de la cuiller, lui donnant pour nom « Charles Valmer » et pour étiquette un croquis de château de la Belle-au-bois-dormant dans des tons dorés sur fond bleu nuit. La cause me semblait désespérée, mais mon avis comptait moins que celui de la cible prioritaire, des actifs des catégories socioprofessionnelles moyennes et moyennes supérieures, consommant régulièrement des vins mousseux, et des champagnes aux grandes occasions. Je tentais donc d'imaginer un « dispositif d'études permettant de trouver les leviers de repositionnement » de ce produit bâtard, mais c'était un jour sans. Un de ces jours où ma vie semblait décidément m'échapper complètement et rouler sur des rails que je n'avais pas choisis et qui ne menaient nulle part, ou du moins pas où je souhaitais aller. J'avais donc décidé de sortir marcher un peu et de profiter de la pause-déjeuner pour faire quelques courses. C'est en arrivant rue de Rivoli que je crus entendre une voix me héler. C'était un grand classique pour moi que d'entendre des voix dire mon nom, de reconnaître des visages dans la foule des couloirs de métro, d'avoir le cœur qui se mettait à battre plus vite lorsque j'étais persuadée que cette chevelure, cette démarche, cette façon de rejeter la tête en arrière étaient certainement celles d'une amie perdue de vue, d'un voisin de la rue Khalil-Gibran, ou de l'une de mes cousines dont je n'avais plus de nouvelles. Je trouvais là, inconsciemment, une façon singulière d'échapper à l'anonymat de Paris et de pratiquer des brèches imaginaires dans la solitude froide de cette ville où l'on ne se parlait que pour s'invectiver. Je la repeuplais donc de silhouettes familières et recomposais ainsi un peu de la convivialité – convivialité de village, dirait Paul sur un ton narquois lorsque nous en parlerions – que l'on trouvait à Beyrouth et qui, j'avais du mal à le concéder, me manquait. En conséquence de quoi j'avais engagé la conversation avec de parfaits inconnus qui m'avaient fait des sourires entendus, persuadés que je les draguais ; salué chaleureusement des jeunes femmes qui continuaient leur chemin en me tenant pour folle ; ou abordé dans les autobus et les rames de métro des voyageurs solitaires et ravis de ce prétexte que je leur offrais de me raconter leur vie. Depuis, j'étais devenue prudente et même méfiante, et je poursuivais ma route lorsque je croyais les entendre, ces voix. Mais cette fois-ci, la voix se fit plus chantante, plus déterminée aussi, et quelques secondes à peine plus tard une forme humaine se jeta sur moi et me serra dans ses bras. Son parfum me troubla, la sensation familière de ses bras autour de mes épaules aussi, mais c'est seulement lorsqu'elle s'écarta de moi que je finis par la reconnaître :

— Salwa, toi ici ! Pince-moi ! Dis-moi que je ne rêve pas ?

— Mais non, c'est moi, je t'assure. Tu me crois si je te dis que je pensais très fort à toi il y a exactement trois secondes, me demandant comment j'allais faire pour obtenir tes coordonnées ?

— Je te crois, je te crois, mais mon Dieu, quel bonheur, toi ici, devant moi. Il y a combien de temps qu'on ne s'est pas vues, tu le sais, toi ?

— Oui, je sais exactement. En 1985, donc il y a plus de dix ans. Tu étais de passage à Beyrouth, on a déjeuné ensemble dans notre café habituel au bord de l'eau, on a passé cinq ou six heures sans décoller de nos chaises à se raconter mille et une choses. Tu devais te rendre à la montagne le lendemain pour voir tes parents, et puis la situation s'est détériorée très vite et on s'est retrouvées des deux côtés de la frontière, sans plus pouvoir communiquer.

— Mon Dieu, c'est vrai, ça fait si longtemps que ça alors... Comment j'ai fait pour vivre sans toi ?

— Et moi sans toi ! Le pire, avec cette saleté de guerre, c'est qu'on s'habitue à tout. Mais dis-moi, tu as du temps pour moi ? Quand peut-on se voir ?

— Du temps pour toi ? J'ai tout mon temps pour toi. Là, tout de suite si tu veux.

— Non, là c'est impossible, je file à un rendez-vous. Mais demain.

Nous nous étions revues le lendemain et chaque jour pendant les deux semaines de son séjour parisien. Je confiais Matthieu et Lila à leurs baby-sitters et Paul à Marie-Jeanne. Avec une efficacité retrouvée, je rédigeais mes projets et mes rapports d'études en un temps record, et je retrouvais Salwa et avec elle un peu de la légèreté d'avant, avant la naissance des enfants, avant les obligations de la vie familiale, obligations qui me semblaient d'autant plus lourdes que je n'étais justement pas entourée d'autres membres de ma famille, mais désespérément seule dans ma tentative de donner à mes enfants le cadre et la sécurité chaleureuse des « tribus » orientales.

Avec Salwa, nous parlions à perdre haleine, nous étions comme des coureuses de fond. Il y avait tellement à se dire, du temps à rattraper, tant de choses que chacune ignorait à présent de la vie de l'autre. Mais très vite je me réfugiai dans le silence. D'une part, j'avais soif de Liban, je me sentais blessée d'être loin, de ne plus vivre mon pays au quotidien, de n'avoir pas partagé tant de moments forts de son histoire récente, fussent-ils tragiques, ces moments ! Je voulais avec Salwa boire à la source, et vivre par ses récits ce que je n'avais fait que suivre dans les médias, c'est-à-dire à travers une version pâle et déformée des choses. Mais il y avait plus. Il y avait le sentiment insistant que ma vie ne valait pas tant d'attention, que je ne vivais rien d'extraordinaire qui mériterait d'être raconté, que mes tribulations au pays des marques et de la communication étaient une trahison, un renoncement, une capitulation honteuse face à un ennemi diffus, difficile à nommer précisément mais ennemi quand même. J'avais lu dans les carnets d'un homme de théâtre libano-canadien de talent cette phrase qui disait que « *si un homme par le plus grand des hasards, croisait un jour, par exemple au sortir d'un épais brouillard, l'enfant qu'il avait été, et si tous deux se reconnaissaient comme tels, et bien ils s'écrouleraient aussitôt la tête contre le sol, l'homme de désespoir, l'enfant de frayeur*[1] », et cette phrase mettait le doigt sur ma plaie. Ma vie me semblait si banale au regard de nos rêves d'adolescentes qu'elle me faisait par moments presque honte. Je craignais que, si je la lui racontais par le menu, Salwa ne s'écroule la tête contre le sol. Sa vie me semblait en revanche infiniment plus en accord avec nos idéaux et je ne désirais rien d'autre que d'en partager avec elle tout ce qu'elle aurait le temps de m'en dire.

Salwa et moi nous étions attirées dès le départ comme le font les contraires. Si j'occupais la place de la première de la classe et elle, celle de la dernière – positions aux deux extrêmes dont nous nous amusions beaucoup –,

1. Wajdi Mouawad, texte de présentation de sa pièce de théâtre intitulée *Seuls*.

elle était la première sur des tas d'autres registres infiniment plus intéressants : ce fut elle qui connut avant nous toutes les affres de l'amour et embrassa passionnément un garçon, un vrai baiser où les souffles et les langues se cherchent et se mélangent, nous dirait-elle par la suite. Ce fut elle encore qui franchit le pas avant les autres et perdit sa virginité avec ardeur et conviction alors que nous étions dans notre première année de lycée. Son amoureux l'attendait souvent à la porte de l'établissement, et sitôt l'immense grille en fer noir ouverte – grille que je voyais souvent en cauchemar symbolisant les portes de l'enfer – elle se précipitait dans ses bras non sans avoir remonté sa jupe en enroulant la taille sous le pull gris. Ce fut encore elle qui tint les premiers discours politiques que notre cour de récréation abrita, elle qui nous entraîna dans nos premières manifs, elle qui milita dans un groupuscule de gauche quand nous savions à peine qui étaient Marx ou Lénine. Salwa, c'était la vie grande ouverte, c'était l'énergie et la ferveur.

Rien ne nous éloigna, rien ne troubla l'immense tendresse que nous avions l'une pour l'autre jusqu'au déclenchement de la guerre. Ce fut à cette occasion que nous prîmes conscience qu'elle était musulmane et moi chrétienne, car rien avant ce jour ne nous avait signalé cette différence. Elle fréquentait une école catholique en raison d'une bizarrerie sociologique qui n'avait intéressé personne, et son père avait choisi un collège proche de leur domicile avant tout. Brusquement, nos familles nous séparaient. Mais il en aurait fallu davantage pour ébranler nos liens. C'était juste devenu plus compliqué de se voir, surtout quand il fallut faire avec les frontières qui avaient soudain poussé comme des champignons à l'intérieur de la ville.

Lors de nos rencontres quotidiennes pendant ces deux semaines heureuses où elle séjourna à Paris, elle me fit partager ce qu'étaient sa vie et ses combats. Elle était restée fidèle à ses idéaux et à ses engagements, malgré les cris et les larmes de sa mère, les menaces de son père, amplement relayées par ses frères, et qui envisageait de la déshériter, et malgré surtout les dangers auxquels elle s'exposait. Dangers physiques des bombardements, des francs-tireurs, des fréquentes traversées de la ligne de démarcation entre les deux Beyrouth ; mais dangers aussi de son statut de militante qui brouillait les lignes et renvoyait les idéologues des deux bords dos à dos. Elle s'occupait des enfants palestiniens dans les camps de réfugiés, fréquemment sollicitée par l'UNRWA pour des missions diverses, des prostituées livrées à la violence des hommes et au mépris de la société et privées d'accès aux soins, et depuis la fin « officielle » de la guerre, des disparus. Les musulmans la croyaient chrétienne, et les chrétiens, musulmane. Elle dérangeait tout le monde parce qu'elle était libre et forte et belle aussi avec ça, habillée comme une artiste de couleurs vives et de turbans qui ne la faisaient pas passer inaperçue. Je l'écoutais parler comme un marcheur qui trouve enfin l'oasis où il peut poser son fardeau et étancher sa soif. « Charles Valmer », *Disney magazine* et l'« Eau des volcans d'Auvergne » me semblaient, vus depuis les rives de notre Méditerranée, comme des figurants de bal masqué, amusants dans les accoutrements de leur « identité visuelle », mais pesant le poids d'une bulle de savon.

Le dernier soir, pourtant, sa voix se brisa. Elle ne m'avait rien dit jusque-là du drame qu'elle vivait, elle avait gardé le silence et n'avait pas voulu que nos retrouvailles soient entachées de tristesse et d'effroi. Mais le dossier des « disparus », elle le portait dans sa chair. Son compagnon, un journaliste indépendant et qui avait son franc-parler, avait été enlevé, sans doute par les Syriens, il y avait de cela près de deux ans. Il enquêtait sur tous les sujets qui dérangeaient, vendait ses articles aux médias internationaux le plus souvent, et s'était fait tant d'ennemis que la liste était longue de ceux qui auraient voulu le faire taire. Il écornait les images et faisait mentir les slogans, il montrait que la « paix » était une chimère, dénonçait une réconciliation qui avait eu pour résultat tangible que les chefs de guerre siégeaient à l'Assemblée ou au gouvernement, ricanait de l'empressement de tous à se précipiter à Damas sous toutes sortes de prétextes, raillait la reconstruction en marche qui en laissait tant sur le bas-côté de la route, et s'inquiétait de toutes les injustices, celles des travailleurs étrangers, des déplacés ou des habitants des villages reculés qui n'avaient jamais croisé un fonctionnaire de l'État libanais en dehors de ceux qui leur réclamaient des taxes. « Je ne voulais pas t'en parler, ou plutôt je ne pouvais pas, me dit-elle en écrasant une larme d'un geste furtif. Tu comprends, je ne tiens debout qu'en évitant d'y penser. Je bourre mon emploi du temps, je cours, je m'agite, la politique de l'autruche, voilà la principale ligne de conduite de mon activisme militant à présent. Quelle ironie ! Malek me manque chaque seconde. Je suis hantée par lui. Il a été arrêté à proximité de l'hôtel Beau Rivage[1], donc les regards se tournent vers Damas, forcément. Il avait écrit un article ravageur sur leurs méthodes, les arrestations arbitraires, les interrogatoires, la torture, il avait commencé à dresser une liste des disparus, il était en liaison permanente avec la FIDH[2], il avait pris contact avec un avocat libanais qui était d'accord pour monter avec lui un certain nombre de dossiers. Et il disparaît, pfft, comme ça, tout d'un coup plus de Malek. C'est la seule fois où il m'a posé un lapin ! Je l'ai attendu pendant trois heures au café où nous avions rendez-vous. Et puis je suis rentrée chez moi, et l'attente a commencé. Et là ça fait deux ans… Deux ans que je remue ciel et terre, deux ans que j'espère chaque seconde, deux ans que je ne supporte plus le contact d'une autre peau sur la mienne, que je dois me forcer pour serrer les mains. Je n'ai plus faim ni soif, je me force à m'alimenter, mais ce sont des gestes automatiques, j'ai perdu le goût de tout… Malek disait qu'il y avait une tradition philosophique européenne d'ouvrir sa gueule, mais que chez nous c'était dans celle de fermer sa gueule qu'on était les meilleurs. Il voulait que ça cesse, ce silence. Depuis la fin de la guerre, le silence pèse des tonnes, on va tous en crever. Beau Rivage, tu te rends compte, ces

1. Les Syriens avaient installé un centre de détention, d'interrogatoires et de torture à l'hôtel Beau Rivage, quartier général de leur police secrète.

2. Fédération internationale des droits de l'homme.

salopards, ils ont réussi à nous le polluer jusqu'à la fin des temps, notre rivage… »

Je ne devais pas revoir Salwa. Elle était repartie le lendemain et, quelques jours plus tard, elle avait été tuée dans un « accident de voiture », sur la route Beyrouth-Damas, et plus précisément à la hauteur du col du Baïdar. On avait dit que le chauffeur avait perdu le contrôle du véhicule et patiné sur une plaque de verglas. Mais la proximité d'un barrage de l'armée syrienne laissait la porte ouverte à toutes les hypothèses, y compris les pires. Salwa se rendait à Damas pour y rencontrer des correspondants locaux de la FIDH.

Je garde au fond de mon sac son foulard en soie fauve qu'elle avait accroché autour de mon cou avant de me quitter. Il n'y a pas de mots pour certaines douleurs.

13

Simon

Le 10 mai 1981, je n'étais pas à la Bastille. J'étais seule et je me morfondais dans un appartement trop grand, trop luxueux, trop meublé pour moi. Alors que les militants de toutes les gauches attendaient le retour au pouvoir de leurs leaders, que cette attente qui s'éternisait depuis l'aube de la Ve République, voire depuis le Front populaire, allait sans doute se terminer dans une explosion de roses, de bouteilles de champagne et de refrains, j'attendais, moi, un coup de fil qui ne venait pas. Comme l'appartement où j'attendais se trouvait dans le XVIe arrondissement, la rue était calme, sinistre même, et seul le silence montait depuis les trottoirs jusqu'à mes fenêtres. Aucune clameur, aucun klaxon, nul bruit de voix qui enfle, nulle fébrilité. Quelque chose d'extrêmement angoissant planait dans la rue de l'Assomption et ses environs, quelque chose qui me nouait l'estomac et m'étreignait, comme dans ces cauchemars enfantins où je me figurais que j'avais été abandonnée, que tout le monde était parti je ne savais où, et que j'étais restée seule, oubliée de tous.

J'étais seule et j'attendais. J'allumai la télévision et regardai Jean-Pierre Elkabbach faire monter la tension, grimacer, allonger ses phrases et laisser s'inscrire le visage du vainqueur sur les écrans mais je ne ressentais aucune joie. Je ne faisais partie d'aucune famille de cœur ni de sang, d'aucun groupe, parti ou mouvement qui aurait donné du sens à ce qui se passait là, devant mes yeux secs. Je n'étais pas d'ici, j'avais débarqué il y avait peu dans cette France qui ne m'avait pas ouvert les bras, je peinais à y trouver des balises, un chemin, un mode d'emploi, et cette liesse qui allait bientôt envahir l'image en direct de la Bastille, je la regardais comme on regarde un film en version originale non sous-titrée. Je ne savais quoi faire de mon corps posé devant l'écran. Je m'asseyais, me levais, ouvrais le frigo vide pour la dixième fois, croquais des biscottes qui ne croquaient plus, passais devant le miroir du salon en évitant de me regarder, envisageais pendant quelques secondes de le recouvrir d'un tissu comme on fait dans les maisons en deuil, renonçais très vite à cette idée absurde et retournais vers la télé où il continuait de ne rien se passer, hormis des mouvements de foule et des gestes de victoire. Je ne sais pas pourquoi je décidai alors de faire l'une des choses que je détestais le plus au monde, coudre. J'allai chercher une boîte de biscuits en fer-blanc sur laquelle des femmes du pays bigouden dansaient au son du biniou, et dans laquelle j'avais rangé quelques bobines de fil, un dé, des ciseaux et des aiguilles. J'avais toujours vu faire ainsi les femmes de ma famille, utiliser les boîtes de biscuits vides pour en faire des « boîtes à couture ». (Je n'avais pas encore, à l'époque, commencé mon analyse chez Jean-Jacques Kahn. J'aurais pu, allongée sur son divan, deviser sur ces dérisoires tentatives de « recoudre les morceaux », « renouer le fil », « réparer les déchirures » etc.). Je m'installai donc devant l'écran et à proximité du téléphone, et je commençai une série de travaux de couture simples ou plus complexes : remplacer un bouton, reprendre un ourlet qui avait filé, repriser une chaussette dont le trou menaçait de s'agrandir démesurément. Et pendant tout ce temps, Simon n'appelait pas.

Il faut dire que notre relation était devenue chaotique, essentiellement parce que Simon s'était révélé être d'une jalousie absolument maladive face à laquelle j'étais désemparée. Lorsque nous étions assis dans l'autobus côte à côte et que je laissais mon regard errer et mes pensées flotter dans la douce léthargie de certains trajets, ces rares trajets où l'on peut être assis sans avoir quelqu'un qui se presse sur nos genoux, sur le point de s'y asseoir aussi tant il y a de monde qui afflue de tous côtés, lorsque nous étions tranquillement installés donc, il arrivait que Simon, pris d'une soudaine impulsion, m'intimât brusquement l'ordre de descendre à la prochaine station. J'avais à peine le temps de m'étonner, de lui dire que nous n'étions pas arrivés, mes paroles étaient stoppées net par son regard noir et la brutalité de ses gestes. Je le suivais donc précipitamment sur le trottoir et c'est là qu'il se mettait à parler haut et fort, à louer son puissant sens de l'observation, sa redoutable intuition qui jamais ne lui faisait défaut, et qu'il affirmait avec conviction qu'il avait tout perçu de ce subtil jeu de séduction qui s'était mis en place entre le grand barbu de droite et moi. Je n'avais pas le temps de m'exclamer : « Le barbu de droite ? Où, quand, comment ? », parce que je n'avais effectivement pas remarqué qu'il y avait un grand barbu à droite dans l'autobus, tout entière à ma rêverie apaisante, que Simon s'était déjà lancé dans un tourbillon d'analyses percutantes de mes désirs inconscients, de reproches injustes et de menaces inquiétantes. Rien ne m'était plus pénible que ces scènes sur le trottoir, alors que les passants tendaient l'oreille, nous regardaient interloqués et se demandaient, pour certains, si j'étais en danger et s'ils devaient s'interposer. Mais si Simon était très perturbé par cette jalousie envahissante, il n'était pas susceptible de se laisser entraîner dans des gestes de violence physique, du moins c'est ce que je pensais dans ces moments-là. Sa violence était verbale surtout, et elle était excessive et incontrôlable. Elle obéissait à des cycles qui lui étaient propres et sur lesquels l'autre avait peu de prise. Elle naissait, enflait, se déployait et retombait toute seule, les phases suivant toujours la même séquence. Je ne pouvais que faire le gros dos, tenter des gestes d'apaisement, comme lui prendre la main ou lui caresser la joue, mais cela n'était pas toujours possible, car il pouvait stopper mon geste en la saisissant, cette main que j'avançais vers lui en priant qu'elle parvienne à calmer l'orage qui grondait. Ces poussées de jalousie étaient épuisantes, mais elles étaient le plus souvent de courte durée et, quand la fièvre retombait, Simon se montrait joyeux, tendre, et même optimiste. Il nous projetait tous deux dans un avenir radieux de projets et de bonheurs.

Ce n'était rien à côté des flambées plus contrôlées, dont l'évolution était plus lente et la montée en puissance étalée sur plusieurs jours. Cela commençait par des remarques acerbes, auxquelles je m'efforçais de ne pas répondre, mais je n'y parvenais pas toujours. Simon commentait un pull moulant, une chemise décolletée, un nouveau rouge à lèvres ; il observait que ce matin-là j'avais chanté sous la douche, ou que j'étais sortie plus tôt qu'à l'accoutumée. Il m'interrogeait sur le sujet de conversation qui avait justifié un échange si animé avec tel ou tel représentant du sexe masculin à la soirée où nous étions allés la veille. Il trouvait que j'avais manifesté moins de volupté dans ses bras en rentrant du cinéma trois jours auparavant, alors que nous avions vu un film éprouvant sur la torture ou les camps de concentration. Je commençais à m'inquiéter, je devenais anxieuse, je m'efforçais de rester zen mais j'y arrivais de moins en moins à mesure que les symptômes se multipliaient et se rapprochaient. Des maladresses m'échappaient. J'en avais marre d'avoir le sentiment de côtoyer un malade et de me comporter comme une infirmière spécialisée. Je n'avais plus envie de le ménager en censurant mes propos ou en renonçant à des sorties qui me faisaient plaisir. Et c'est alors que se produisait le dérapage incontrôlé. Simon s'enfonçait dans une noirceur féroce, devenait mutique, ne se levait pas à l'heure pour aller à son travail, un CDD pourtant, dans une école de langues dont le concept très innovant consistait à donner des cours par téléphone à des cadres surbookés. Je paniquais. Je tentais parfois la sollicitude, parfois l'humour, parfois le je-fais-comme-si-de-rien-n'était. Mais toutes ces tentatives étaient vaines. La crise ne pouvait se résoudre que par une éruption spectaculaire, un incident remarquable, et je vivais dans la crainte car je ne savais ni quand ni où il se produirait, mais aussi dans l'attente, car je souhaitais que tout ça se termine au plus vite. J'avais bien essayé, dans les moments de sérénité, voire d'euphorie que traversait Simon, de l'interroger sur les raisons de sa jalousie, de comprendre ce qui sous-tendait l'espèce de panique qui s'emparait de lui, mais hormis son évocation des origines libanaises de sa famille dont il s'était jusque-là peu soucié et qui était titillées par notre relation et ce que je m'étais mise à représenter pour lui de retour aux sources – sources avec lesquelles il entretenait des relations pour le moins tortueuses – nous n'avancions pas beaucoup dans l'élucidation de cette très mystérieuse et très opaque affection.

Dans la liste des incidents remarquables, il y avait eu : m'enfermer hors de chez nous alors que j'étais sortie sur le palier pour parler avec Angela ; effriter une boîte entière de biscottes sur la moquette du studio ; me poser des lapins qui avaient pour conséquence de me gâcher une soirée entre amis dont il savait que je me réjouissais ; me faire poireauter une journée entière à côté du téléphone sans me donner de nouvelles jusque très tard dans la nuit et même jusqu'au petit matin. Mais le dernier incident m'avait fait craquer : Simon avait disjoncté au restaurant italien où nous allions souvent et dont Angela nous avait présenté le gérant, me soupçonnant d'entretenir une relation secrète avec ledit gérant parce que ce dernier avait gentiment proposé de nous offrir le chianti ce soir-là, accompagnant sa proposition d'un affectueux : « Pour tes beaux yeux, cara mia ! » Simon l'avait fusillé du regard, avait balancé ses antipasti sur le sol, le serveur interloqué et moi, et il était sorti sous les regards médusés des clients, dont certains se demandaient sans doute s'il ne s'agissait pas d'une émission de télévision de type caméra cachée. Mortifiée, les vêtements sales, pleine de honte mais aussi de colère, j'avais réglé la note et j'étais rentrée rue Oberkampf où Simon n'était pas, ne sachant pas vraiment que faire mais avec la certitude que toutes les lignes rouges avaient été franchies. Puis lentement, comme anesthésiée par le chagrin et le sentiment d'échec, j'avais rempli un sac de quelques objets personnels hétéroclites, me demandant où j'irais, et une fois dans la rue je m'étais regardée prendre un taxi et donner l'adresse de ma tante installée à Paris depuis des lustres, et suffisamment originale pour accepter de me voir débarquer chez elle sans crier gare. Elle était d'ailleurs en partance dès le lendemain pour une énième cure d'amaigrissement, et m'avait laissé les clés de son appartement, heureuse somme toute que je sois là pour arroser les plantes et nourrir les chats, alors que sa femme de ménage espagnole qui ne venait, se plaignait-elle, que de façon épisodique était si tête en l'air. J'étais repassée dans le studio deux jours plus tard pour prendre quelques vêtements et j'avais laissé à Simon un petit mot avec le numéro de téléphone de ma tante, lui demandant de ne m'appeler que s'il regrettait son geste et me promettait de ne plus jamais, jamais, céder ainsi à ses chimères.

Et c'est pourquoi j'étais seule ce soir-là, prenant enfin la mesure de ce qui ressemblait bel et bien à une rupture puisque Simon avait mon numéro depuis la veille, que la scène à la pizzéria datait de trois jours, et que le téléphone ne sonnait pas, mais alors pas du tout, ou seulement par erreur ou pour ma tante Emma.

Et puis tard dans la nuit, alors que la fête mollissait sur la place de la Bastille et que je m'apprêtais à me coucher, il y eut un appel, la voix de Simon au bout du fil, et ces quelques mots murmurés : « Viens vite, je t'attends. »

Je m'habillai en hâte, vérifiai que j'avais encore de l'argent dans mon porte-monnaie et sautai dans un taxi direction rue Oberkampf. Je trouvai un Simon très alcoolisé, parlant un peu trop fort, et qui me fit taire par des baisers trop passionnés à mon goût. Quelque chose sonnait faux dans la scène qu'il me jouait là, mais il m'avait manqué et je redoutais tellement de me retrouver seule et sans domicile fixe que je m'accrochai à ce happy end qui valait infiniment mieux que mes éternelles déceptions. Simon s'endormit très vite après des ébats finalement moins passionnés qu'il ne m'avait semblé au début. Je mis pour ma part beaucoup de temps à trouver le sommeil.

Lorsque j'ouvris les yeux, le studio était vide. Simon m'avait griffonné un petit mot, posé sur l'oreiller : « Entre nous, c'est fini et tu le sais comme moi. Mais hier soir, j'ai eu un coup de blues et j'avais un peu trop bu. »

14

Xavier

Xavier correspondait très exactement à tout ce dont j'avais rêvé. Il était fin, cultivé, prévenant et même un brin mélancolique, ce qui me convenait parfaitement. J'ai toujours eu plus d'affinités avec les sensibles, les fêlés, les passionnés, les idéalistes, avec ceux qui se sont parfois brûlé les ailes et qui cachent avec élégance leurs blessures secrètes, tandis que les conquérants, les ambitieux, les gagnants, les heureux, ceux qui s'épanouissent sous la lumière des projecteurs et qui parlent un peu trop et un peu trop fort m'agacent et me heurtent.

Pour ne rien gâcher, Xavier était grand et élancé, il avait les traits fins des gentilshommes de la Renaissance tels qu'on les voit sur les tableaux de Carpaccio – peintre qu'il m'avait d'ailleurs fait connaître, comme tant d'autres choses très belles qui peuplent encore ma vie alors que je ne vois plus Xavier depuis si longtemps – et de grandes mains aux doigts longs et noueux qui m'émouvaient. Même son métier me touchait et me faisait rêver puisque Xavier était éditeur dans le secteur jeunesse, qu'il imaginait des collections, des formats, des couvertures, des styles, et que tout cela prenait progressivement forme pour devenir de vrais et beaux livres qui vivaient ensuite leur vie dans les rayons des librairies et entre les mains des lecteurs. Tout en lui me séduisait, son allure, sa voix, son regard sur les choses, toujours intelligent, toujours documenté, souvent inattendu. Car il avait gardé de sa formation d'historien cette capacité à prendre du recul, à contextualiser, à mettre en perspective, et comme c'était dans le fond un timide et un taiseux, il parlait somme toute assez peu et jamais juste pour faire du bruit. Xavier n'avait qu'un seul défaut, mais c'était un défaut de taille et qui ne passait pas inaperçu : il était marié, père de famille nombreuse et plutôt papa poule.

Nous avions fait vaguement connaissance à la Foire du livre jeunesse de Bologne. Je tenais le stand d'un éditeur révolutionnaire qui avait fait date dans le secteur du livre de jeunesse arabe parce que c'était le premier à avoir pris conscience que son lectorat était composé d'enfants, et que si on voulait leur faire aimer la lecture, il fallait arrêter de faire des livres laids et tristes, qui ressemblaient en forme et en contenu aux livres de catéchisme, pour quelque religion que ce soit. De beaux livres étaient nés, illustrés par les artistes arabes les plus talentueux de l'époque, et cela avait fait grand bruit, parce que c'était une première. La Foire de Bologne avait donc décidé d'inviter ces nouveaux éditeurs et même de consacrer une exposition à leurs dessinateurs, et comme je venais de proposer des textes à cette maison d'édition qui me les avait achetés mais n'avait plus les moyens ni de me les payer ni de les publier, j'avais été invitée à Bologne.

Xavier s'était arrêté sur notre stand, avait pris le temps de feuilleter les livres et avait poussé l'intérêt jusqu'à me demander de lui traduire rapidement quelques textes. (Il m'avouera plus tard qu'il avait été plus séduit par moi que par les livres, mais évidemment, je n'y avais vu que du feu et je lui avais consciencieusement traduit chacune des histoires qu'il avait sélectionnées). Il était reparti en me laissant sa carte et en me suggérant de reprendre contact avec lui si j'avais des textes à lui proposer. La carte avait traîné au fond de mon sac. J'avais retenu son nom parce qu'il était composé de deux prénoms, Xavier Nicolas, et en bon historien qu'il était il m'avait expliqué, en me donnant sa carte, que le fait de porter un prénom comme nom de famille était historiquement fréquent dans les familles juives, mais il arrivait aussi que certains enfants abandonnés ou orphelins et confiés anonymement aux hospices reçoivent un prénom en guise de patronyme. Au bout de plusieurs semaines, la carte s'était salie puis écornée, et j'avais fini par la jeter.

Je l'avais revu par hasard au début de l'été. Ce devait être un mois de juin clément, il faisait beau et les terrasses parisiennes étaient prises d'assaut. Une amie de passage m'avait entraînée aux Deux Magots où je n'étais encore jamais allée et nous nous étions installées au soleil pour boire un café. Il était là, à quelques tables de moi, avec une ravissante jeune femme. J'étais allée vers lui et lui avais demandé s'il était bien Xavier Nicolas. Je me souviens que ça l'avait fait beaucoup rire d'être ainsi reconnu et il s'était tourné vers la jeune femme ravissante, en lui disant sur ce ton faussement désinvolte que par la suite je lui verrai souvent : « Je crois que je suis en train de devenir célèbre. » Il m'avait alors demandé mon numéro de téléphone en promettant de me rappeler. Ce qu'il fit dès le lendemain. Car, par un heureux hasard, un de ses amis qui travaillait à l'époque pour *Le courrier de l'Unesco* souhaitait préparer un numéro spécial sur les héros de la littérature jeunesse et cherchait désespérément quelqu'un qui pouvait écrire un papier sur un personnage appartenant à la culture arabe. Xavier lui avait dit qu'il connaissait la perle rare, et cette perle rare… c'était moi. À cette époque, j'étais encore étudiante et je peinais toujours sur ma thèse, mes parents désespéraient de me savoir loin d'eux, célibataire et embarquée dans des recherches intellectuelles sans avenir, et j'étais toujours à l'affût de petits boulots me permettant de vivre un peu mieux sans demander plus d'argent à ma famille. Je me mis tout de suite au travail et, sur les conseils de Xavier, je rédigeai un article sur Goha ou Jeha, le héros facétieux de toutes sortes de récits qui traversent les différents pays arabes avec de simples changements dans l'orthographe du nom. L'article fut accepté, publié et bien accueilli. Xavier me félicita chaleureusement et m'assura qu'il referait certainement appel à moi. Puis il disparut.

Déçue par ce silence qui se prolongeait alors que j'avais commencé à espérer vivre de ma plume, je décidai néanmoins de profiter de l'été et de Paris qui se vidait pour me remettre à ma thèse. Xavier reparut avec la rentrée des classes. Je ne savais encore rien de lui, ni qu'il était marié ni qu'il avait des enfants, nous n'avions pas eu l'occasion de tels échanges, et je ne compris que plus tard que ses disparitions/réapparitions étaient réglées sur le calendrier de l'Éducation nationale. Il me proposa de l'accompagner à « La fête de l'Huma ». Il avait gardé une fidélité viscérale au parti communiste malgré ses errements et ses archaïsmes, et il souhaitait me faire partager ce grand moment de la vie politique et festive de la République. La proposition m'amusa. Je n'étais jamais encore allée à « La fête de l'Huma », je n'avais en réalité que peu traversé les boulevards périphériques au-delà desquels je me sentais complètement perdue et, en raison d'une bizarrerie mentale que je ne cherchais pas à comprendre, infiniment plus exilée et loin de chez moi qu'en deçà de ces mêmes boulevards. Mais il m'assura qu'il viendrait me prendre et me ramènerait en voiture et que je n'aurais pas à affronter les RER, bus, ni trains de banlieue, et j'acceptais. Je crois que c'est lors de cette soirée que je me rendis compte combien il était séduisant et combien il était marié, et cette double révélation me plongea dans un de ces états de tristesse euphorique dont je suis coutumière ; prenant en effet la mesure tout à la fois de l'incroyable beauté de la vie qui me faisait le cadeau de cette rencontre inespérée avec un homme qui incarnait très exactement tout ce dont j'avais rêvé à propos des hommes et des Français, et de l'insondable tristesse de ce rendez-vous impossible puisque cet homme merveilleux m'était interdit, je flottais dans un état de douceur et de chagrins mêlés, de bonheur et de douleur confondus. Il faut préciser que je n'étais pas encore tout à fait remise de la fin du mythe Sartre/Beauvoir que nous avions partagé avec Walid et que ma relation avec Simon s'était achevée dans le fiasco le plus total. Je ne me sentais donc pas du tout disposée à m'embarquer dans une histoire clairement condamnée à de furtives et amères rencontres sans lendemain. Ce n'était pas, mais alors pas du tout raisonnable mais Xavier tomba amoureux de moi dès cette première soirée dans la boue de la fête à La Courneuve (il s'était mis à pleuvoir à verse sur les stands des camarades et sur ceux des vendeurs de merguez, et je pataugeais dans mes petites sandales et mon pantalon indien en soie sauvage, seule tenue un peu chic que j'avais cru bon de porter ce soir-là) ; il se désolait de me voir grelotter et me donna sa veste pour me réchauffer un peu, avec pour résultat que ce fut lui qui pris froid et attrapa un rhume. Nous étions trempés, silencieux et émus dans la voiture qui revenait vers Paris, mais j'étais décidée à ne plus le revoir, à freiner des quatre fers avant que le torrent ne me submerge et, ce soir-là, j'étais sûre de ma décision parce que je ne l'aimais pas encore.

Puis il y eut des coups de fil délicieux, des cartes postales pleines d'esprit, et d'autres gestes encore d'une tendresse bouleversante de la part de quelqu'un que je connaissais si peu et qui me firent fondre puis me liquéfier tout à fait. J'acceptai de le revoir. Ce fut le début d'une très belle histoire face à laquelle nous étions tout les deux sans défense. Il me fit aimer la peinture, m'emmena en Italie, me fit lire de superbes écrivains, français ou non français, parmi lesquels Kadaré restait notre favori. Lorsqu'il parvenait à s'échapper de son bureau, il me donnait rendez-vous au Louvre pour regarder un ou deux tableaux à propos desquels il me racontait des histoires émouvantes. Il lisait attentivement les chapitres de ma thèse qui prenait enfin forme, se montrait admiratif de ma « belle intelligence » et me faisait des remarques judicieuses qui me permettaient d'avancer. Il choisissait des restaurants, des vins, des rues qui me plairaient et me consoleraient de mes chagrins d'exilée. Il m'appelait « ma princesse orientale », je lui répondais que j'étais surtout « désorientée », et nous avions décidé que le roman que j'écrirais aurait pour titre « La désorientale ». (Je n'ai jamais écrit ce roman, je remettais toujours à plus tard ces projets d'écriture, prise par l'urgence et la difficulté de vivre, mais cela est une autre histoire.)

Tout cela, c'était le côté face. Côté pile, c'était beaucoup, beaucoup moins rigolo. Côté pile, c'était les longs week-ends sans se voir et les coups de fil parfois brutalement interrompus quand il craignait d'être entendu. C'était les dizaines de rendez-vous annulés parce qu'un enfant était malade, un autre en difficulté, ou que sa femme l'appelait en dernière minute pour dire qu'elle serait retardée et ne pouvait récupérer l'un après son piano, l'autre après sa compétition de judo. C'était la crainte qu'on soit vus ensemble par des amis de son autre vie. C'était les jours de déprime avant les vacances scolaires et surtout pendant, quand il partait en famille aux sports d'hiver ou dans la Creuse. C'était les rendez-vous furtifs ou écourtés, entre la fin de ses obligations professionnelles et le début de ses obligations familiales. Tout cela tristement banal jusqu'à l'épuisement.

Et puis un jour, il y eut une nouvelle qui me fit l'effet d'une bombe : sa femme qui s'était absentée pour une mission archéologique en Égypte était rentrée épuisée et radieuse et lui avait annoncé qu'elle avait « rencontré quelqu'un » avec qui elle envisageait le pus sérieusement du monde de refaire sa vie. Je n'y croyais qu'à moitié, ce grand amour qui tombait si bien, cette précipitation à refaire sa vie avec un autre alors que son petit dernier avait à peine deux ans, cette façon de jouer franc jeu et de trancher dans le vif avec tant de fermeté et de détermination. Je fis part de mes doutes à Xavier qui me reprocha de raisonner comme une femme orientale et non comme une Française qui avait jeté son soutien-gorge aux orties en 68 et qui avait hurlé sur les barricades que son corps lui appartenait. J'en convenais mais je restai sceptique.

Xavier voulait attendre un peu, histoire d'être sûr que l'idylle avec le collègue archéologue ne serait pas qu'un feu de paille, et dès qu'il serait rassuré quant à la solidité des amours de son épouse, lui annoncer que tout cela tombait décidément très bien puisqu'il était lui aussi amoureux de son côté et souhaitait également refaire sa vie. Dans les jours qui suivirent, il paraissait euphorique. Il avait tellement redouté que son épouse ne découvre notre liaison et n'en tombe malade de chagrin qu'il semblait parfaitement soulagé et heureux de ce nouveau tour que prenaient les choses. Je ne le voyais pas plus, il croulait toujours sous le travail et sa femme se déchargeait sur lui plus encore qu'à l'accoutumée de nombre de contraintes domestiques afin de profiter de ces espaces de liberté avec son nouvel amant ; mais je le voyais avec plus de légèreté. Il était moins mélancolique, faisait des plans d'avenir, nous imaginait une vie à deux et se décida même à me présenter ses trois garçons un dimanche après-midi au jardin des Plantes. Je me souviens également qu'un jour, alors qu'il s'était arraché à nos étreintes et qu'il se rhabillait pour courir à un rendez-vous, il m'avait dit : « J'ai envie de bols sales dans l'évier avec toi » et que ces paroles m'avaient semblé être la plus belle déclaration d'amour possible. Au bout de plusieurs semaines, et alors que sa femme continuait d'affirmer haut et fort qu'elle n'avait jamais été aussi heureuse de sa vie, il se décida à lui parler de moi. Je n'ai pas assisté à la scène mais je l'ai imaginée des dizaines de fois. Lui : serein, soulagé, responsable, souhaitant trouver un arrangement équitable et protéger au mieux ses enfants. Elle : ... évidemment, je ne sais pas. Mais Xavier me rapporta que, dès qu'elle avait appris mon existence, elle sètait « décomposée ». Les détails importent peu finalement. Sa soudaine pâleur, sa surprise, sa douleur, ses larmes, la petite chose fragile qu'elle était soudain devenue, se pelotonnant dans les bras de Xavier et lui répétant qu'elle n'aimerait jamais que lui, que jamais elle ne le quitterait. Sa raideur à lui, son incompréhension, sa peur... Évidemment, je ne sais pas, mais il me parlera surtout de sa peur. De cette scène pénible, il gardera une peur viscérale à l'égard de cette femme capable de tels retournements, de telles inconséquences. La peur ne le quittera plus, peur qu'elle ne pète les plombs, qu'elle n'avale des comprimés, qu'elle ne se donne en spectacle, qu'elle ne prenne les enfants en otage... Il ne m'en parlait pas, pas en détail du moins. Il disait juste qu'il avait peur.

Il fallut donc poursuivre une relation où nous n'étions plus deux mais trois : Xavier, sa peur et moi. Ce ménage à trois n'était pas vraiment à mon goût, surtout que ce troisième intervenant était toujours là, ou presque. La légèreté avait totalement disparu de la scène, et tous les gestes, toutes les paroles pesaient leur poids de plomb. Je me demandais comment tout cela allait se terminer, mais je n'eus pas besoin de m'interroger longtemps. Un soir où nous avions prévu de dîner ensemble, je le rejoignis à son bureau à l'heure dite et je le trouvai pâle comme un linge. C'était à son tour d'être décomposé. Il parvint en tremblant à me raconter qu'il venait de recevoir un coup de fil de son épouse et qu'elle lui avait annoncé qu'elle s'apprêtait à monter dans la voiture où les garçons l'attendaient sagement, et qu'elle prendrait ensuite l'autoroute, direction n'importe où, pour aller s'encastrer dans le premier camion venu. Je n'en croyais pas un mot, mais je ne pouvais pas le lui dire et, de toutes les façons, c'était un risque qu'il ne pouvait pas prendre. Il rangea tristement ses affaires et se précipita chez lui où il trouva son épouse écroulée devant une bouteille de whisky et ses enfants devant la télé.

Cet épisode signa la fin de notre histoire. Nous étions toujours amoureux mais trop alourdis par l'écroulement de nos projets de vie commune, nous ne parvenions plus à nous accorder. Je ruminais mes rancœurs à l'égard des femmes occidentales et libérées, qui avaient jeté leur soutien-gorge aux orties en 68 et clamé haut et fort qu'elles voulaient disposer d'elles-mêmes et jouir sans entraves. J'étais aigrie et sans indulgence.

Plusieurs années plus tard, je revis Xavier à l'occasion d'une signature de livre dans une librairie que nous avions tous deux beaucoup fréquentée. Il m'apprit que, ses enfants ayant à présent tous quittés le domicile familial, il était en instance de divorce.

15

Zeller, Armand

On m'avait dit que c'était un excellent avocat, spécialisé en droit de la famille, et qu'il avait une longue expérience des divorces. On m'avait vanté sa courtoisie, sa finesse, son exactitude en toutes choses, tant sur le plan des informations que sur celui des rendez-vous et des horaires. Cela m'avait à peu près rassurée, et j'avais pris rendez-vous.

La salle d'attente était vide, sombre et sans attrait, hormis les reproductions sur les murs de différentes sortes de labyrinthes dans l'observation desquels je m'étais absorbée. L'une des reproductions était accompagnée d'un commentaire qui disait qu'il existait deux sortes de labyrinthes, ceux où l'on se perd et ceux qui n'ont qu'une seule voie. J'étais en train de méditer sur le sens de cette distinction quand la porte s'ouvrit et qu'Armand Zeller me tendit la main dans un sourire. Il était grand, sec, habillé d'un costume sans cravate et il sentait fort le vétiver.

Lors de ce premier rendez-vous, constatant et mon ignorance et mon indécision, il m'avait exposé les différents types de divorce. « Il existe quatre cas de divorce, avait-il expliqué d'une voix professorale. Certains divorces sont de type contentieux, le divorce pour faute, pour altération définitive du lien conjugal ou pour acceptation du principe de la rupture. À l'inverse, le divorce par consentement mutuel est de type non contentieux. » Il m'avait également parlé de « la séparation des corps », formule qui m'avait plu, qui évoquait en moi quelque chose de radical mais non dénué de force poétique. Mais comme je ne savais pas du tout quel en était le contenu juridique, il avait précisé que cela renvoyait à un cas de figure où les époux restent mariés mais cessent de vivre ensemble. « La séparation de corps, de corps et non des corps, madame, entraîne toujours la séparation des biens. Les autres conséquences et obligations nées du mariage subsistent, avait-il rajouté, notamment le devoir de fidélité et l'obligation de secours qui peut donner lieu au versement d'une pension alimentaire à l'époux dans le besoin. Chaque époux conserve l'usage du nom de l'autre sauf si, à la demande de l'un d'eux, le jugement prononçant la séparation l'interdit ». Je m'étais dit que cette obligation de secours me convenait très bien, je la trouvais sécurisante et juste entre personnes qui avaient quand même partagé plusieurs années de leur vie et fait ensemble des enfants, mais le devoir de fidélité, non quand même pas. En outre, le nom de Paul, je ne l'avais jamais porté, j'avais gardé le mien.

« Les époux qui sont d'accord pour divorcer mais ne parviennent pas à s'entendre sur les conséquences de la rupture peuvent demander le divorce pour acceptation du principe de la rupture du mariage, poursuivait maître Zeller. Ils doivent alors accepter ce principe en présence de leurs avocats respectifs, sans devoir énoncer les faits qui sont à l'origine de la rupture. Enfin, il existe une forme de divorce pour altération définitive du lien conjugal, et là aussi, les motifs de la séparation n'ont pas à être énoncés. »

En sortant de chez lui, je m'étais dirigée vers le jardin du Luxembourg et, assise sur une chaise face à la version abrégée de la statue de la Liberté, j'avais fondu en larmes. Mon désarroi était total, il envahissait comme une lame de fond les moindres recoins de ma pensée et de mes émotions. Non seulement je ne savais plus si notre lien conjugal était définitivement altéré, si nous serions capables de nous entendre sur les conséquences de la rupture, mais je ne savais même pas s'il y avait consentement mutuel ou pas puisque je n'avais encore rien dit à Paul de ma démarche. Plus grave encore, je ne savais plus du tout ce que je voulais, je m'en étais progressivement rendu compte pendant mon entrevue avec maître Zeller, et je ne savais même plus vraiment qui j'étais ou désirais être. Aucun des rôles qui se dessinaient devant mes yeux ne me convenait et je ne voulais ni de la partition « épouse trompée et vindicative », ni de celle du « mariage mixte » qui aurait tourné court en raison du choc des cultures. Ce rendez-vous m'avait secouée et, sous l'effet de la secousse, des vannes verrouillées sètaient ouvertes, et il me semblait que toutes les larmes que je n'avais pas pleurées pendant des années me submergeaient en flots désordonnés.

Quelque chose en moi s'était desséché au fil des ans et des blessures. J'étais comme une source tarie dont il ne resterait plus que la trace, le passage creusé dans la roche et le long de la vallée, mais plus d'eau. Une phrase notée il y a longtemps sur la première page de l'un de mes carnets me revint, qui disait que c'est en allant vers la mer que le fleuve reste fidèle à sa source. Cette phrase m'avait émue la première fois que je l'avais entendue et Xavier m'avait dit qu'elle était de Jaurès ; pourtant elle parlait de moi, elle me rassurait à voix basse, elle me disait que mes voyages, mes exils successifs, mes arrachements, tout cela qui avait été la trame de ma vie était aussi, d'une certaine façon, fidélité à la source, aux élans, au désir profond que j'avais eu de respirer un autre air, de me construire librement, loin des enfermements de la tradition, des atavismes communautaires et des conservatismes familiaux.

Mais je n'avais pas trouvé la mer. J'avais jailli, serpenté, pris de la vigueur même par moments, mais les éboulis m'avaient vite rattrapée, dressant sur ma route des barrages de pierres, de rochers, d'alluvions et de déchets. Et le torrent avait faibli, n'était plus qu'un mince filet d'eau qui n'avait pas su trouver son chemin vers le large. À quel moment précis cela s'était-il produit, ce dessèchement de la source ? À la faveur de quelle rencontre, quelle terreur, quel échec avais-je commencé à me déserter, me dépeupler, me quitter ? À quel moment le dernier de mes personnages avait-il tiré sa révérence pour ne plus laisser derrière lui qu'une femme aimable et polie, à qui il arrivait encore parfois de faire quelques faux pas, de parler un peu trop fort, de s'emporter ou de faire des vagues, mais qui pour l'essentiel était devenue lisse, était rentrée dans le rang ?

J'étais à présent estampillée française, partout on s'extasiait sur ma maîtrise de la langue et mon absence d'accent, j'étais mère d'un fils qui brillait dans les écoles de la République et qu'on allait bientôt accepter en « prépa » et d'une fille qui se rêvait « journaliste à la télé » – et à propos de laquelle je me demandais avec un brin d'agacement si c'était vraiment le journalisme qui l'intéressait ou surtout le fait de passer à la télé –, épouse d'un cadre supérieur dont la carrière n'avait pas été fulgurante, certes, mais qui avait néanmoins réussi son parcours malgré les embûches et sans tout à fait y perdre son âme, je dirigeais à présent une petite équipe de chargés d'études marketing qui ne rechignaient à travailler ni pour permettre à Coca-Cola de déstructurer encore davantage les repas des familles françaises, ni pour aider les fabricants d'aliments pour chiens et chats à mieux positionner leurs produits, qu'ils soient d'entrée de gamme ou gastronomiques. Dans ma belle-famille, pourtant bretonne dans ses deux branches depuis des générations, et passé les premiers moments de surprise lorsque l'étrangère avait débarqué, je ne faisais plus tache. Cela n'avait pas toujours été simple pour moi. C'était quand même une famille où l'on allait beaucoup à l'église, où les enfants comme les adultes connaissaient tous les chants de messe, où l'on faisait de la voile par tous les temps en se plaisant à dire qu'en Bretagne il faisait beau plusieurs fois par jour et où l'on nageait dans une eau à 15 degrés en la trouvant bonne. Je m'étais néanmoins fondue dans le décor, j'avais appris à faire des galettes, des crêpes et du bœuf gros sel, j'avais envoyé mes enfants à l'école de voile même sous la pluie, et j'avais adopté les espadrilles en toile et les pulls marins boutonnés à l'épaule. Pour devenir une mère parfaite je n'avais non plus jamais manqué les réunions de parents d'élèves, si ennuyeuses soient-elles, j'avais tenu des stands de chamboule-tout dans les kermesses scolaires et vendu des billets de tombola à mes amis et collègues. J'avais même accepté, pour chacun de mes enfants une fois, de devenir parent délégué malgré les risques d'une telle entreprise, pour moi qui avais toujours eu du mal à trouver intéressants les débats sur les horaires de la cantine, les devoirs à la maison et l'organisation des sorties scolaires à la lumière des nouvelles directives de sécurité. J'étais donc un exemple d'intégration réussie et je menais une petite vie en apparence tranquille, même s'il m'arrivait parfois, quand je rencontrais mon visage dans le reflet d'une vitre, de ne pas me reconnaître tout de suite, de mettre, oh rien, un quart de seconde à peine mais tout de même, d'avoir ce moment d'hésitation avant de rejoindre ce reflet et de me réapproprier ce visage. Il y avait aussi des moments où je m'absentais, des moments où, sans que personne s'en rende compte puisque je continuais à faire tous les gestes qu'on attendait de moi, je n'étais plus là, je quittais cette vie qui ne me ressemblait pas ni ne me rassemblait. Cela durait quelquefois des journées entières, des semaines même, à flotter comme ça à côté de moi-même, à m'observer parler et rire et dire bonjour et au revoir, quel temps gris ce matin, où irez-vous pour les vacances, tout de même ces grèves à la SNCF, vous en pensez quoi, vous, de ces jeunes désœuvrés qui brûlent des voitures, et comme ça encore et encore pendant des jours et des jours à me sentir étrangère dans mon costume. Puis je revenais, les enfants me prenaient par la main, leurs beaux visages réjouis ressemblaient tant au bonheur, je secouais mes absences comme un animal qui s'ébroue. Et Paul était là, rassurant, si imperméable à l'angoisse, les deux pieds si solidement campés dans le sol, toujours plein de force vive et de projets. Il me disait, les enfants ont grandi, prends donc du temps pour toi, Beyrouth ne te manque pas ? Et je partais, je retrouvais les miens et la lumière de la Méditerranée et je revenais réchauffée, presque consolée, sans imaginer que Clémence ou Sophie ou Jeanne se glissaient dans la place que je laissais vacante. Les infidélités de Paul m'avaient bouleversée, la première surtout qui avait pris le visage de Clémence. Il m'avait semblé que le sol devenait meuble sous mes pieds, que j'avais pris racine dans une terre qui me trahissait, comme lorsqu'on apprend qu'on a bâti sa maison sur une zone inondable, ou sur le flanc d'un ancien volcan. Paul avait juré ses grands dieux qu'il m'aimait toujours, que ces parenthèses n'avaient aucune importance et ne pesaient pas lourd au regard de ce que nous partagions. Il avait quitté Clémence, mais il avait recommencé avec d'autres, combien d'autres je ne savais pas, je ne voulais pas savoir. Je n'avais plus rien dit, redoutant plus que tout les scènes de ménage, les règlements de comptes, les accusations mutuelles auxquelles se réduit la vie de couple dans ces moments de récriminations et de bilans aussi injustes qu'inutiles, aussi laids que vains. Je m'étais retirée très loin, je gardais le silence et j'attendais. Quoi au juste, je ne le savais pas clairement. Que les enfants grandissent, que je puisse rentrer chez moi, que le Liban s'apaise vraiment, que Paul redevienne l'homme attentif, disponible et drôle qui m'avait séduite, que les hasards de la vie décident pour moi, qu'un nouvel emploi ou une nouvelle rencontre ouvrent devant nous des perspectives nouvelles… J'étais fatiguée de me battre, je me faisais tortue, je rentrais la tête. Parfois la colère me prenait, grossissait comme une vague, je détestais cette absente que j'étais devenue, car il fallait bien se rendre à l'évidence, je n'étais plus vivante qu'à moitié. J'étais habitée par des morts, des disparus, des fantômes, des absents, j'étais une maison hantée. Il fallait que je me secoue, que je nous secoue, cela ne pouvait plus durer. L'idée du divorce avait cheminé lentement, j'avais pris rendez-vous, mais au sortir de mon entrevue avec Armand Zeller je n'étais plus tout à fait sûre de souhaiter à nouveau des déchirures, à nouveau des départs.

Il commençait à faire froid sur cette chaise du Luxembourg, la lumière de mars déclinait, les rares promeneurs me regardaient sans surprise, comme s'il avait été normal que je sois assise dans le jour qui tombait, pleurant sans bruit ma vie en morceaux et mon désir perdu. Puis mon téléphone avait vibré, c'était un message de Lila qui disait, maman où t'es, viens vite, j'ai plein de choses à te raconter, dis, qu'est-ce qu'on mange ce soir ? J'avais essuyé mes larmes et rassemblé mes affaires, mais la lassitude m'avait empêchée de me lever.

Même la mère en moi rendait son tablier. Je frissonnai. Mon téléphone sonna à nouveau. Un numéro libanais s'afficha et, comme chaque fois que c'était le cas, un léger affolement s'empara de moi. J'appuyai fiévreusement sur la touche. « Ah, c'est toi ! Heureuse de t'entendre ! Dis-moi vite... Comment ça, rien de particulier et pas de grande nouvelle à m'annoncer... Figure-toi que si, précisément, je ne fais que l'attendre cette grande nouvelle... Tu te demandes sérieusement comme quoi ? Que tu as enfin rencontré la femme de ta vie, que tu es invité aux Nations unies parce que, pour une fois, on a décidé de donner la parole à ceux qui pensent vraiment, ou... que la guerre est finie, finie pour de vrai comme on disait quand on était enfants... » À quoi mon interlocuteur avait répondu : « Ne le sais-tu pas ? Les guerres une fois commencées ne finissent jamais. Elles prennent seulement d'autres visages. »

Mise en pages PCA
44400 Rezé

Achevé d'imprimer en janvier 2014
sur les presses de Normandie Roto Impression s.a.s.
61250 Lonrai
pour le compte des Éditions Payot & Rivages
106, bd Saint-Germain – 75006 Paris
N° d'imprimeur : 1400050
Dépôt légal : janvier 2014

Imprimé en France